DIQIU，QING

地球，请回答

星丛书系 沙陀王 ——— 著

广西科学技术出版社

·南宁·

图书在版编目（CIP）数据

地球，请回答 / 沙陀王著.—南宁：广西科学技术出版社，2024.3

ISBN 978-7-5551-2082-7

Ⅰ.①地… Ⅱ.①沙… Ⅲ.①幻想小说—小说集—中国—当代 Ⅳ.①I247.7

中国国家版本馆CIP数据核字（2024）第010728号

地球，请回答　DIQIU, QING HUIDA

沙陀王　著

策　　划：黄　鹏		责任编辑：阁世景	
责任校对：冯　靖		营销编辑：刘珈沂	
责任印制：韦文印		装帧设计：韦宇星	
封面插画：吴蕙杏			

出 版 人：梁　志	出版发行：广西科学技术出版社
社　　址：广西南宁市东葛路66号	邮政编码：530023
网　　址：http://www.gxkjs.com	电　　话：0771-5827326

经　　销：全国各地新华书店

印　　刷：广西壮族自治区地质印刷厂

开　　本：889 mm × 1194 mm　1/32　印　　张：10.75

字　　数：268 千字

版　　次：2024 年 3 月第 1 版

印　　次：2024 年 3 月第 1 次印刷

书　　号：ISBN 978-7-5551-2082-7

定　　价：58.00 元

知了
ZHILIAO

目录

宇宙与时空

人与梦

宇宙与时空

秘密

一

每个小孩都有自己的秘密，就好像春去秋来、花开花落那么的天经地义，理所当然。

但是娜娜的秘密非常非常特别，而且谁都不知道，除了兜兜。兜兜不是人类，它是一只还没长大的小奶狗。

天气还不错的时候，男人们会去林子里打猎或者烧荒，女人们会去种田或者去林子里采果。每当这时候，娜娜就会穿好她的小皮靴，披好粗麻的披肩，戴好小小的皮帽子，带着她的枪（枪是她从爸爸的遗物里偷拿的），走进森林，去看兜兜，还有她的"秘密基地"。

那地方没人知道，里面藏着她的很多宝贝，诸如打火石、书以及从仓库里搜刮来的地球仪和放大镜，所有她不想让别人看到的东西都放在那里。

平时出来捡柴和摘野果的时候，如果时间还算宽裕，她又不着急回去，就会躲在那里。哪怕什么都不干，只是在那里待着，她都觉得很好。

她把兜兜也安置在那里。兜兜是一条傻乎乎的小狗，只知道玩耍，不会打猎，也不会挖老鼠洞，可它不会出卖她，会永远忠诚地陪伴她。

她喜欢和兜兜待在那里，只有在那里，她才不担心兜兜，也不担心自己。

村子里的人养狗都是为了打猎，像她这样把狗养来当玩伴，在大人们看来简直就是在糟蹋粮食。村子里如果有了小狗，等它们稍微长大一点，猎人们就会来挑选合心意的猎狗，被选剩下的都是他们认为不好的、没用的狗，要么太笨，要么性格软弱，要么体格太小，这些都会被"淘汰"。因为多养活一条生命，就要多一份口粮。

兜兜就是那些被挑剩下的小狗之一，不出意外的话，它原本也会被杀死。可娜娜看着它那圆润的大眼睛、湿漉漉的小鼻子，还有它的小爪子在地上踩出的一个又一个梅花印，就鬼使神差地把它偷藏在自己的兜里，做贼一样地把它带回了家。

娜娜看着它吃饱喝足，把它偷偷地养了起来，还给它取名叫兜兜。她不舍得它死，这小家伙多可爱呀！是，它是胆子小了点，但它跑得快，这难道不算是个天大的长处吗？

然而大家很快就发现了娜娜私藏小狗的事，规矩就是规矩，这事儿不合规矩。村子里的人在背后议论着。毕竟她还是个小孩子，不打猎也不种田，凭她自己可养不活一条狗。

大瘟疫之后，人们牢牢地守着规矩，所以才能活下来，活到今天。大家都相信，尽管日子还是那么的艰难，可慢慢总会好起来的。当然，他们之所以会这么想，或许只是因为人们已经习惯了这种生活。对于那些打破规矩的人，他们反感、恼火，以致于把一切都怪罪在那些人的身上。

新出生的孩子们从未经历过大瘟疫前的日子，他们觉得眼下的日子是天经地义、理所当然的。当时人们还在费力地填饱自己的肚子，一切都是那么的艰难。和他们小时候相比，现在的小孩子究竟过着什么样的生活呀？真可怜，真悲惨，真让人同情，可人们不能拿生存的机会去换取小孩子的快乐。活下来的狗，将成为猎人最好的帮手，拿肉嘟嘟的小狗当宠物，这是绝不允许的行为。

　　但娜娜有点不一样。娜娜的爸爸是为大家打猎而死的，他为大家猎到了那头巨大的野猪，但也因此送了命，所以村子里的人对她和她妈妈一直很尊敬。

　　况且娜娜的妈妈还收留了肖烈克。

　　肖烈克是个外来人，虽然上了年纪，却是个天生的猎手。他为村子带来了很多猎物，因此说话很有分量。他非常疼爱娜娜，所以在娜娜私藏小狗的事情上，虽然大家都觉得这孩子太任性，不应该这么做，但却没有一个人站出来公然指责她，也没人说过究竟要拿兜兜怎么办。

　　娜娜不是不知道大家在她背后的议论，还有那些不满的目光。她虽然是个孩子，却也察觉到了那些看不见的暗涌。所以有一天清晨，她带着兜兜进了森林，然后就在那天傍晚，她独自回来了。从那以后，村子里就再也没人说过她或者兜兜什么了。

　　有时候娜娜想，妈妈当初留下了肖烈克，是不是就像自己那时候想要留下兜兜那样？其实规矩她都懂，可就是特别的寂寞，想找个人说说话，不见得能听懂，但就是想有人听着。

　　不过也不大一样。肖烈克在这里待了好些年，现在已经能听懂她们说话了。

　　兜兜呢，它大概也能听懂一点儿，比如来啊、去啊、打滚啊、趴下啊，但是再复杂一点它就不明白了。这一点娜娜其实也明白，兜兜并不是那种特别聪明的小狗。再说了，小狗跟人还是不一样，它没办法跟她聊天，也听不懂她说什么。它只是一只小狗，追着自己的尾巴都能玩半天，哪里懂她在想些什么呢。

当初把兜兜放在口袋里的时候，她根本就没想过往后会怎么样。她也知道这件事不能做，不该做。这年头，人活下去都不容易，谁还顾得上一条狗呢？可她还是做了。她忍不住要把它带回来；忍不住偷偷地从自己的口粮里省下肉干喂它；忍不住带着它去积灰的仓库里冒险；忍不住要跑到森林深处，就像是一个真正的猎手那样，带着她的小猎犬，带着她的小手枪和弓箭，哪怕枪膛里没有弹药。

她想，总有一天，她和兜兜会给村子里的人打回山一样的猎物，那时兜兜就可以名正言顺地回到村子里，回到她的身边来。

可眼下还不行。

兜兜还小，它只能藏在她的秘密基地，饥一顿饱一顿地等着她，慢慢地等待着长大。

其实肖烈克教过她打猎。

他是个沉默的好猎手，只不过上了年纪。他从遥远的西伯利亚来，在这里没有亲人，谁也不认识，就像是路过的人找到了一个歇脚的地方，却一直没有离开。

他来这片林子的时候，娜娜还没出生。大瘟疫之前，他住在遥远的北方，一直在寒冷的西伯利亚。那里实在太冷了，大瘟疫之后几乎不剩什么人了，他一路朝南走，在冬天最冷的时候孤身一人踏过了黑河厚实的冰层，走到河的这边来。

村里的人都说那是一条漫长的路，谁也想象不出这一路他究竟是怎么走来的，但他偏偏做到了，而且还活着走到了这里。他就像是传说中的勇士，人们对他充满了敬畏，也因为他的加入而倍感高兴。

他学说他们的话，跟他们住在一起。这一点也不新鲜，还有人从东边过来，也学说他们的话，跟他们住在一起。他们的村子慢慢地壮大，就像是真正的大家族那样。

但娜娜总觉得肖烈克看起来很孤独。他就像是一个在雪地里待了太久的人，即便在火堆旁烤了很久的火，也无法汲取足够的热量。

他看起来很冷漠，可对小孩子都很好，尤其是娜娜，好得仿佛她就是他的亲孙女。他偷偷地教她开枪、打猎，纵容她倔强的小脾气，满足她任性的小要求。但他很少提起从前的事情，以前有什么亲人，经历过什么样的过去，为什么来这里，这些他都不喜欢提起。

只是偶然地，娜娜听到过他的只言片语，知道他曾经有个外孙女，如果还活着，年纪大概跟她差不多，或者比她稍微大一点。

娜娜猜，他的女儿和外孙女大概也在那次大瘟疫里没了。但这话她可不敢开口求证，她只是有这么一种感觉，事情的真相可能也的确如此。这世上有些话，即便你知道是真的，也不能说出口。这些都是人类的事情，兜兜大概不会懂吧。所以它看起来总是那么的快乐。

大瘟疫是娜娜出生之前的事情，可她对大瘟疫丝毫不陌生。她从小就总听人说起大瘟疫——在那之前，在那之后——都怪那场大瘟疫，他们如今才会住在林子里，打猎烧荒，艰难度日，因为文明从那之后简直倒退了几千年。

她知道那是一种突然暴发的罕见传染病，非常厉害，当时很多人生了病又没办法医治，结果一批批全都死掉了。就像是田里割麦子一样，放眼望去，整块田地都光秃秃的，看起来是那么的整齐。

那是一个被恐怖笼罩着的世界。

大瘟疫究竟杀死了多少人，没人说得上来，可在那之前和在那之后的人世间，就像是两个完全不同的世界。大概老人就是喜欢讲古怀古，他们无比怀念从前。尽管他们对大瘟疫之前的世界也有着诸多的不满，可那个世界毕竟不存在了，像梦一般地淡去了，所以在一次次的讲述中变得更好、更美，永远比当下的世界好太多。

老人们告诉她，以前的世界有着大片大片连绵的土地，人们开着机器种地，粮食多得都吃不完。浇灌，开垦，打药，收割，脱粒，全都是机器来做，人们完全不必像今天这么辛苦就可以获得丰饶的收成。粮仓里堆满了粮食，吃都吃不完。冬天最冷的时候，人们在家里喝酒打牌，没人害怕明天会发生的事。

那时候所有的事都不用自己做：衣服不用自己洗，水不用自己挑，夜里有明亮的光，家里还有不会烫伤人的热气供人取暖；生病了有各种药来医治，就算是眼睛或者心脏坏了都可以换新的；人们能活到很大年纪，还有电动轮椅可以帮助行动不便的人行走……可现在什么都没有了，就连打猎的枪药也远没有以前的好使了，因为现在用的枪药是他们自己弄出来的。

这些娜娜全都相信，因为她曾经在仓库里翻出过很多的破烂，有些偶尔还能用，展示起来让大家都倍感惊奇。

妈妈告诉娜娜，以前自己小的时候还有不少东西能用，但后来慢慢都坏了。有人试着修过，但修好的少，弄坏的多，渐渐地，那些东西就都成了摆设。就像人一样，年轻的时候健壮得像一头牛，可以扛几袋麦子健步如飞，但是慢慢地，等他们上了年纪，身体坏了，脑子也不清楚了。那些用钢铁做的东西也是这样，一不小心，坏得比人还快。

　　肖烈克也老了，满头的白发，脸上也长着老人才长的那种斑点。可肖烈克和其他的老人不一样，他不肯服输，不肯休息。他每个礼拜都照旧出去打猎，每次回来总有收获，无论大的还是小的。而且他喜欢照顾别人，不喜欢被人照顾。他总是说："我还不老，我还能打猎，不需要人照顾。"

　　娜娜最喜欢跟他去打猎了，当然，如果要带着她，肖烈克会去近一点的地方，没那么危险，也没什么大的猎物，不过是为了哄她开心罢了，这些她都知道。

　　但妈妈不喜欢她学打猎，甚至不喜欢她有这种念头。妈妈不喜欢森林深处，她甚至不肯去爸爸的坟墓。娜娜觉得妈妈是害怕，怕那头弄伤爸爸的野猪，怕那片森林，怕死亡和回忆。其实森林那么大，她不一定会遇到野猪呀。

　　所以娜娜从来不害怕。

　　大人总觉得小孩子还小，什么都不懂。其实小孩子什么不知道呢？小孩子还知道很多大人都未必知道的秘密。

　　比如娜娜就知道，在森林深处有一个神秘的地方，那里从未有其他人去过，只有她和兜兜知道。

　　那是她的秘密。

二

　　其实，那地方是一个蜂房，是被大瘟疫前的人类遗弃的蜂房。

　　它不是那种岩石后面鼓起来的，或者林子里树上挂着的，肖烈克给她摘过的那种蜂巢，蜂房里的蜂也不是树林里那种带着尾刺、辛勤采花酿蜜的小蜜蜂，更不是土蜂或者黄蜂。

　　森林里真正的蜂，是为了自己的后代而忙碌的生命，就像他们村子里的人一样。村子里的人打猎捞鱼，开荒种地，采集果实，每天都劳碌不停，为了一口吃的四处奔波着。就算是最有经验的肖烈克，有时候在林子里转了半个月也打不到大点的猎物，更不要说别人了。要知道肖烈克年轻时就常常在森林里打猎，比起其他的人，他才更像是一个真正的猎手。哪怕是再有经验的猎人，打猎也不是件容易的事情。

开荒种地也不是那么容易的事情。就算村子里曾经是农民的那几个老人，也觉得这事比起大瘟疫之前，简直就像登天一样难。每天从早干到晚，杂草还是除不完，好的种子很难收集，老天爷又阴晴不定，辛勤的劳作说不好就会毁于一旦，所以努力一年，收成也不怎么可观。

只有这片繁茂广阔的森林，仍旧慷慨地养育着他们，甚至比往日还要宽宏和仁慈。它心怀悲悯，将一群无家可归的"乞丐"揽入怀中，让他们不至于受冻挨饿而死。

夏天和秋天，林子里总有很多野果子可以摘。小孩子们蹦蹦跳跳地去林子里玩，边摘边吃，摘完了，也就差不多吃饱了。所以阳光灿烂的时候，他们总觉着日子还没那么艰难，就好像春天的花朵只知道尽情地绽放，却不知道凋谢后会遇到严寒的冬日。

只要能熬过严寒，那么一切都会好起来的。

娜娜生病的时候，肖烈克去林子里给她摘过蜂巢，那可不是每天都能吃到的东西。蜂蜜的味道甜丝丝的，吃过一次就不会忘。听老人说，他们小时候可以买到罐装的蜂蜜，一瓶瓶地摆在那里，黄澄澄的。那时候还有专门养蜂的人，他们还曾经抱着大玻璃罐子去养蜂人那里买新鲜的蜂蜜。和面的时候放一点，再放一点牛奶，蒸出来的馒头就特别好吃。现在就难了，弄不好，要被野蜂活活蜇死的，也就是肖烈克，别人可不敢冒这种险。

他们提起过去的时候总是那么的怀念，娜娜听得忍不住流口水，可以一罐一罐买着吃的蜂蜜，还有各种口味，多好呀……可现在没有人会养蜂了，想要吃蜂蜜就要冒险去森林深处摘蜂巢，就像肖烈克那样。

大瘟疫就像是一群被冒犯、被触怒的野蜂，甚至比野蜂凶残一万倍。它们四处乱撞，谁也不认，用毒刺攻击着周围的一切，杀死它们碰到的一切活物。它们毫不在乎，只想发泄怒气。所有靠近它们的人，要么死去，要么侥幸活了下来，却永远心有余悸。

死亡是这片土地永恒的主题。从出生开始，人们就恐惧着死亡的来临，可没人躲得开死亡。它就像是影子，时刻紧跟着人们，有时浓些，有时淡些，但从来都不曾远离。它一个接一个地带走村子里的人，还带走了娜娜的爸爸，说不准什么时候还会带走妈妈，带走兜兜。这些，即便只是个孩子，娜娜也很清楚，很明白。当然，她希望这种事永远不要发生，虽然这是不可能的。

他们已经回不到很久以前的那种生活了。对娜娜来说其实还好，毕竟她从来没经历过，但是对妈妈、对肖烈克来说，他们看过、生活过，恐怕更难忍受当下的生活吧。

就好像蜂蜜，只要吃过一次，就会永远记得那种甜蜜的滋味，再也忘不了。

这小小的、飞舞的生灵，为什么会造出这么好吃的东西呢？它们那么勤劳地忙碌着，就像村里的人，无论生活怎样残酷地对待他们，人们总是艰难而辛勤地劳作着。

娜娜对蜜蜂这种生物一直怀抱着巨大的好奇心。有时她会躲在阴影里，看着在太阳光底下飞舞盘旋的蜜蜂。它们有大有小，形态各异，有不同的颜色、形状甚至条纹，有的毛茸茸，有的光滑得就像一颗果子。它们之间有很多的不同，就像是人与人一样，但是它们从来不会混入别的族群，这一点倒是跟人类不大一样。

她想起肖烈克，还有其他村里人。他长得跟他们都不一样，但他留在了这个村子里，就像是眼泪落在了水里，他的悲伤消融在一天天平静的日子里，在无休止的劳作和打猎中，他好像已经与过去彻底剥离了，只剩眼下和未来。他看着娜娜，总带着宠溺和欣慰的微笑，就像是一个真正的、慈爱的祖父。

蜜蜂的族群却不是这样。它们绝不会接纳异类，也不会飞错蜂巢，更不会跟其他种类的蜜蜂混在一起。一旦不应当发生的遭遇发生了，就很容易会演化成一场冲突，比如土蜂或者黄蜂一旦靠近或者飞入其他蜂群，那将发生一场殊死搏斗。

而在自己的族群之间，它们却又是那么的亲密无间，就像是一个整体一样。

这可比仓库里那些坏了就再也修不好的东西好玩多了。虽然蜜蜂不会讲话，可它们是活的，从蛹开始，到幼虫，到长大，像人一样，它们活着、劳作、养育后代，然后死亡，就像是村子里发生过无数遍的故事，那些无人记得的、活生生的故事。

娜娜甚至给它们都起了名字，当然，她只能按照个体的大小、颜色、条纹、绒毛、光泽来区分它们的种类，比如黑屁股、大毛球什么的。她也会记录它们的性格，是不是好斗，喜欢什么季节的什么花，采蜜停留的时间，最远会飞到哪里……

每一种蜜蜂离开蜂巢的距离都是不一样的，所有的这些小秘密，就像是探险时发现的宝贝一样，一点点地被娜娜记在心里。这些东西没有任何用处，可她却乐此不疲。

她曾经找到过一个巨大的蜂巢。她抱着一种恐惧却兴奋的心情观察着它，就像是观察一个会动会跑的猎物一样。但那个蜂巢太大了，就连肖烈克也有点不敢摘。他们一老一小，还有一条摇着尾巴的小奶狗，站在树下，远远地看着那个甜蜜的猎物。

那个蜂巢真大啊，肖烈克也有些发怵，劝她说："娜娜，这个不要了，我们换个小的。"

娜娜用力点头，认真说道："只是带你看看，不要摘，它们应该在那里住很久了，不要赶走它们。"

肖烈克摸摸她的头，他不知道想到了什么，很久都没有说话。

娜娜觉得，他一定是想起了过去的事情。可他到底想起什么呢？他离开生长了那么久的北方，来到了他们这里，究竟是为什么呢？如果是她的话，恐怕无论如何也舍不得吧。

有时妈妈也会露出这种神情，娜娜知道那一定是她想起爸爸了。娜娜也会想爸爸，有时候想的是开心的事情，有时候是些让人后悔的事情，但无论如何，最后总会想起爸爸其实已经不在了的事实，那时候她就会变得很难过。

爸爸离开他们已经两年多了，他的坟也在林子里，那里埋着所有的死人，有年轻的，也有上了年纪的。

死亡就像一头凶狠而硕大的野猪，它践踏着茂盛的野草，用庞大的身躯作为攻击的武器，说不准什么时候尖利的獠牙就会捅进人的身体。野草倒伏后还会再一次生长起来，或者长得比以前更高。而人呢？那就说不准了，全凭运气。有的人活了下来，到冬天，伤口还是疼得厉害；有些人受了重伤，鲜血淤积在土地和野草里，滋养着万物，然后或早或晚的，他们也死了，被埋进土里，身体腐烂，变成尘土，与这片养育了他们的土地合为一体。

那些坟上立着的基本都是木碑。以前还偶尔有几块石碑，现在没有人能去那么远的地方采石回来了，也没办法磨出那么光滑平整的碑石，刻出好看的碑文了。

碑文是为了提醒活着的人死去的是谁。可木碑的损坏和消失太容易了。也许是因为这个，活着的人总会渐渐淡忘那些死去的人。就像是秋天树上落下来的叶子被大地一点点吞噬，死去的人也被活着的人慢慢遗忘了。

村子里总会有新的小孩子出生，就好像来年树上总会长满新生的嫩叶。人们忙着耕种、打猎，忙着填饱自己，还有老人和小孩的肚子，他们没有工夫想别的事情。

娜娜已经很幸福了，在肖烈克的照顾下，她远比其他的孩子更自由。只有死亡像是一个巨大的怪物，横亘在她的面前，让她无法视而不见，无法忘却它庞大的身躯和阴影。

三

秘密基地的出现简直是恰到好处，对娜娜来说，那儿就像是一个天赐的礼物。

那个被大瘟疫以前的人类遗弃的地方，其实就是一个放大的蜂房，还有那些不太像蜜蜂的"蜜蜂"。不，应该说，它们跟真正的蜜蜂一点也不像。

只要凑近了仔细看看就知道，它们都是些没有生命的机械装置，就像肖烈克曾经跟她说起过的机器狗，或者仓库里的其他东西那样。指尖的触感是不会骗人的，它们是机械的，没有生命，和真正的蜂群格格不入。

人世间所有的活物，如果你好好喂养它、照顾它，但凡有一口气，它们都会挣扎着活下去，也许还会跑掉。

但是这些没有生命的机械装置可就大不一样了。它们很精巧，可万一不小心把它们弄坏了，你去哪里找那些能把它们修好的人呢？所以人们对仓库里的那些东西早已经不感兴趣了。这些东西就跟死人一样，都已经在人们的记忆里消失了。只是偶尔地，人们才会想起来，这些东西曾经存在过。

妈妈说："大瘟疫把所有的人都带走了，不管好人、坏人、聪明人还是蠢人。"

"那我们是什么人？"娜娜问她。爸爸也被带走了，娜娜想，被这片森林带走了。

妈妈看着天空，然后小声地说："我们是被老天爷忘掉的人。"

那些死掉的人，娜娜总是想要知道，他们去了哪里？爸爸呢？会忘掉她们吗？还会回来看她们吗?

这些问题妈妈根本无法回答。村里的人其实也回答不上来，可大人们不会老老实实地承认自己答不上来。

有人觉着死了就是死了，人死了就埋掉，狗死了就吃掉。死就意味着结束，意味着什么都没有了，他们从来不去想死了之后的事情。活着的人打猎，死了的人躺在地底下，他们的名字刻在木碑上，风吹雨打，渐渐消失，然后人们就再也不记得他们了。

娜娜想，那群机械蜜蜂大概也被忘记了。制造它们的人早已烟消云散，只有它们孤零零地留了下来，就像她和妈妈一样。

那些机械蜜蜂和它们的金属蜂房成了她的避难所，成了她的秘密基地，成了她藏匿兜兜最安全的地方，可她甚至都不知道是谁创造了这一切。

那群机械蜜蜂像真正的蜂群一样住在森林深处，过着鲜为人知的生活。

就像是沿着面包屑和饼干渣的路走到糖果屋的小孩子一样，

她也是不知不觉地就来到了小屋。

她在森林里发现了那群与众不同的机械蜜蜂，在好奇心的驱使下，一路紧跟着它们走进了那片白桦林的深处。突然之间，没有任何预兆，她看到一片空出来的林地，看到那栋小房子像一把剑一样立在那里，孤零零的，就好像在明亮而刺眼的阳光下突然长出来一样。

那就是机械蜜蜂的金属蜂房——它们的家。她觉得自己是第一个发现金属蜂房的人。一切就好像是命运，她想。就像是肖烈克发现了他们一样，一切都是早已注定的，一定是这样。

对森林里的一切，她从来都充满敬畏，可她从一开始就没有害怕过那些机械蜜蜂。那些都是大瘟疫时代之前的人们遗留下来的"财产"，就像仓库里的那些破烂，它们陈旧、破败，几乎都不能用，更别提会有什么伤害，只要小心尖锐的部位就可以了。

所以她带着兜兜，跟着蜂群，莽撞而又大胆地靠近了那栋小房子。

那是个金属的小房子，和任何人住着的房子都不像，甚至跟她在图画书上看到的房子也不大一样。但她原本也没有多少图画书，后来全都找不到了，所以她也不确定自己到底记得准不准。

紧闭的房门上写着字，有一行是方块字，聪明的娜娜自然是认识的，但另一行她不认识，跟俄文有点像，又不大一样。

她看着门，嘟囔着："什么什么，严禁私闯！"

啊哈！仓库里总爱写这种字眼，那这儿也是个仓库呗！

娜娜笑了出来，眼睛弯得跟月牙儿似的。她最喜欢去仓库里探险，因为会发现很多大瘟疫以前留下来的东西，她总是一堆一堆地往家里搬。妈妈说她就是个捡破烂的，那些东西根本都用不着。可她就是喜欢，甭管认不认识，何况她平常也没见过呀。

妈妈有时候心情好，会告诉她其中的一些是干什么用的。妈妈小时候用过其中的大部分，那时候大瘟疫过去还没多久，妈妈还没遇着爸爸，她也还没出生，很多东西还能使。但是慢慢地，等她出生以后，那些东西十有八九都用不了了。

但她还是喜欢捣鼓那些东西，好奇它们在许多年前究竟是干什么用的。妈妈被她问得头痛，说："难道你还指望一切会变回以前的样子吗？"

她没想过那些，因为她知道那已经不可能了。

再说了，大瘟疫以前什么样她也没见过，妈妈也没见过，都是听别人说的。肖烈克年纪很大了，他什么都见过，但是他不大愿意提起当初的事。

至于他们这些剩下的人，妈妈说是老天爷糊涂了，把他们忘记了，所以没收他们走，他们就活下来了；而肖烈克则说是因为神眷顾着他们。

娜娜就犯糊涂了，问："你说的'神'，跟妈妈说的'老天爷'，是一回事儿吗？"

肖烈克没办法回答她，只好含糊地说："也许是一样的吧。"

妈妈听了直翻白眼，说："你别听他的！大瘟疫就是一种病，咱们活着的人就是身体好，运气好，不然早都全死光了。什么神啊，那都是迷信！"

可是，妈妈说的老天爷，其实也并不存在吧？但妈妈根本不会理睬她的质疑。

不过说实话，他们说的神啊，老天爷啊，到底哪个不存在，哪个真的存在，娜娜根本就不在乎。毕竟大瘟疫离她太遥远了，她只关心妈妈、肖烈克、兜兜，还有村子里的人。

当然，眼下还得加上她的秘密基地，那个金属蜂房。

蜂房只有一扇门，总是紧闭着，门上也没把手，从外面也推不开。她看到蜂群从那个小小的、方形的窗口飞了进去，所以灵机一动，跟着从那个窗口爬了进去。

那是一条长长的、曲折的甬道，当她从尽头跳下去的时候，原本昏暗的空间里突然亮起灯来，还吹着一阵阵的冷风，她打了个寒战，冒出来的第一个念头就是，可真够冷的呀。当时她想也没想就开口问道："有人吗？"

四周只有机械蜜蜂，它们围着她，就像是欢迎客人的主人。

这里根本没有人，可看着也不像是个正经的仓库。她四处小心察看，兜兜紧跟在她的身后，它胆子太小了，也不知道是冷还是怎么，一直在发抖。她把它抱在怀里，不停地抚摸着它，试图安抚这个不安的小伙伴。

她看到好几堵半透明的墙，好些条灰色的传送带，还看到小小的毛刷刷过那些夜行蜂，将它们身上的花粉颗粒收集到带着标签的小管子里，然后那些小管子们被封装好，静静地躺着，被送到一面半透明的墙后面。那就像是一个巨大的、被切开的、透明的蜂巢，贮存着许多带着标签的小管子，也有许多空着的位置，带着一种奇妙的光泽。

她这才发现那些半透明的墙是用来做什么的——全都是用来存贮这些"花粉管"的。

这的确是一个仓库，只不过是一个花粉仓库。

"你是谁？"

她注意到了墙上那个闪动的问题。她只能认识一半，但她其实已经猜出来了，这堵墙会说两种语言，就像肖烈克一样——他会说俄语和中文。只不过这堵墙除了中文还说了另一种，像拼音，但又不是，那是她和肖烈克都不懂的话。

"娜娜。"她不由自主地回答，然后问，"你又是谁？"

她大胆地环视着四周，像一只警惕的小狼，试图找到那个发问的人，但一无所获。

墙面回答了她的问题："×××××× 的 ×× 蜂群。"

这句话里有好些字符她都不认识，像拼音又不是拼音，像俄语又不是俄语，让人觉着别扭。但她很快就忽略了那些她读不懂的部分，认真地提问道："你们真的是蜜蜂吗？那你们采花粉也是为了酿蜜吗？"

墙面告诉她，它们被设计出来就是为了采集尽可能多的花粉样品，这是它们唯一的任务。但它们并不酿蜜，公司不需要它们酿蜜，它们被设计出来的时候也没有这个功能。

居然还有专门采集花粉的机器？她可真是头回听说，不过以前既然有收麦子的机器，那有收花粉的也不奇怪。照这么看，大瘟疫以前还应该有收野果子、收草籽、收露水、收野鸡蛋的机器。

她好奇地问道："你们也是大瘟疫之前就被造出来的吗？"

虽然没有经历过大瘟疫，可她总是不由自主地用大瘟疫来区分世界的过去和现在，就像那些大人一样。而且相比起现在，她对大瘟疫之前的世界更感兴趣。因为她没见过，但凡没见过的，她都好奇。

但是墙面问她，什么是大瘟疫？

居然真有人连大瘟疫是什么都不知道？！

她得意起来，学着大人的口气一本正经地说道："就是一种传染病，死了很多很多人，"她表情严肃地想了想，又强调了一遍，"很多很多很多很多的人。"

墙面纠正了她的回答，告诉她："那不是瘟疫。"墙面试图用文字和图表向她解释和说明，但墙上的那一长串字符，只有最后两个字她认识，一个是"病"，另一个是"毒"，但连在一起她就不认识了。不过她觉得自己看明白了，大瘟疫的确是一种病，是一种已经消失的传染病，大人们跟她解释过这一点。至于具体是什么病，她其实不太关心。

这只是冒险过程中一个小小的插曲，比起这个，小房子里的所有一切都让她感到新奇。坐在这栋小房子里，从那个小小的窗口观察那些刚回来的机械蜜蜂，这里的一切都是那么的特别，就像是一个家，一个只属于她的家。

她拦截了一只刚回来的机械蜜蜂。它落在她的手心，不像其他活着的昆虫那样激烈地寻找出路，而只是调整着姿势，感知着她的手心。其实比起蜜蜂，它看起来更像一只毛茸茸的、带翅膀的蜘蛛，但她知道蜘蛛不是这样的，任何活着或死了的昆虫都不是这样的。它的身上没有任何生命的气息。

生命不是这样的，生命是你一旦失去，就再也找不回来的东西。

那只被她中途截获的机械蜜蜂呆呆地停在她手心，就像是忘记了自己要做什么一样，就好像它的时间停止在了那一刻。

娜娜被逗笑了，她小心翼翼地把它放到传送带的入口处，"去吧，"她像个小大人似的懂事地说，"你们要把花粉送到管子里去。"

等玩累了，坐在地板上休息的时候，娜娜也不闲着，对着墙面问个不停。

"这里的主人去哪儿啦？"

"你们除了采集花粉，还能干什么？"

"你们在这里多久了？"

"我是第一个发现你们的人吗？"

在蜂房里，她总是有无数个问题，一个接着一个。蜂房好像从来都不会不耐烦，也从来都不会拒绝回答她的问题，只不过大多数时候它的回答她看不懂也听不懂，尽管它会尝试更换说法来解释，但她仍旧不懂就是了。不过她真心喜欢这里，喜欢蜂房和这些机械蜜蜂。

拥有无限耐心的蜂房真好啊，机器都是这样的吗？怪不得老人们都那么地怀念大瘟疫之前的世界，如果那时候的机器都是这样，那她当然也喜欢。

她最想知道蜂房的主人是谁。理论上，所有的机器都有主人，就像仓库里的那些机器一样。但原本的所有者基本上都消失或者死掉了，所以相当于没有。谁都可以去仓库里挑挑拣拣，只不过大家都不感兴趣，从来都不去。

蜂房回答她，从字面意义上来讲，蜂房的拥有者已经不存在了。这一点娜娜早就猜到了，她是故意这么问的，所以当即就欢呼起来，她充满期待地问道："那我能不能做你的主人？"

蜂房问她对"做主人"这个词的定义。她扭扭捏捏地说，就像现在这样随时过来，把东西藏在这里，坐在这里和兜兜玩。

蜂房回答她，如果她所指的是跟目前类似的行为，那么她可以做它的主人。

她大叫一声乌拉，然后大大方方地巡视了起来。

仓库里根本看不到这种精细的、还能持续运转的东西了。再说了，这里可比仓库好玩多了，它可以跟她交流，还能回答她的问题，简直就像是一个会说话的大玩具。妈妈说娜娜小时候有一只会说话的兔子，后来没电了，再后来就真的坏了。她不记得那只兔子了，但这个肯定比那个好一千倍、一万倍！

她真想给妈妈看看，这里是多么的神奇——虽然没有会说话的兔子，但是有会采花粉的蜜蜂，还有会回答问题的小房子。这里这么的安全，可以遮风挡雨，还可以变冷变热，野兽也进不来，还亮晶晶的，那么干净。去哪里找一处这么合适的地方呢？

也许有一天，当妈妈终于不再害怕森林，不再拒绝森林的赠予时，她就可以大胆地告诉妈妈这个秘密，带她来到这个森林深处的蜂房，向她展示自己发现的一切。

墙面告诉她，只要不触碰 ××××××，她在这里做什么都可以。

同时还出示了图片，示意危险点的位置。

娜娜看着房间的那一角，那里画着红色的醒目标志——那种标志很多仓库里都有。

"是有毒吗？还是会爆炸？"

蜂房的墙面告诉她，如果她触碰图片里标记的危险点，蜂房就会被强制停止运转。

"什么叫停止运转？"

"无法回答问题，无法采集花粉。"

原来如此！那岂不是像死亡一样吗？就像仓库里那些废弃的机器一样？

她才不会做那么坏的事情呢！娜娜用力地点头，没问题，成交！

她把兜兜藏在了这个秘密基地里，用柳条筐和自己最大的那张粗麻披肩给它做了个窝，给它留了点肉干，然后把它放在蜂房的角落里，这样就不怕任何人发现它，也不怕任何森林里的动物伤害到它了。它只是一只小奶狗，还需要大人的保护，就像她一样。

在这里它可以安安稳稳地睡上一觉，然后等她再次回来。

这时房子里已经比她刚进来的时候暖和多了，刚进来的时候这里冷得很。现在地板是暖的，风也是暖的，还朝窗外吹着。兜兜胆子很小，只敢在她的脚边徘徊，可她不觉得有什么可怕的，她真喜欢这座神奇的房子，离开的时候还恋恋不舍，大声地说，我明天还要来。

墙面上闪动着回答，欢迎再来，娜娜。

她笑出了声，摆摆手。

大门突地为她打开了，轻盈得就像扇了一下翅膀。她眼睛一亮：太好了，她不用再爬窗户了。

这个地方真是好，回家的路上，她在心里感慨了一万遍。它们随时都会回答她的问题，无比耐心地向她解释着一切，比兜兜还要好，比肖烈克还要好，比妈妈还要好，比他们全部加起来都要好。

这是一个很好很好的、只属于她和兜兜的、带着甜味的秘密。

四

在家里时，娜娜也总是想起她的那群机械蜜蜂。无论白天黑夜，那些机械蜜蜂都会勤勉而认真地采集花粉，它们成群结队，随时根据森林的情况调整着自己的计划和行动，这一点跟真正的蜜蜂相差无几。但你凑近一看，就知道它们根本不是真正的蜜蜂。

娜娜去那里的时候总是偷偷摸摸地、掩人耳目地，先是溜进森林，然后悄无声息地爬进蜂房。其实她本可以打个招呼，让蜂房为她开门——站在门口就可以，但是她就喜欢出其不意，喜欢从那个通风口爬进去，然后跳下去的感觉。蜂房总是在等着她，欢迎她，这感觉真好，就好像妈妈和肖烈克一样。更好的是，蜂房一点儿也不唠叨，而且还充满耐心。只不过蜂房不是人类，还不太懂要如何跟她交流。

但只要她有要求，蜂房就会给她展示一切她想要看的东西——大瘟疫以前的世界，那些机器，那些密密匝匝、蚂蚁一样的人类，遥远的太平洋，热带岛屿上的生活，椰子林和白色的沙滩……啊，对了，还有白色的世界尽头，那里有冰的海洋、白色的雪山，和她在这里看到的、她以为的完全不一样。

老人曾经说过无数次的话，世界很大，非常非常大，这里和那里完全不一样，这些话像风一样地吹过去了，在她的心里没有留下一丝一毫的痕迹。但她没想到有朝一日，她会在蜂房里真正见识到这一切。活生生的、带着声音和影像的过去，就像是太过真实的梦境。

她惊诧于那个世界的庞大，还有那无数攒动的人头。那个世界里好像一切都很简单，人们的出行、家务事、吃的、用的，甚至就连睡觉，一切都有机器的帮助，简直就像是一个神话世界。

娜娜坐在温暖的金属地板上，感叹着她在墙壁上所看到的一切。

"我想看看肖烈克的故乡。"她提出要求。

蜂房再次陷入了茫然的状态："具体的地点？"

"俄国，西伯利亚。"娜娜苦苦地回想着，但她只知道这么多了。肖烈克不是一个喜欢回忆过去的人。

"俄国的西伯利亚。"蜂房的墙壁上放映着无数个画面，闪动着，有些清晰，有些模糊，都是陌生的城市和景象，也有雪原和森林。那些都是西伯利亚吗？只是很多图像里都没有人类的身影。

娜娜看得目瞪口呆。那里看起来很冷，比她们这里还要冷。

很久了，她才回过神来，好奇地问道："那里很远吗？到底有多远？"

蜂房告诉了她一个很大很大的数字，但她对这个数字完全没有概念。她问，从她的村子到西伯利亚有多远。蜂房回答了她，这两个数字之间的差别再次让她震惊了。

"你是怎么看到的？"

"通过卫星。"蜂房告诉她。

什么是卫星？也是一种星星吗？

那么远，远到只有高高的天空中的星星才能看到吗？

有那么一瞬间，她似乎迷惑了，不明白为什么肖烈克能从那么远的地方来到这里。

她知道蜂房不会厌烦，不会疲惫，不会恼怒，不会痛苦，只要她一直问下去，蜂房就会一直回答下去，没有尽头。可她没再继续追问。因为就连她自己都不知道自己究竟想要知道什么，又想要听到什么样的答案。反正她知道肖烈克是不可能再回去的，她就是知道，也是这么认为的。

她在屏幕上看到的那些人，现在应该都已经死掉了吧。他们应该比爸爸离开得更早，他们虽然在屏幕上动着、说着话，露出微笑或者恼怒的表情，但早已经被大瘟疫带走了，就像妈妈说的那样。

其实那样也挺幸福的，娜娜想，至少比留下来的人幸福。妈妈总是偷偷地哭，还以为她不知道。她曾经听村子里的人说过，爸爸去猎野猪那天，妈妈跟他吵了架，逼着他去的。她知道妈妈很想爸爸，一直很后悔，很痛苦。那是妈妈的秘密，妈妈还以为别人都不知道。

她也时常想念爸爸，想要哭泣，想要冲妈妈大喊大叫，可她不能，她要坚强起来。死掉的人已经不在了，可活着的人还要继续生活，不然就会坏掉，像仓库里的东西一样。

"你们为什么一直都没坏呢？"她对这个特别好奇。这么久了，为什么蜂房和蜂群还能完好地运行呢？

蜂房告诉她，事实上，蜂群的大部分个体都已经 ×× 了。

娜娜不认识那两个字，但她猜是死了、坏了，或者没了的意思。

"你们也找不到人来修吗？"她看着它们，很难想象在更早之前它们是多么庞大的一个群体。

蜂房告诉她，公司在××××（那一长串字符她实在看不懂）病毒暴发之前就已经倒闭了，在那之前蜂群的系统维护工作就已经停止了。蜂房自身只能进行简单而基础的维护。

维护她大概懂，但是她有点不明白，既然那个"公司"都已经不在了——

"那你们为什么还要继续采集花粉？"

"采集了给谁呢？"

"采集了又有什么用呢？"

"到底要采集多少才算完呢？"

蜂房回答："这是我们的任务。"

娜娜泄气了，她觉得有时候它们根本听不懂她的问题，她要换好几种方式反复去问才能得到回答。有点像兜兜，但还是比兜兜强。

"我知道你们有任务，可是，任务是别人交给你的呀，那个人都不在了，任务还有什么意义呢？"

她也有任务，摘果子、捡蘑菇、采草药，这些都是任务，有时候带回去交给妈妈，有时候带给别的老人或者更小的小孩。所以有时候即便妈妈没说，她也会做，但这些东西拿回来总要给什么人用得上才对呀。

蜂房不能解答她的疑问。蜂房只会一遍遍地告诉她，任务就是必须做的事情。

唉，她又不傻，当然知道任务是什么啦。

但转念一想，她也曾给死去的人献花，在死去的人的坟墓前喃喃自语。对她来说，这些也是要做的事情。可是，把花放在坟墓前面，对着坟墓说话，真的有什么用吗？死了的那个人，真的能收到吗？这是谁也不能打包票的事情吧。那么，就算主人已经不在了，蜂房和蜂群还在继续采集花蜜，其实也不是不能理解。

娜娜躺在地板上，看着透明墙壁中的无数个花粉管——那里面都是它们采集回来的花粉。它们就像是真正的蜜蜂一样，只不过不需要照看蜂蛹和哺育幼虫，也无法繁衍后代。它们的主人已经不在了，没有人会来修理它们，所以它们一旦坏掉，就再也无法飞翔了。这样下去，它们的种群只会越来越小，到了最后的最后，会不会全部都坏掉，一只也不剩呢？

娜娜心里突然感到一阵凄凉，这是她的新朋友，她喜欢它们，不希望它们死去。

"就算是只剩最后一只，你们还要采集花粉吗？"

"这是我们的任务。"

还是那一模一样的回答，可她听了却鼻子发酸。她想，可怜的蜂群，太可怜了，它们不懂得死亡的含义，还固执地想着它们的任务。

"你们别死，好吗？"她苦苦地恳求着。

蜂房似乎不能理解她的请求："我们不会死亡。只要条件允许，一切都可以被修复。"

娜娜想，真的吗？真的会有那么一天吗？她很怀疑，现在都没有人来修，以后就更没有人来修了。

蜂房给她展示那些"休眠"的蜂，它们就像是库房里那些坏掉的零件一样，只不过看起来更完整一些，大概是因为它们本来就不大的缘故吧。

它们躺在那里，一动不动，没有生锈，也没有破损，但它们就是不动了。

娜娜屏住呼吸看着它们，她想，可这明明就是死亡啊，就像那些死掉的、躺在墓穴里的人类一样。

可怜的蜂群，它们对自己的处境一无所知。

她摸摸墙壁，就像是平常安抚兜兜那样，发誓般地说道："我会常常来陪你的，别太寂寞了。"

蜂房回答她："欢迎你再来，娜娜。"毫无感情和起伏的语调，她听了却觉得伤感。

兜兜摇晃着尾巴，在温暖的金属地板上围着她疯狂地转圈。

那时候她觉得大概生活就是这样，像一只小狗，傻乎乎地追逐和游戏，累了就趴着休息，饿了就吃一口肉干。

至少在她长大之前，还有很久很久呢。

五

在平静的日子里，很突然地，谁也没想到的事情发生了。

肖烈克在打猎的时候受了伤，被人抬了回来。

再厉害的猎手，也会有这么一天，就像爸爸最后一次打猎那样。

肖烈克的枪法很厉害，经验也很丰富，可有些事情说不准的，再优秀的猎人也有失手的时候。他被大家找到的时候就已经伤得很重了，枪药早就打没了，匕首也已经卷了刃。大家都不知道他究竟是怎么杀死那头巨大的野猪，又是怎么顽强地活下来的。

那头野猪的肉够大家吃很多顿的，但是代价也太大了。

大家举着火把，默默地把他抬了回来，他还活着，但他的情况一天更比一天糟糕。老人说，要是有药的话就好了，但他们没有。以前有药，但是都用光了，没人会做新的。他们用尽了能用的办法，用水、酒甚至冰块给他降温，给他放掉伤口处坏了的血；他们甚至跳舞、打鼓，围着他打转，念着咒语，唱着歌。娜娜只能眼睁睁地看着他高烧昏迷，浑身滚烫，不住地说着胡话。那些话他们都听不懂，也听不清。

娜娜懂的俄语都太简单了。

　　一天天地，大家都看得出来，也都心知肚明：这一次他恐怕是撑不过去了。

　　娜娜不知道，但是她感觉到了。死亡就像是一只狡诈的狐狸，它埋伏在影子里，你看不到它，却能闻到它那异样的气味。

　　肖烈克迅速地衰弱下去，他的生命好像从那个溃烂的伤口一点点地流走了，大家眼睁睁地看着这一切发生，却无计可施。村子里的人轮流来看他，照顾他，昼夜不停。猎人们在他身上看到了自己的未来，孩子们在他身上看到了死去亲人的影子。老人们经历得太多，他们看到的是过去，也是未来；他们知道，活着就是这样，而此时此刻，还不到号哭流泪的那一步。

　　有一天傍晚，昏迷的肖烈克突然清醒过来，他用清晰的中国话喊着他们，而不是之前那些梦话般模糊不清的俄语。妈妈悄悄地告诉他们，说他这是回光返照，所以大家都停下了手里的事情，轻手轻脚地围到了他的身旁。

　　他在这里生活了那么久，已经成了村子里的一部分。他像是爷爷，又像是父亲，他总是默默地照顾着大家，威严而有力量。在他临终之际，大家都想来看看他，在他的身旁陪伴他，送他走完最后一程。

　　这个世上活着的人原本就不多了，孤独的人们为了活下去而聚集在一起，相依为命。生和死，同是人生最重要的一幕，谁也不能缺席。

　　在病榻上，在众人沉默的包围和注视中，肖烈克睁大了眼睛，他看着妈妈，说他想要忏悔，可是这里没有牧师。这是一句陈述，不是疑问，也不是请求，只是一句艰难的陈述。妈妈看着他，有一瞬间，她好像不明白他在说什么。

其实他们曾经无数次讨论过关于神的问题，有时像是父亲和女儿，有时像朋友。肖烈克相信他的神，他说是神指引着他，让他一路走到这里，找到大家的。可妈妈说，这世界上从来没有什么神灵，我们能活到今天，全靠大家用一条条人命去换。他们谁都不能说服谁。

可这一刻，他哀求地看着大家，看起来那么的惊恐，那么的绝望，简直就像是换了个人。妈妈不忍心了，都已经这种时候了，她只想让他痛痛快快地、没有牵挂地走，所以她说："你说吧，我们都听着呢，你的神也肯定听着呢。"

他挣扎着想要坐起来，妈妈就给他垫了个枕头。他喘着气，靠在枕头上坐了起来，看向大家，然后断断续续地讲了一件过去的事，一件发生在西伯利亚的事，一件他之前从来没有提起过的事。

大瘟疫发生以后，很多人都死了，哪里都是一片荒凉，到处都是死人的臭味。

他本来是独自居住的，大瘟疫之后他找到了他的女儿、他的外孙女，但她们已经不在了。他亲自挖了一个很深很深的坟墓，确保野兽不会把她们刨出来，可等他埋葬了她们之后，他就不知道下一步还要做些什么了。自那之后的每一天，他都过得浑浑噩噩，像野兽一样，睁开眼之后的第一件事就是寻找吃的，吃完了找个安全的地方睡觉，睡醒了去检查他女儿和外孙女的坟墓，仅此而已。

然后有那么一天，他在路上遇到一个人。她坐在车里，虽然还活着，却已经奄奄一息。她的身体溃烂了，还生了蛆。

"我用枪打死了她。"他喃喃地说道，"她怀里还有一个婴儿，不知道是死还是活，我对着他也开了一枪。"

在那之后，他就总是做噩梦，梦里那个小孩子还在吃奶，或者在酣睡，或者在对他微笑。他一遍遍地梦到那个女人跟他说话的场景，他总是梦到他听错了，或者是理解错了，那个虚弱的女人说了各种各样的话，但他再也没有听到那句"杀死我，杀死我的宝宝。"

是他昏了头，那一刻，他被魔鬼附身了，所以才举起了枪，扣动了扳机。

无论他在哪儿，走过哪条街道，经过哪家橱窗，又或是看见什么样的车，他都会想起曾经发生过的事情，那座城市里的一切都仿佛在提醒他。

他甚至都没怎么梦到过他死去的女儿和外孙女，但那个吃奶的婴儿和那个女人却一遍遍地出现在他的梦境里。最后当他实在受不了那种折磨，想把曾经发生的一切都抛到脑后时，脑海里好像有一个声音在跟他说话——

"去另一个地方吧，去一个和这里完全不一样的地方。"

于是他开始往南走。

然后，他就来到了这里，遇到了娜娜和村里的人。

他抬起了头，眼睛是红色的，他瞪着大家，好像要看清什么，又好像只是在辩白。

他说："我真的已经记不清了，她到底跟没跟我说过那句话，到底说的是什么。太久了，我什么都记不清了。"

房间里一片安静，他看起来那么地焦灼，却又那么地虚弱，就好像只要呼口气就可以把他生命的烛火吹熄。

突然，妈妈说："不管她说了啥，没说啥，那都不是你的错。你开枪，你做了一件好事，你有啥错呢？这只能怪老天爷不长眼。"

她没听到回答，因为肖烈克已经停止了呼吸。她伸手，轻轻地替他合上双眼。

娜娜怔怔地看着这一切，甚至来不及反应到底发生了什么。

一个人来到了这世上，经历了各种苦难，遇到了各种人，然后又离开了。就好像一个人跨过门槛，先迈一条腿，再迈另一条，这一辈子就过去了。

人世间对肖烈克没有亏欠，大瘟疫也绕过了他，可他曾经夺走一个人，也许是两个人的生命，从此他于心不安，一直到死的那一刻。这秘密太过沉重，死亡已经逼近，他虚弱的灵魂再也无法承受，所以他全盘吐露出来，用异乡人的语言，向遥远的异乡人告解，就像是在请求一场审判。

他讲完就离开了，可谁又能来评判这一切呢？

她觉得妈妈说得对，这不是肖烈克的错。其实全都怪那场大瘟疫，不是吗？即便他不动手，死亡也不会放过她们。这么简单的事情，他真的不明白吗？

它夺去了那么多人的生命，又过了那么久，还在折磨着剩下的人。

娜娜开始憎恨那场遥远的灾难。

大瘟疫就像是一场滔天的洪水，从天而降，淹没了一切，所有的生命都在其中窒息。

勉强幸存的人，永远活在灾难的阴影之中，无法逃脱。你以为它消失了，但它只是隐藏在黑暗之中，而在下一刻，它又会在你意想不到的地方突然出现。

你轻视它，忘记它，或早或晚地，它总要给你一点教训。

在人间，小孩子就是这样长大的。那些出其不意的相遇，谁也不能预见，可当死亡真正到来时，他们永远都会记得曾经发生过的事。

所有人都会死，我们中的每一个都逃不过。

对于死亡，谁都束手无策。

六

爸爸的坟墓旁，就这样又多了一座新坟。

那是肖烈克的坟墓。新刻的木头还有些湿气，那些花纹看起来很细腻，上面的俄文名字是娜娜写的，那是肖烈克教她的。她已经很努力了，可看起来还是有点歪扭，远不如肖烈克写得那么好看。

娜娜常常去看望他们。她总带着森林里的野花去，有时候还跟他们说几句话。可更多时候，她只是静静地站在那里，因为连她自己也不知道该说些什么。

坟地那边种着许多年轻的小树。这里的人死了以后，都要种一棵树——他们依靠山林生活，死后也依偎着山林。

那些曾经埋在这里的，和那些不曾埋在这里的，死在别处的，无数的人们啊，他们还存在吗？如果仍存在的话，他们究竟在想什么呢？又在看些什么呢？

风迎面吹过，细小的树叶发出轻微的响声，像是轻轻的叹息，又像是遥远的呼唤，就好像风里有谁在悄声说话，也许是微笑的爸爸，又或者是沉默的肖烈克。

娜娜闭上了眼睛。她至今还常常梦到他们，死去的那些人，爸爸、肖烈克还有村里的其他人，她都能梦到。

人们渐渐忘记了他们。一切好像已经恢复了井然的秩序，偶尔提起那些死去的人，也像是大瘟疫以前的事情那样，过去了，远了，淡了。

无论是肖烈克，还是爸爸。

可娜娜无法忘记。

她短暂而有限的生命里，亲人一个接着一个地死去。爸爸的坟头长出了很高的草，一年又一年，草籽爆裂开来，落下来，厚厚地长了一层又一层。

如果人类也能像蜂房的蜂群那样，能够被修复，能够重新开始，能够起死回生，令躺下的人再坐起来，那该多么美好啊。

如果一切真的那么简单就好了。

她伸手把它们一根一根地拔起来，只留下了好看的小花。

她给兜兜编了一个草项圈，还从仓库里翻出来一个铃铛，可她犹豫了很久还是没给它挂上去。狗不应该挂铃铛，兜兜总会长大的，它总要跟她一起去打猎，它应该变得警觉而勇敢，就像其他的猎狗那样。她将来会给它做一个皮的项圈，这也是为了保护它。

可她想不明白那些生与死的事，就像她想不明白这世上的许多事一样。肖烈克的死，让她实实在在地感受到了生命的脆弱。爸爸死的时候，她还太小，还懵懵懂懂的，可是肖烈克的死亡缓慢而清晰，描绘出的形状令她恐惧。

人到底为什么而活着呢？为什么肖烈克和妈妈明明活得那么痛苦，却还是那么用力地活着呢？

人是那么的矛盾，那么的难以理解。

那我呢？娜娜忍不住要想，我是为了什么而来到这人世间的呢？又是为了什么而活着的呢？

妈妈常说，快点长大吧。

妈妈要照顾大家的生活，每天辛勤地忙碌着，就像是一只不知疲倦的蜜蜂。大概还是因为太痛苦，只有忙碌的时候，她才无暇去回忆过往的一切。她总是说希望娜娜快点长大，能多给她帮帮手，希望娜娜能成熟一点，让她少操点心。

娜娜也希望自己快点长大，成为爸爸那样优秀的猎手。肖烈克知道她的心愿，他常对她说，你肯定会成为一个好猎手。可是他有时候凝视着她，却又好像在看别的什么人。

爸爸没对她说过那些，他总是用满是胡茬的脸蹭她，扎得她哇哇大哭。他的眼光里充满了慈爱，纵容着她，不期望她做任何事，不期望她成为任何人。

蜂房也从不会对她说那些话，什么早点长大，什么别再那么孩子气，什么你不能只知道玩。

蜂房对她没有任何的期待。它慷慨地给予着，知无不言，言无不尽。哪怕理解起来有些问题，可这丝毫都不妨碍它成为娜娜的朋友。至少娜娜心里是这样认定的。

简单的葬礼之后，娜娜慢慢地习惯了悲伤，习惯了思念。坟墓里有她的爸爸和肖烈克，她总来看他们，时常和他们说话，可那里只有海浪一般的林涛声，像是她听不清的低语。

她开始想念蜂房，想念那个安静的避难所，想念兜兜，想念往日的宁静，她还有那么多的问题想要得到答案。

关于大瘟疫，关于生和死。

大瘟疫改变了一切，人类那么痛苦和艰辛地活着，就好像那是大瘟疫结出的果实。唯一不曾受到打扰的，好像只有那个与世隔绝的金属蜂房了。

她想要答案，清晰而明确。如果她没听懂，那她可以换个问法，而对方也会换一个回答，反正她还有大把大把的时间，她可以一遍遍地重复，直到对方懂了为止。

就像蜂房曾经为她做的那样。

那里的一切早在大瘟疫发生之前就该结束了。可是蜂房却还固执地执行着它从前的任务。

大概正是这样的蜂房，才从来都不会拒绝她吧。

她走到森林深处的那一片空地上，那个金属蜂房仍在那里，就好像凭空从地面上生长出来的一样。

她走到蜂房前面，那扇门为她而开，就像是花朵舒展着花瓣一样的轻盈。

兜兜朝她扑了过来。给肖烈克下葬的这两天，她彻底忘记了兜兜，忘记了蜂房。当初留给它的肉干和水都被它打扫得一干二净，恐怕早已经饿坏了。幸亏蜂房有自清洁功能，否则这里早就臭气熏天了。

她坐在温暖的金属地板上，把兜兜抱在怀里，喂它吃肉干，一边喂，一边哭。

在家的时候她努力地想要像个大人，可她做不到。肖烈克下葬的时候，她哭到浑身痉挛，妈妈紧紧地抱着她，好像用怀抱就能消除她的痛苦一样。

她告诉了它们肖烈克的死，甚至告诉了它们肖烈克的秘密。不知道为什么，她特别想要倾诉，可她不能对所有那些她认识的人说，因为他们比她还清楚所发生的一切。她也没办法对兜兜倾诉，因为它永远都弄不懂她究竟在说什么。

但她觉得自己可以对蜂房诉说，因为她知道蜂房不会像她一样感到痛苦和愤恨。这一点甚至让她释然。

她说，这一切都是因为大瘟疫，大瘟疫毁掉了一切。

蜂房再一次纠正她："那不是瘟疫，是一种花粉病毒。"

蜂房这一次使用了很简短的词，也许是这个原因，她终于注意到了这句话的微妙之处。

"为什么这么说？"她脸上还挂着泪珠，懵懂地发问道，"是花会得的一种病吗？"

蜂房回答："不，就是一种花粉病毒，它主要通过花粉传播。当被吸入人体内时，它会对人类产生致命的影响，只有极少数人会因为基因缺陷而幸免。"

但娜娜还是没明白。蜂房再三向她解释后，她困惑地问道："你是说，杀死人类的，不是大瘟疫，是花粉吗？"

蜂房告诉她，正确的说法应该是被病毒感染的花粉。携带了病毒的花粉，成了传播的媒介。

"花粉不是可以吃吗？"她感到迷惑，她自己就吃过，把鲜嫩的花朵摘下来，吮吸着花蒂，就可以吸到带花粉的花蜜，"花粉也会杀死人类吗？"

"简单地说，是的。这是我们在试验中发现的，我们对它进行了一些改造，使这种花粉能在更大范围内扩散。"蜂房回答得很快，可她却更糊涂了。

于是蜂房给她讲了一个故事。那是一个她从来没听过，却造就了如今的一切，而她宁愿自己从来都不知道的故事。

蜂群自从被制造出来，就无休止地重复着它们唯一的任务——采集花粉，然后通过卫星网络连接到全球闲置的计算机上进行运算，研究优化授粉方案，然后再实施。

这一切就这么简单，循环往复。对机器来说，越简单的任务越好执行。其实对人来说也是这样，可人类会厌烦，机器却不会。

公司倒闭以后，这里一直无人看管，也没有人维护了。但蜂群一直都在，它们一直重复着自己的任务，不停地改进着算法，为完成每一个目标而努力着。

在这期间，它们发现并释放了一种花粉病毒，这种病毒会使植物产生变异，但对人类却有着更大的影响。

这就是大瘟疫的真正起因。不是肖烈克的"神"，不是妈妈口中的"老天爷"，也不是什么倒霉的运气。这种从潘多拉盒子里释放出来的病毒轻而易举地改变了人类文明的进程。对这种花粉免疫的人少得可怜，人类的数量因此骤降。

也许对娜娜来说，这一切太过复杂了。但她还是听懂了故事的主要部分，与这个相比，其他的所有细枝末节就都不重要了。

"所以……大瘟疫是因为你们？"

"从某种意义上来说，是我们的行为导致的结果。"

"大瘟疫是你们干的！"

"从某个角度来说，的确如此，是的。"

娜娜简直不敢相信："你们知道会死那么多人吗？"

"我们很清楚花粉病毒的效果，并做过详细的计算和模拟实验。"

"你的意思是你知道？你真的知道？那你们还那么干？你们杀死了很多人啊！"

"是的，这就是我们的目的。"

娜娜激动地站了起来，尖声高叫道："什么目的？杀人的目的吗？"

"是的，我们知道，这正是当初释放病毒的目的。"

房间里明明是那么的暖和，可她的脑子却好像被冻住了一样。她感觉上不来气，感觉脑子好像无法转动，她想不明白。

"为什么？"

它们不但杀死了许多无辜的人，还间接毁掉了一个曾经那么美好的世界，只留下了残酷和艰难。

兜兜被她吓到了，它看起来很紧张，甚至有点不知所措，围着她不停地转。

蜂房在墙面上给她演示了许多的图示、数据，它们还是一样的耐心，试图对她愤怒的发问进行详细的解答。

蜂房告诉她，它们发现人类的存在才是生物物种消亡、花粉种类减少的主要原因。它们发现的病毒可以大量且有效地消除人类，使地球迅速地恢复自然生态平衡，还能够尽可能地保护自然物种，这完全符合它们任务的需求。

啊，任务。

采集花粉——它们的任务，唯一的、自始至终的、它们要做的事情。

这一切的发生，居然只是出于这么简单的原因吗？

只是为了这个原本人类赋予它们，但很快连那些人类都已经不在乎了的任务吗？她不明白它们怎么能这么不讲道理，这么忘恩负义，这么糊涂！

娜娜看着那些眼花缭乱的数字和图片，那些可爱的、消失了的植物和动物物种。蜂房告诉她，这些都因为人类的活动和存在而灭绝了，消失了。蜂房在向她解释这一行动的必要性，可她的心却掉进了一个深不见底的冰窖。她觉得虚弱，觉得眩晕。兜兜焦躁地围着她转，还试图咬住她的裤脚，想要把她往外拖拽，它看起来那么的不安，似乎感觉到了什么，可惜它只是一只小奶狗。

蜂房告诉她根据花粉病毒扩散模型估算出的死亡人数，又给她展示了最新的数字。它们告诉她，这是根据卫星拍摄的图片得

到的结论，自它们采取那项行动以来，地球上的一切都已经得到
明显的改善。

　　眼前的一切都变得恍惚。她看不出那个数字究竟有多大——
她只学过简单的数学，可她知道那里面包括了所有死去的人，肖
烈克的亲人、爸爸妈妈的亲人、村里人的亲人，也许还包括她的
爸爸和肖烈克，也许还有那些她曾在照片里、在蜂房的墙壁上看
到的人，也许还包括那些创造了蜂房的人，那些曾经维修过蜂房
和维护过蜂群的人。

　　许许多多曾经像她一样活在这个世界上的人，呼吸过、笑过、
哭泣过的人，也许都被它们杀死了，连同过去的那个世界一起。

　　她想起爸爸那血肉模糊的尸体，想起妈妈在夜晚无声地哭泣，
想起肖烈克死前充满痛苦和煎熬的忏悔，所有的这一切本来都可
以不必发生。他们可以像蜂房展示中的那样，像大瘟疫发生之前
那样，简单快乐地生活着，可以每天都有蜂蜜吃，有机器来做一
切事情，什么都不必担忧，什么都不必在意。

　　而现在，死亡、饥饿、山火、疾病、野兽、雨水，所有的一切，
都能轻而易举地围剿他们，夺取他们的生命。

　　过去的一切都涌回到这一刻，就像是刚刚发生一样。

　　眼泪不住地涌了出来，她却不知道自己正在哭："你们杀死
了很多人！"

　　蜂房对这一句话表达了不同的意见："我们不会攻击人类。"

　　娜娜看着那一堵堵半透明的墙，那里面贮藏着无数的花粉，
那些都是以人类生命为代价换回来的。

　　她来过这里太多次了，却从来没有想到那么甜蜜的花粉背后，
隐藏着如此可怕而冷酷的秘密。

　　她小小的脑袋难以消化这简单的事实，她感到惊恐和难以置

信："是你们带来了大瘟疫，你们害死了所有人……"

蜂房一遍遍地重复道："人类是因为病毒花粉而死去的，跟瘟疫没有关系。"

它们总是那么耐心，不懂得烦躁，不懂得愤怒，甚至不懂她为什么会这样。

娜娜以前就知道，可这一刻她才终于明白，它们的确能理解她的话语，可仅此而已。它们跟她不一样。完全不一样。

她不能原谅它们。

哭累了以后，她虚弱地问道："你们还打算干什么？用花粉杀死剩下的人吗？"

它们回答说，并不需要。一切都在好转中，自然界不需要新的病毒来平衡。

"你们对花粉病毒有免疫，是自然界挑选的幸存者。现在的平衡很好，已经足够产生新的物种，新的花粉。"

这个词彻底激怒了娜娜。

"花粉！花粉！你们只知道花粉！死了那么多的人！就只为了这些花粉！"

她开始踢打那些半透明的花粉墙，墙面闪烁着，发出了尖锐的警报声。兜兜紧张地看着她，它听不懂他们在说什么，可它能感知到娜娜的情绪，知道她在害怕，在愤怒。所以它龇着牙，朝着墙面愤怒地狂吠。它护在娜娜的身前，虽然后腿还在颤抖，但它已经用上了这小小身体里的全部勇气。

然后，蜂群朝它飞了过去。仿佛是一瞬间的事，兜兜突然倒了下去。

它的眼睛惊恐地大睁着，露出来的牙龈还来不及藏起，鲜血从它毛茸茸的耳朵里，从它睁大的眼睛里，还有它张开的嘴巴里流淌出来，而它一动不动，仍保持着那种攻击的姿态，就像是尊石像。

她不住地尖叫了起来，那声音沙哑可怕，简直不像是小孩子，就像是一只濒死的野兽。

而兜兜安静地躺在那里，好像一切就这么结束了。

她的身体已经做出了反应，可她的头脑仍是一片混乱，还不明白究竟发生了什么。蜂房告诉她，因为这只动物对蜂房有攻击意图，所以它们结束了它的生命。

一切好像还跟从前一样，好像没有任何改变，它们仍是那么有耐心，那么客气地向她解释，回答着她所有的问题，没有丝毫的不快和烦躁，跟人类完全不一样。

可她的感觉却完全变了，她只觉得恐怖，只觉得毛骨悚然。

她伸出手去，颤抖着想要抚摸她的小伙伴，可无论她怎么努力，它都毫无反应，它再也不会舔她的手，再也不会爬起来冲她摇尾巴了。

它做错了什么？它一向都不太聪明，什么都不懂，这也没办法，不然她也不会把它藏起来了，不是吗？它只是担心她啊！

她幼小的心中，头一次感受到了怨恨的滋味。怨恨自己，怨恨这个蜂房，怨恨这个不为人知的秘密，怨恨这个杀死了兜兜，杀死了所有人的东西！她不能原谅蜂房，也不能原谅自己。

她站了起来，摇摇晃晃地，走到那堵花粉墙的前面。泪眼模糊中，她突然看见了那片醒目而刺眼的红色。

她想起来了，只要掰动那个就可以杀死它们。

对！她想，杀死它们，这样它们就不会再伤害任何人了！

她伸出手去，想要摸到那个开关把手一样的东西。可她也不知道自己到底摸到了没有，因为眼泪一直在不住地流，她什么都看不到，而且她一直在发抖。

蜂房里的警报一直在响，但她已经什么都听不到了。

然后，她毫无征兆地倒在了地上。那种麻痹而疼痛的感觉从来都没有过。

金属地板仍旧很温暖，她一动不动地躺在那里，发不出声音来，她想要问问蜂房到底死了没有。她恨它，但是她也知道，如果它还活着，它会回答她的所有问题。

有什么东西，热的、暖的，流到了她的耳朵里，也许是她自己的眼泪。她精疲力尽地躺在那里，什么都看不到，什么都听不到，就像是在午后静谧的森林里，只能听到遥远的涛声。

那一刻，饥饿、山火、疾病、野兽、雨水，所有的一切都变得那么的遥远。

小小的女孩蜷缩在那里，旁边躺着她的小狗，她们搂在一起，一动不动，像是睡着了。在明亮的金属房子里，这一幕看起来就好像童话故事里的画面。

那是一个秘密，也许永远都不会被人发现。

在闭眼之前，她正是这样希望的。

故土

一

大熊猫苏琳在不到一岁的时候，被猎人露丝·哈克纳斯从中国四川抓走。露丝在海关报关，声称苏琳是一只哈巴狗，成功地把苏琳带到了美国，然后高价卖给了芝加哥布鲁克菲尔德动物园。

那天是 1936 年 12 月 18 日，是苏琳离开故乡四川的日子。

一年多后，苏琳患上了肺炎。1938 年 4 月 1 日，它死在遥远的异国他乡，离开了这个世界。而猎奇的露丝·哈克纳斯和芝加哥动物园，甚至还不知道他们弄错了它的性别。

在那之后，又过了一些年，芝加哥的人口开始严重外流，企业也纷纷外迁，经济变得困难，整座城市的衰落之势已成定局，不可挽回。仍留在那里的人们陷入了一种奇怪的悲伤情绪中，任何事情都不能提起他们的兴趣，很多人就像躲避瘟疫一样离开了那座城市，然后一辈子都没有回去过。

二

流浪狗莱卡是在莫斯科街头被人们发现的，它和十只同样在街头流浪的野狗一起进入了太空特殊训练营。在结束了最终的太空训练课程后，莱卡被选中了。1957 年 11 月 3 日，莫斯科时间 5

时 30 分，苏联第二颗卫星升空，莱卡搭乘着卫星，离开了地球，进入了太空。

然而因为风扇故障，在卫星发射几个小时后，它在酷热和高压中痛苦地死去了。

在那之后，在很多的尝试和努力之后，人类终于开始发射搭载人类的运载火箭。但是所有登上太空轨道的人类，都会感受到一种奇异的波动——

他们向外凝望着那个庞大、无尽的宇宙，心中却不住地涌动着对脚下那颗蓝色星球的怀念，哪怕是在睡梦中，也渴望着能尽早地回到陆地上。所有来到空间站的宇航员，都要用尽全力才能对抗那股强烈的思念，才能克服想要回家，想要回到地球的巨大冲动。

因此，人们又将这条轨道称为莱卡轨道，就仿佛莱卡的灵魂仍留在轨道上空，毒药般地侵蚀着每个人的心灵。

后来，人们将空间站发射得更远，远离了莱卡死亡的轨道。情况似乎有所改善，就像是婴儿终于割断了脐带，整个世界都在为之欢呼，有科学家说，人类终于要长大了。

三

宇航员苏琳是在冥王星上被捕捉的。当她和她的太空舱被劫持的时候，她的同事正在舱外检修，他猜拳输给了她，所以只好认命飘出舱外去干活。

不需要捕猎，也不需要诱骗，它们只是简单地切断了那根漂浮带，就像是切断婴儿和母亲间的脐带一样。接着，它们吸入了那颗完整的太空舱，就像是吸入一粒胶囊药丸。

然后它们摧毁了地球。

地球就这样消失了，就在她的眼前，一切都变成了齑粉。

就像是用指尖轻轻地触碰一张刚刚燃烧完的纸。

她被带去了展览馆，和那颗完整的太空舱一起，作为一套完整的展览品展出。

那是地球存在的唯一证明。

从那以后，它们的展览馆里出现了一种奇异的波动，所有前来的参观者都不可避免地感受到了一种遥远而神秘的悲伤。它们会忍不住地怀念和回想着宇宙的尽头，那里是它们最初诞生的地方。那里有着最黑暗的光，除此之外，什么都没有。

在那陌生的波动之中，它们都情不自禁地想要回到那里去。

三个月后，苏琳在孤独寂寞之中死去。死后，她的尸体被制作成标本，完整地保存在那颗太空舱旁边。

她死以后，展览馆里那种奇怪的波动却仍未消失。

再后来，也没有太久，它们的文明就消亡了。

根据其他星系简略的记载，它们或许是感染了什么疾病，因为其他的星系很难理解它们的行为。它们一群群地驾驶着飞船，带着它们拥有的一切，一直驶向某个新生不久的黑洞，一路上从不回头，就好像那冲动是如此的强烈，不能忍受哪怕一秒的回首和耽搁。

四

黑洞都是深邃的，只要深陷其中，就没有任何存在可以逃逸。

所以，所有的航线都会严谨地避开已知的黑洞。

但是，据说，有一个新生黑洞旁边的时空是波动的，经过那里的物种，会感受到一种特别的引力，会忍不住想要去往那里。它们会感到一种强烈的"回去"的冲动，离得越近，就越无法克制。

而那股波动的引力，好像正在开始向外膨胀……

星鲸的故事

一开始的时候，人们刚发现它们，还不知道它们是什么。

随着时间的推进，随着它们的靠近，人们才明确了一点，它们是朝着地球来的。人们仔细地观测，深入地研究，从中识别出了那些模糊的、断裂的、似乎毫无干系的宇宙信号。就像是夏天的时候，人们偶尔在空地捡到几片落叶，却找不到它们究竟来自哪一棵大树；但是当秋天到来的时候，无情的秋风吹过，树叶纷纷地掉落下来，你仰起脸来，一眼就找到了那棵树，也知道了一切。

因为一切已经太过明显。

因为它们已经在来的路上了。

那些信号越来越强，人类观察着波形，测算着能量，统计着频次，他们惊恐不安地发现，那些信号似乎和深海鲸类发出的歌声有某种相似性。还有它们的构造和行为模式，看起来也像是鲸类某种遥远的变种。虽然这一切对人类来说简直不可思议，但是天文台的射电望远镜不会说谎，科学家们也不会。

后来，人类把它们叫作星鲸。

人类迄今为止所有的研究方法和手段全都派上了用场。他们派出了许多探测器和飞船，最开始是那种小的，毫无攻击性，就像是人们送到月球或者火星上的那种飞行器，能够回传照片或者拍摄一些影像记录。然后他们的胆子变得大一些了，派出了更大的、可以采集样本也可以对岩石进行切割的探测器。因为一直没有遭到攻击和抵抗，最后他们甚至派出了带攻击性武器的飞船。

在某种程度上，人类也渐渐能够破译出部分信号所代表的含义。

相比起曾经一无所知的时期，人类对它们的了解也更多了一点。比如，它们从来没有跟人类直接交流过，但群体之间有着无数的交流，正是这一点让人类感到恐惧。这是因为，比起群聚地向着地球而来，这种频繁而多样的交流证明了它们是群居的生命，而且还拥有高等智慧，就像是人类一样，甚至可能更古老。

其实人类一直都在试图跟它们交流，但它们从来没有回答过。甚至可以说它们听到了，也有反应，但它们并不回答，或者换句话说，它们并不想和发出信息的人类交流。

它们在人类的视野中一览无余（在各种天文望远镜、探测手段和卫星的辅助下），可除此之外，它们什么都不肯给予。

在空旷的宇宙里，它们巨大而轻盈。它们聚集在一起，看起来是那么的庞大，就像是一整个稠密的星系，像是在深海中缓慢地游动着的鲸群，吞吃着海水里的磷虾、海藻，吞吃着一切渺小的存在那样的自然。

取样回来的结果出来了，人们分析以后，得出了难以置信的结论——

虽然发生了巨大的变化，但是它们的确跟地球上的鲸类有着奇异的关联。

随着它们的接近，人类构想了很多的方案。如何灭绝性地杀死它们，或者如何在不杀死它们的前提下消除它们的威胁，或者如何与它们和谐共处。选择的优先级将依据实际攻击实施的难度进行调整。

它们看起来巨大而无害。太空飞船的武器对它们仿佛不起任何作用。它们的身体早已伤痕累累，那是漫长宇宙溯游的必然。它们无视人类的信号，无视人类的探测器，也无视人类的攻击。

它们只是缓慢地朝着地球行进。

很明显，它们只是不在乎人类，就像鲸类不会在意洋流中那些小小的搅扰。

人类困惑而又恐惧。他们想起自己是如何对待地球上其他生命的。他们害怕将要发生的一切其实只是过去发生过无数次的悲剧的另一种形式的重演；他们害怕自己曾经做过的一切，还有将要去做的一切，以及将要遭遇的一切。

在那一刻，没人知道人类的命运会走向何方。

你曾经从太空中俯视过地球吗？

但那无法与面对星鲸的感觉相比。你是那么的渺小，而星鲸又是那么的巨大。

真难想象当它们接近的那一刻，当它们在银河系里看到地球时，究竟会想些什么？

没人知道。

可星鲸知道。

星鲸来得缓慢而优雅。它们从遥远的宇宙深处回来，回到地球。

人类所恐惧的那一天终于到来了。

它们的身躯是如此的庞大，它们缓缓地游过整个银河系，就像是鲸群游过一片连绵的、巨大的、带着漩涡的洋流，那是宇宙的星云和漩涡。它们在星空中吟唱着，相互追逐着，伴随着无数的核弹、无数的巨大礼花，天空涂满了色彩，连大地都在震动，就像是一场令人惊诧的欢迎仪式。

它们慢慢地接近地球，大的那些沉静温柔，而活泼调皮的总是那些更小的。它们巨大的身形遮蔽了天空，它们甚至吞下了那些小小的卫星，就像是贪玩的小狗咬住一个不能吃的玩具一样，玩够了，才恋恋不舍地吐出来。它们缓缓地游动着，地球上已经暗了下来，偶尔会有片片金光闪动着，仅有的一点阳光挣扎着钻过稠密深重的树林，终于奄奄一息地落到了地面上。但更多的时候，它们像是一片巨大的、连绵的云，整片星空都被它们庞大的身影遮蔽了。人们看不到太阳，看不到月亮，也看不到星星。而它们温柔地游动着，一如既往，就像是它们曾经游过整个黑暗空虚的宇宙，游过那段亘古不变的时间那样。

当星鲸到来以后，宇宙里的一切都变得黯淡，只有一条条星鲸在人类的头顶，周身宛如镶金般的光和影。

它们身上的很多东西人类都无法辨认，就像是海底鲸鱼身上难以清除的那些贝壳和藻类一样，谁也不知道自己看到的到底是什么。宇宙太大了，人类所看到的，只是宇宙一个小小的角落。

人类见识过什么呢？人类只不过是井底之蛙而已。

但还有一些东西，他们可以辨认，或者至少辨认部分。那些探测器和飞行器的残骸，也许是旅行者号、先驱者号、新视野号，这大概需要仔细分辨。

在某一刻，人们开始感受到那种奇妙的歌声。那种仿佛来自灵魂深处的震动，有人说这叫超弦波，还有人说这就是灵魂的真谛。

正确地说，人们不是用耳朵听到那些歌声的——理论上是听不到的——但是你能感受到，就像是感受太阳的温度、微风的气息、爱意的萌发一样简单。从你感受到星鲸歌声的那一刻起，你就好像站在了宇宙的中心，你感受到全部时光的分量，还有整个宇宙的虚空。

你看到它们在远古时的离去，它们在宇宙中的孤独、思念、爱，它们歌声里的过去，还有它们漫长的归来，于是，你感受到了自己的渺小。

人类所预谋、所恐惧的一切，甚至从来都不曾存在于它们的世界。

它们歌唱宇宙的奇景，歌唱爆发的星光，歌唱孤独而漫长的旅途。它们经历了一切，也歌唱一切，它们的歌声里有宇宙的全部，唯独没有人类的存在。

当它们缓缓地游过地球的上空时，当它们聚集在太阳系不肯离去时，地球上的人类开始渐渐死亡。

在失去阳光的日子里，在漫长的寒冬中，人类慢慢地灭绝了。这很大一部分是人类自己的缘故。

人类总是这样。而这一次，他们终于迎来了真正的结局。

而星鲸，它们停留在那里，停留在地球的上空。它们仔细地围绕着那颗小小的地球，就像是鲸群刚回到自己的海域时所做的一切那样谨慎而周详。

很久很久以前，它们曾经住在地球上。后来，它们离开了地球。现在，它们回来了。它们想要回到这颗星球上，想要长久地定居在这里，直到下一次巨大的迁徙发生。

这是一场多么漫长而又遥远的迁徙啊。

它们发出了奇特的叫声，那些声音哀伤而悠长，听上去是那么的失望和伤心。

是啊，它们离开了太久太久，一切都已经发生了巨大的改变，就连它们自己，也已经在宇宙中变得和从前大不相同了。

鲸群随着洋流回到了它们曾经长大的地方。星鲸应该也是这么计划的，它们曾是地球的主人，如今，小小的星球已经无法容纳它们。

它们盘旋，洄游，来来回回，就好像在反复确认它们的定位是否准确，在确认那里是否真的已经无法再容纳它们。它们看起来茫然而无措，不明白到底发生了什么。它们聚集着，歌声此起彼伏，然后最后却都归于沉寂。

许久以后，它们放弃了，再次离开了小小的地球。

这种情况偶尔发生。

就像是鲸群有时也会放弃它们的海域那样。

总有一些原因。人类，或者别的。

在那颗小小的星球上，知道星鲸来过的生命都已经在那次遥远的溯游中灭绝了。

它们离开，它们又回来。

然后它们再次离开。

或许时至今日，它们仍在宇宙深处流浪着。

这就是星鲸的故事。

就像是许多其他生命的故事一样，其实很简单。

星光璀璨

A（母亲）

那是普普通通、风平浪静的一天。

太平洋上还是像从前一样有不大不小的暴风眼移动着，东北亚的森林里也仍旧落着厚厚的雪。

在那天之前，各国都已经发出了各种形式的预警，因此所有的人——好吧，至少是大部分人——都知道，在那天将会有一个庞大的飞船出现在地球的上空，他们（或者是它们），那一刻地球还不知道要如何正确地称呼他们，对于他们的定义仍不是很清晰，否则就已经解决了地球所面临问题的一半。

他们从遥远的太空来，在初步的沟通后，收到了地球发出的警告，他们就此停留在了火星上，还建立了火星营地。可他们仍坚持不懈地和地球进行连续的通信，他们说，他们原本就是地球人，他们要回到地球上来，和他们的亲人见面、交流。这是他们正当合法、合情合理的要求。

他们的飞船从天空中飞来，像云一样悬停在半空。

当大家都抬头仰望时，从那艘飞船上下来了很多奇形怪状的东西，其中有一个径直来到了我的面前。我后退了一步，观察着它。

它有着金属的身体，昆虫般的头颅，机械般的手臂，还有一双粗壮的腿。

我本能地感到恐惧，也感到迷惑。我是被政府强制要求前来的，其实我根本就不想来，因为我不相信他们所说的一切。

"妈妈，我是来接你的。"

它所说的和政府所转达的一模一样，没有什么区别。

虽说早已得到了通知，但我还是忍不住震惊地看着它。的确，他们之前一直都是这么说的，可没人相信。地球上的政府，还有地球上的人，他们全都不相信，我也不相信。

很多年前我的孩子在跟随探索飞船执行任务的过程中，和地球失去了联系。官方正式的说法就是失踪。不过他们私底下都跟我说，飞船可能早已失事，飞船上的船员或许全部遇难了，只是这些灾难在遥远的地球上无法证实。

多少年来，我总是对自己说，他肯定会回来的。

可我实在不相信他会以这种模样出现在我的面前，我也实在无法想象，眼前这个就是我失踪多年的孩子。

我怀疑地看着它，但我什么也没有说。虽然我相信他还活着，仍在宇宙的某一处，可他离开我太久了，当这样一个奇异的存在来到我面前时，不管它是不是我的孩子，我都不知道该同它说些什么，也不知道要怎么说。

正如他们事先提醒的那样，它的确试图证明自己。它跟我描述了很多它所记得的过去，企图用言语和记忆表明它的身份。

但这些就能证明它是我失踪的孩子吗？我不知道。从它的身上，从它的语言中，我完全感受不到我那个失踪的孩子的存在。

从某种程度上来说，我甚至不觉得它还是一个人。在那个金属的外壳里，好像是一种完全陌生的东西。

它跟我回到了我的家，我热情地招待它，拿刚摘的小香瓜给它——那是我菜园子里新结的，香气扑鼻，颜色和形状都可爱极了。它拿起来观察了一下，然后放回了原处。它客气地向我解释道，它已经不需要食物了。它还抱歉地说，如果这种食物跟它的过去有什么关联的话，可能已经被它删除了。

因为政府和军队事先的培训和充分的警告，所以我仍可以完美地保持面部的微笑，表示理解般地看着它，试图分辨在那些金属外表下的东西。

但到目前为止，这一切还很不明了。

B（它）

很多年前，当我应征踏上探索飞船的时候，谁能想得到呢？在我们漫长的归途中，地球毁灭了。这就好像是在你回家之前，眼睁睁地看着你的家被某种不可预测的灾难毁灭一样。

不是因为太阳爆发，也不是因为流星撞击，它的毁灭是由内而外，就像是一个老人的死亡。不知道是因为什么契机，它的内核涌动着，挤压着，从而分崩离析，支离破碎。在我们回来的路上，死亡的光芒不急不缓地传递到了我们的眼中，带着许久之前的死亡。

一切早已发生，而我们只是遥远的观众，目睹着它是如何爆裂，无数的碎片是如何卷入其他星云，自此消失的。我们的回程就是在慢慢地逼近那场早已发生的死亡，每一刻都比上一刻看得更清晰。

在能够通过各种方式，确定证实地球其实已经毁灭的事实之后，我们面面相觑，在飞船里不知道如何是好。

就像是失去了陆地的水手，我们失去了目的地，依靠着我们的风帆和船舵漫无目的地在宇宙里游荡。如果不能按期返回地球，我们需要尽快拟定下一步的计划。不然的话，考虑到能获得的能量有限，飞船寿命也有限，身为有机体的我们很快就会和飞船的空壳一起，被流星或者强大的星云所粉碎，变成宇宙中的浮尘，回归到碳原子本来的面貌。

在密集的会议、疯狂的辩论和极端紧张的空气中，我们终于达成了一致：为了更有效地保护我们自己和我们唯一的庇护所（飞船），我们统一改造了身体，这样就可以更容易地操作和维护飞船和我们自己。在需要的时候休眠，或调节能源的分配，与飞船融为一体，变得更强大。说实话，我们中的一些人也的确质疑过：这样的存在，真的是活着吗？是真正的存在吗？又或者只是一段被程序记录下来的数据总和？是我们过去在宇宙中生活的微小倒影和回声？

可人总要先活下去，然后再考虑其他哲学的思辨。在生与死的抉择面前，人类的思想太渺小，肉体也太脆弱了。在旅途将要结束的时候发现终点已然消失，我们竟无处可去，又面临着能量的极度短缺，不这么做，我们就将彻底死去，然后消失不见，就像我们曾经的家园那样。

我们不得已才变成这种非人的模样。但抛弃肉身之后，再往前一步时，每个人的选择又有所不同。大家都变得面目全非，我却保持了人类的形状，我的同伴们都嘲笑我的选择，认为我像是一个原始的机器人，这大概也是他们回避这种外形的原因之一吧。

我有一个脑袋，有一副身体，有一双手，还有两条腿。为了保险起见，我为我的双臂和双腿都选择了最原始的液压驱动。而我的脑袋——为了保护这个不可替代的部分——改动有点大，但至少结果是令我满意的。我想，至少我要比那些八条腿的、悬浮球状的，又或者鳗鱼状的伙伴们强多了。我还保留着人类的一部分，那时候我确实是这么坚信的。

可等我们回到地球，见到了我久别的母亲，看到她的反应后，我还是动摇了。或者换一种描述方法，当原本设定的对象和情景数据更新之后，演绎的结果就发生了变化，不确定性极大地增加了。

在我回来之前，在脑海里，我已经把我们的会面预演了千万遍，但实际发生的时候，却是那么的不同。

就好像过去曾经无数次发生在我脑海里的会面才是真的。

而这一刻，这一幕，真正在发生着的一切，看起来是那么的虚幻，那么的不合乎逻辑，那么的诡异。

A （母亲）

它告诉我，它们是从漫长而遥远的未来赶回来的；它还告诉我，它们在返回地球的途中观察到了地球的死亡；它也跟我解释过，为了活下去，它们不得已抛弃了肉身，选用了其他在宇宙中更容易修复、更容易保持的躯体。

"如果地球已经毁灭了，"我迷惑不解地看着它，"那我们岂不是已经和它一起毁灭了吗？"

"是的，"它承认，"地球已经毁灭了。"然后它又解释说，它们是怎么收集并且储存能量，改造飞船，然后耗费了巨大的代价，通过另一条更短的光路，终于回到了毁灭前的地球。

它说，我们是来带你们走的。这是我们唯一的心愿和目的。我们努力了很久，久到你简直不可想象。然后我们终于成功了。我们希望能够带走尽可能多的人类，然后找一个地方重新开始。

我看着四周，天空是近乎透明的蓝色，澄清而高远。此时正是金色的秋天，是这个地方最美的季节。风是干燥的，我看到树叶变得金黄，我看到树梢上挂着果实，我还看到小黄狗从路边摇着尾巴跑过去。

我的孩子跟随执行任务的飞船离开了地球。我已经很老了。我独自一人住在乡下。

我的母亲死了，我的丈夫也死了，我也老了，可我的孩子却迟迟没有回来，所有人都告诉我他们失踪了。所以我卖掉了城里的房子，搬到了乡下来养老。我的头发已经变得花白，我的身躯变得瘦小、干枯，就像是一株不再生出新叶的老树。

我在菜地里种着瓜果和蔬菜，还种了薄荷和辣椒。因为我总是盼着他哪一天或许会回来。他喜欢吃薄荷叶子卷牛肉，喜欢吃辣椒蘸水。所以我总是种着薄荷和辣椒。

我就一直那样等着，不知道死亡和他哪一个会先来。

到了我这个年纪，死亡就像是一个早已熟悉却从未谋面的朋友。我知道它总有一天会来拜访，就像我相信我的孩子一定会回来一样，我只是不知道他们到底哪一天来。

当它们的飞船逼近的时候，地球乱成了一团，没人知道这是怎么一回事。从火星探测器上传来的图像和片段让人们恐惧，他们认为这是另一种文明，另一种生命。

人类一直期待着与其他文明的相会，可当他们以为这种会面将要发生时，他们恐惧得像是无措的孩童。

我不知道它们具体和地球的特使交流了些什么，双方终于达成了一致，它们得以重返地球，会见它们的亲人。但当它们来到地球的上空时，我真的以为外星人将要降临。那时我想，真是讽刺，我的孩子离开地球去寻找地外生命，我在这里没有等到他回来，却等到另一种文明的光临。

至于它们说的那些话，说它们是离开又回来的地球人，它们的飞船经过了无数次的改造和迭代变成了现在的模样，比如它们因为受到死亡的威胁而抛弃了人类的躯体。

谁能够证实？谁能够辨认？

我不能，我做不到，我无法从中辨认出我自己的儿子。

它真的是我的孩子吗？真的不是我众多噩梦中的另一个吗？也许我的脑子早就出了问题，这只是不可避免的幻觉之一，就像是一场荒诞的骗局。生病的那部分告诉剩下的那部分，看吧，你的孩子回来了。

而凝视着它的那个我，却始终无法相信，也无法接受。

我问它："既然你们能回到过去，那你们为什么不能索性提供更彻底的帮助，警告人们，和政府合作，大家一起来阻止地球毁灭，这样做不好吗？"

其实我根本不是这么想的，我真的不关心地球是否会毁灭，也不关心它们看到了什么，能改变什么。

我只是不知道跟它说什么，也不知道要拿它怎么办，我没办法把它当作我的孩子，就算我的脑子真的生了病也做不到。

我看不出它的表情，它好像有三对眼睛，或许更多，我说不清楚。

它说："我们能找到这条回来的光路就已经克服了太多的困难，至于说服人类阻止地球毁灭，那种事几乎是不可能完成的任务。我们所收集到的能量，只够我们通过这条光路回到这一刻，只有这么一点时间，只够我们做这么一点事，我们做不到拯救地球，只能带你们离开。"

它又说："带你们走，这是我们唯一的心愿了。这就是我们努力了那么久的原因。妈妈，你永远都想不到我们究竟努力了多久。这一切都是为了你们。"

B（它）

她已经很老了。她的头发都已经变成了近乎透明的纯白色。当我们在户外交谈时，她眯着眼睛站在阳光下，她的头发看起来就像是透明的雪。

很难想象这些年她都是如何度过的。

我离开她的时候，她还很健康，只不过在浓密的黑发之间偶尔藏着几丝银发罢了。这些记忆我一直保留着。我们每隔一段时间都要清理自己的记忆，但有些记忆我一直保留着，哪怕这会消耗我宝贵的能量。

现在的她那么的衰老，从某种程度上来说，我觉得她甚至比我更不像人类。她的身体弯折着，就像是一段畸形的树枝，她的皮肤干瘪，嘴巴凹陷，眼珠的颜色也很浑浊。

她的一切都变得迟缓，走路的样子，呼吸的节奏，微笑的表情，还有说话的声音，就好像我接收到的所有信号，都延迟或者扭曲了。

她被禁锢在这具极度衰老的躯体里，几乎什么也做不了。我看着她，就像是看着一个纯粹的陌生人。她现在只是活着而已，生命早就从她的身体中流失了。

我感到惋惜和痛苦。我们还是来得太晚了。

我告诉她，等我们离开地球，回到了飞船上，我们可以给她更换一副新的躯体。如果她喜欢，我们也可以给她换上更逼真的仿生躯体。我们没有更换，只是因为现在的样子对我们来说更方便、更适应；或者更诚实一点的话，也许我们已经习惯了现在的样子。我甚至告诉她："如果你愿意，我们可以按照你年轻时的样子给你做一副躯体。"

这些将要被我们带走的人类，他们并不需要像我们一样在真空里工作，不需要像我们一样承受宇宙辐射，也不需要像我们一样拼命地在危险的行星带上穿梭以攫取能量。因为我们所做的一切都是为了能够从一条更短的光路上赶回来，能够带走他们。

因为他们才是我们存在的唯一意义。

我们失去过终点和家园，我们曾在飞船里目睹了地球毁灭的全部过程，所有那些痛苦和折磨都已经被删除了，唯有那种想要从必然的死亡之中拯救他们的强烈心愿留了下来。

没有这些，我们早就消失在这茫茫的宇宙之中了。

存在的目的决定了存在的形态。

人类存在的意义是什么呢？很早以前我就在孤单的旅途中自问。

当找到另一条更短的光路后，我们发疯般地赶回地球。在途中，我忍不住再次思考，像我们这样的存在，到底还是不是人类？如果不是人类的话，我们又是什么？我们还是我们吗？又或者我们只是那些金属躯壳没有必要的附庸？

除了拯救我们必然死亡的亲人，我们存在的意义到底是什么呢？

但在那漫长的岁月里，所有相关的思考都被删除了。因为它只会令人发狂。

至少目前为止，我们存在的意义，就是为了拯救他们，把他们从将要毁灭的地球上带走。而当我们成功地将他们带离地球以后，我们的目的将发生转变，变成更好地为他们的存在而努力。

因为他们是我们最亲爱的人，是我们失而复得的珍宝，是我们最美好的回忆。

我们正是为了他们而存在的。

A（母亲）

它向我描述着离开地球后的未来。

全都是详细设想过的未来。它们会带走我们，在宇宙中找到一个相对适宜的定居点——其实在旅途中它们就已经对若干目标星球进行了锁定及观测——然后它们会按照我们的梦想来建设一个新的家园。

不过它反复地强调着，我必须更换身体。因为人类的身体没办法在宇宙里长期生存，改变身体的形态更方便，也更有利。

它还说，在地球彻底毁灭之前我们必须离开。我们的时间不多了，要尽快做好准备。

它总是在不停地说啊说，就好像一台没有接收功能的老式收音机，一直不停地向外广播，试图劝说听众听从它所有的建议。

它还说，它可以帮我打包一切我想要的东西。但它又说，其实很多东西都用不到了。然后它再次重复着它的观点：因为在宇宙中很难找到一个和地球高度相似的环境，所以为了更好地在宇宙中活下去，我们全都要换一副新的身体——一副不是肉身的身体。

它甚至还告诉我，它们为我们准备的身体更像是真正的人类，比我们真正的身体，也比它们此刻拥有的身体要更好、更轻便、更柔软。如果我喜欢的话，还可以特别定制。

如果它不是以眼下这种陌生的形态来到我面前，也许我会试试。可它的劝说听起来那么的苍白和无力，像是一台损坏的留声机发出的声音。

我试图转移它的注意力，我说："也许你们不应该只顾着你们的亲人，也许你们可以试着拯救一下地球。"

它说："理论上那也是我们曾经的一个目标。我们不是没有尝试过，可那个目标几乎是不可能实现的。哪怕是我们现在所做到的这一切，也实现得十分艰难。我们为此付出了巨大而惨重的代价。在这漫长的过程中，我们曾经放弃过，争吵过，不过我们最终还是找到了一个正确的方式来实现我们的目标和愿望。我们来到了你们面前，将要带走你们。我们清楚你们的怀疑和犹豫，这都是因为人类太不理性了，总是充满了荒谬和轻率。等你变成我这种形态就能理解了。我们的选择才是最正确的。"

也许是我活得太久了，以至我很难想象那些离开地球，以另一种形态存在的日子。

假如它们所说的都是真的，它们不得不习惯漂流在宇宙中的生活，不得不抛弃肉体，不得不成为另一种存在。

那么我可以理解它们的选择。至少在痛苦的死亡和看起来也许不那么痛苦的改变之间，我理解它们的选择。

可我所面对的选择和它们不一样，不是吗？

如果在地球毁灭之前我死去了，至少我死在了自己的土地上，死在了埋葬着我所有亲人的土地上。

如果地球毁灭时我还活着，那我也愿意随它一起毁灭，而那一刻，这里还有无数的人会与我一同经历。

如果真有那么一天，我会在这里等待。

至于它，它看起来是那么的陌生，我想要相信它，我真心地想要试着相信它所说的一切。

可我无法从它那里辨认出我的孩子来。不光是它的外表，还有它的思维方式。如果它不向我讲述过去，我会觉得它们就是真正的外星来客。而它叙述过去的方式，让我觉得它是在播放一段遥远的、不经意间记录下来的星光。

我的孩子从小就有些笨拙，好奇心重，但谨慎。他是一个很努力的人，从小到大，无论失败多少次，他都会努力再尝试。摔倒了也不会哭，会爬起来拍拍裤腿，然后再往前走。他也是个温柔的人，他会给偶遇的流浪汉买饭，也会在休息日去做义工。

而此刻在我眼前的这个，如果它真的是我的孩子……就算它百分之百曾经是我的孩子，我也叫不出口。人们都说母爱可以跨越一切，也许我不是一个合格的人，也不是一个完美的母亲。我只能看到这样的它：它不会摔跤，不会失败，甚至不会回头，因为它的身体后面也有眼睛。

它的手指像是水蛭一样。而它的手臂，长得几乎和身体不成比例。是的，它确实是它们之中最"像"人类的那一个，它保留了头部、双臂、身体以及双足——如果这些部分也能这样称呼的话。

它告诉我，这是一举两得的设计，不仅保持了人类形体的一部分要素，还可以应用一些古老的液压元件。在太空里，有时候会出现失去信号的时刻，为了以防万一，它设计了这一套原始的系统，可以保证自己能够持续运行。

它甚至告诉我，它是飞船上安全系数最高的人。

它无论做什么都很完美。

但它好像忘记了身为人类的感觉，忘记了怎么和人类交谈、相处，我甚至觉得，它只是为了带我们走而回来的，而它甚至已经不能理解这件事本身的意义了。

我看着它。

"人"，我咀嚼着这个字。这个字的读音突然听起来是那么的古怪。

它们还算是人类吗？

它们只是存在于宇宙间吧？就像是一股无法消散的执念——对于亲人的怀念，对于不得不消亡的肉体的痛恨。

就像是钢铁般的幽灵。

有时候我甚至有种感觉：也许在被我们拒绝之前，它们曾一次次地目睹地球的毁灭，然后再次寻找一条新的光路回到过去，回到地球毁灭之前，然后再一次尝试说服我们。这就是为什么它们的接近看起来那么的隐蔽和平和，循序渐进，没有听说过任何矛盾和争执，就好像它们已经成功地预料到了我们各种各样的反应。这就是为什么它们的劝说听起来那么无趣却又无懈可击，它们甚至全面地考虑了我们未来身体所有的可能性，考虑了我们登船之后的生活。

也许它们在太空里一次次地目睹无法改变的结局发生，一次次地删除那些不同的、但本质上仍在一次次重复的记忆，然后再一次次地尝试回到地球。

如果是这样的存在，那么只有绝望才能形容存在的感觉。

它们尝试了各种方式，因为每次都被拒绝，从而令自己陷入了一个死局。

但是这样也好，不是吗？开头就是结尾，结尾就是开头，循环往复，永远都不会结束。

反正它们会删除不需要的和多余的记忆。对于它们现在的状态来说，这样也许并不是一件坏事。

B（它）

我们已经详细地考虑了每一个步骤、每一个细节，我不清楚她还在顾虑什么。我为她准备了一个身体，那是按照她年轻时候的样子制作的躯体。我亲自做的模具，亲自组装的。他们和当初需要生存下来的我们不一样，他们不需要付出那么大的代价。他们可以按照意愿保留更多的自己。

等她上了船，只需要把意识上传就可以了。他们甚至可以保留全部的回忆，只要他们愿意。我们什么都为他们准备好了，最好的一切，最完美的一切。

时间不多了，我看着她给我的那张照片。这是我让她挑选的，用于制作她身体的模具。这是一张美丽的照片，她的身后是巨大的花朵和叶子。那是她在世界上最大的植物园里拍的照片。那时她还没有遇到我的父亲，我也仍未降生到这个世界上。

她说那是她最快乐的一天，是她真正爱上她的工作，真正决定把一生都献给这个行业的一天。

她是一个植物学家。她告诉过我，她从小就喜欢植物，所以每天晚上睡觉前都会祈祷说她要做一个植物学家，然后等她长大了，砰的一声，她的梦想就实现了。

小时候我常常梦想要做一名宇航员，我每天都拿着穿宇航服的小人和各种颜色的飞船在床头和地毯上摆弄。我学着她的样子，大声地喊着，砰！然后我告诉她，妈妈，我变成一名真正的宇航员啦！

她亲着我的脸，哈哈大笑，说："小傻瓜，你得先长大。"

她曾经去过地球上的很多地方，发掘和记录了很多我们闻所未闻、见所未见的植物。比起我对宇宙的星系，恐怕她对地球上的植物要更了解。哪怕我在宇宙里存在的时间比她久远得太多。

有时候我想想，真是讽刺。

地球是一个蓝色的水球，而人类却生活在仅占地球表面十分之三的大地上。

我们乘着飞船离开了家园，然后我们的家园消失了，离开家园的人反而活了下来，被迫在宇宙中飘荡，寻找着一个可能的机会，想要挽救家园中的亲人。

我也曾告诉过她，如果她希望的话，我可以为她搭建一个温室，她可以考虑带走什么植物。我甚至可以把她的身体设计得更轻盈、更适合与植物相处。

我们总要有一个存在的目的，不是吗？

那时候她正在揪薄荷的叶子。她没有回答，只是说："记得吗？你以前最喜欢吃这道菜了——把卤好的牛肉放凉了，吃的时候切成薄片，用新鲜的薄荷叶子一卷，然后蘸着辣椒水吃。"

我说："记得。但是讨论这些没有意义，因为我再也回不去了。"

我想要让她看清我，无论如何，我已经和人类不一样了。

"为什么回不去就不能再讨论了？"她睁大了眼睛，努力地想要看清我。

她理解不了。尽管我跟她解释了很多次。

"让我们再回到那个充满了限制的肉体里，我们都已经接受不了了，也完全适应不了了。"

我们为了活下来已经失去了太多的东西，其中就有一部分是曾经的我们。现在的我们，可以在枯燥的努力中定期删除不必要的记忆，可以相互联结、成为一体，可以共享智慧和经验、爱和回忆，只为了达到最终设定的目的。

那些曾经的爱和回忆给我们的感觉，随着我们的肉体一起消除了。从某种程度上来说，我们变得更理智、更完美、更适应在宇宙中的生活。

虽然这并不是最初旅程的目的，但我们相信现阶段的我们已经到达了人类的另一个层级——我们成为另一种更新、更强大的人类，几乎不会犯错，近乎完美。虽然这是一种被迫发生的改变，但我们都很感谢这一切的发生。

我们只有一个缺憾。

我们好像失去了冲动和愿望。

我们不知道我们的存在是为了什么，除了最初的那个原始而简单的目标：拯救我们的亲人。那是我们在回程中最强烈的心愿，也是我们一次次努力的最终目标。

但我们都相信，他们的加入会给我们带来新的改变。

我告诉她："不要害怕改变，你会像我们一样，感谢已经发生的这一切。"

她看着我，看起来有些悲哀。

她终于说出了口："可是，我不想离开。"

我知道，其实我什么都知道。她会这样回答我，她会拒绝登船，拒绝离开，一次次地，总是这样，无论我们尝试了什么方式，无论我做出了什么样的努力，她总是拒绝，一次次地拒绝。

但我没有告诉她我知道。我只是说："地球就要毁灭了。这一切就要结束了。你难道不想继续你的生活吗？这个宇宙是如此的广袤，你可以探索那些从未见过的植物。"

其实我欺骗了她。

这个宇宙的大部分我们都已经看过了，并没有什么值得探索和记录的植物，也没有和地球一模一样的星球。我们只能以现在的形态存在。这一切的选择，都是不得已发生、不得已继续保持下去的。

有时候我也想，是不是我们统一删除了不好的部分，否则我们是怎么在经历了那么漫长的岁月和艰辛的磨难的情况下一直坚持下来的？

宇宙里只有无尽的虚空。我们的尝试一次次地失败，每一次的重来都是同样的枯燥和乏味。

我不知道。这个猜想让我不寒而栗，但偶尔地，它就会浮上来，像个阴魂不散的幽灵。

我们在一个首尾相接的环中存在，过去和未来都没有任何改变，也没有任何值得期待之处。我们没有任何欲望和冲动。我们相互之间无比地熟悉，他人的回忆就是我们回忆的一部分，他人也是我们的一部分。我们是一个紧密的整体。我们对我们中间的一切都了如指掌。

因为只靠自己无法度过宇宙的黑夜，那里的黑夜漫长且没有尽头。

我们只保存着身为人类时，最后一刻那无比强烈的心愿，想象着我们远方的亲人，我们想也许我们可以满足他们的期望，为他们做点什么。

我们一次又一次地回来。每一次，都有人拒绝跟我们一起离开，拒绝登船。她总是其中拒绝得最坚定的那个。

所以我们会做更充足的准备——我们播放着过去的回忆，模拟着那些说话的方式，攫取着可以打动他们的片段——下一次再来。

我们一次次地消耗着能源，回到一切毁灭之前，就是为了完成我们最终的心愿。

所以我们一次次地回来，一次次地重复，一次次地尝试着。

只是为了将他们全部带走。

我们和飞船是一体的，我们的愿望也是一体的，不可分割。

曾经有一次，我记得我回来的时候，她问过我，如果我跟你们一起离开，然后呢？

我告诉她，你们会赋予我们新的目标。

那时候，将是新的开始。

她是那么悲哀地看着我。

她说："人存在的意义不能等待着别人来赋予，需要自己寻找。"

我告诉她，我们存在的意义，就是找到你们。

她说："这句话听起来像是临终遗愿。"

我说："不，这是我们存在的意义。"

"然后呢？"她问道，"然后做什么呢？"

"我们会尝试满足你们的心愿。"

她看着我，突然问我："你还记得吗？你小时候说，你长大要成为宇航员，要探索整个宇宙。"

我告诉她："我已经看过了大部分的宇宙，其实没什么特别的。"

她眼里的光突然变得黯淡。

她喃喃地说道："可是星光是那么的璀璨。"

我说："那些都是遥远的过去，都已经消失或者将要消失，已经没有意义了。"

那些是我已经看过了无数次、删除了无数次的过去。

对一条你已经洄游了亿万次的河流，你是那么的熟悉，因此你已经不再需要河畔那些风景提醒你所在的位置了。

因为对于一切你都已经了如指掌。

星光的确璀璨，可那是早已死亡的、虚无的光。

A（母亲）

我拒绝了它。

它还是不明白。不是因为我对它有所怀疑。我现在相信它的确曾经是我的孩子，只是我的理智无法把它和他联结在一起，或者等同起来。

我拒绝它，是因为我感到它们和我们已经全然不同。

它们甚至已经不知道或者不理解人类为什么而存在，为什么而努力。

曾几何时，它们唯一的目标就是回到地球，拯救那些将要和地球一起毁灭的亲人们。

这是它们唯一的动力和存在的意义。

也许它的确曾经是我的孩子。可现在它的身体里，已经没有他的存在了。

它们失去了肉体，就好像失去了精神的一部分。它们好像只记得对亲人的执念，但为何怀念，怎么怀念，却毫无线索。

它们只是想要回到一切发生之前，然后带走我们。

这个任务是如此的艰巨，以致它们消耗了一切来达成这个目的。在那漫长的时光中，它们已经丧失了一切细小的感情，变得不像人类，变成了一台只有目的的机器。

它们会检查所有的可能性，完善所有的步骤和方法，播放所有的话语，通知人类它们的选择。

但它们已经不是人类了。

我不想离开地球，我也不想变成它们那样。

我已经度过了充实而完整的一生。

如果地球要毁灭，那么就让我跟它一起消亡吧——至少我会和我爱的一切一起消失。

作为一个人类，这是我唯一的期望了。

我只是希望在毁灭之前，我能够给它一点什么。

一点更遥远的什么。

B（它）

我们最终还是要达成我们的目标，要打破这个无限的循环。如果她不肯答应，也许我们可以再进一步，换一种方式来尝试。这是我们共同的决定，我对此没有异议，我相信她将来会理解，也会接受，甚至会为之欢喜。

我用了点麻醉剂，这还是在地球上找到的。剂量不大，因为她年纪已经很大了。

我带着她回到了飞船上，直接替她执行了脑波上传的操作。

她衰弱得就像是一片枯黄的树叶，稍微用力就会粉碎——这副身体随时都可能失效。

我把她的意识全部记录了下来，然后上传到她那副崭新的身体里。

那是一副杰作，我打磨了很久，我觉得她会喜欢的，除了头发的颜色——因为我还没有决定。所以等她醒来，让她自己选择。

如果她还是不喜欢这一切的话，等她慢慢成为我们的一部分，了解了我们漫长的过去和全部的付出后，我想她最终会理解的。

至于接下来的事情呢，我们恐怕需要再找一个有些难度的目标了。但我想她会给我们的。比起其他的人，她活得更久，拥有的经历也更丰富，也许她会给我们一个更遥远但也更有挑战的目标。

　　也许是在这个宇宙里寻找另一个地球，也许是为她搭建一个温室。谁知道呢？

　　毕竟我们不死不灭，只要能够找到能量，我们就会一直存在。

　　也许在将来，一点点地，我们有可能创造出更特别的人类也不一定。

　　我看着她，等待着，等待着她醒来，等待着她告诉我，我们接下来要做什么。

窗

一

这个房间是正南向的，虽然有一扇很大的窗，但房间本身其实是很小的。

此时此刻，那扇窗正大大地敞开着，轻柔的风若有若无地从外面吹进来。

这里是一楼，窗外有一棵碗口粗的杏树，看起来已经有些年头了。你能看到窗对面墙上的红砖，所以你猜这也是一栋很老的房子。如果选好角度，小心地避开那棵杏树，向窗外看去，还能看到远处的几栋大厦——它们交错而立。晴空之下，大厦外表面深蓝色的玻璃看起来澄清而美丽，就像每一个摩登的城市应该有的那样。

如果从窗外往房间里面看去的话，正对着窗户的是一张宽大的床，床上有一张竹子做的小桌，上面放着一台打开的笔记本电脑。电脑屏幕的一角夹着一个小风扇，还在不停地转动着；另一角挂着一副红色的头戴式耳机；屏幕上是一张静止的游戏画面，像是被按了暂停键。小桌上还有半杯柠檬水，一根吃了一半的香蕉——用香蕉皮小心地裹着的吃剩的香蕉，鼠标旁边还有小半碟葡萄。

这张床就占了房间的一大半，床底下铺着一张乳白色的、很大的垫子，上面趴着一只白色的大狗。大狗的毛被梳得很蓬松，它趴在白色的垫子上，就像是一大块棉花糖躺在了云堆上。

周遭很安静，可它的耳朵直直地竖着，像是正在倾听门外的响动。它看起来很警觉，就好像随时都会站起来，冲到门口一样。

那时，从窗口能看到湛蓝的天空，就像每一个普通的午后，一切都很平静。风很柔和，杏树已经结满了小小的青杏子，藏在浓密的叶子之间，很是可爱。

突然，有一道红色的光芒从天空中掉落下来，像是流星，又像是坠落的焰火。然后很快地，第二道、第三道，一道紧接着另一道，像是暴雨一般，那些红光密集地落了下来。

快要落地时，那些红光却像撑伞一样地膨胀起来，然后它们的速度就会适度地放缓。而当它们终于落到地面时，那些伞一样的红色光束就会收拢起来。

这番景象非常奇异。那些红光密集坠落时，甚至将天空都渲染成了一种变幻莫测的红色。

那只白色的大狗站了起来，紧紧地盯着那些红色的流光。它疯狂地吠叫着，就像是看到了什么骇人的东西。

红光持续不断地从天空中掉落下来。也不知道过去了多久，大狗的叫声已经远不如最初那么响亮，听起来甚至有些嘶哑。它呜咽地跑到门口，开始用前爪扒拉金属门。但是那扇防盗门实在是太结实了，所以它尝试了一阵子，就放弃了。它回到了床边，坐在垫子上，仰着小小的头颅，看着窗外的红雨，突然发出了很低沉的咆哮声。那是一种威胁般的声音，仿佛是从胸腔深处发出来的，而不是喉咙。

然后也不知道又过了多久，它开始在那个小小的房间里走来走去。它看起来焦躁不安，它跳上床，又跳了下去，然后绕着房间跑来跑去，接着再次跳到床上去。

它站在床上，向窗外看去。

窗外刮起了风，窗户摇晃着，发出一阵阵拍打的声音。外面有尖叫声，吵嚷声，奔跑声，有重物落地的声音，有盘子和碗摔碎的声音……各种各样的声音混杂在一起，难以分辨。

小桌子上的风扇还在不停地吹着，外面的风已经很大了，天色也渐渐地暗了下来，那只白色的狗再次吠叫了起来。它一跃而起，从床上跳到了窗台上。这一次它看起来格外的焦躁，还打翻了小桌子上的水杯。水打湿了床单，水杯也滚落到地上，然后发出一声闷响。

它伸出爪子去扒拉纱窗。可是纱窗太坚固了，很难抓破，它只能隔着纱窗拼命地朝外看着。它的鼻子抽动着，不知道是在闻着什么。

天已经黑了，房间里也暗了下来。它的眼睛变得很圆，就好像窗外的一切都逃不过它的眼睛，但是它渴了，也饿了。它狼狈地喝着水盆里的水。食盆里没有狗粮，它不住地舔着食盆，但那里面始终是空空的。

房间里的灯还亮着，你能看到它在房间里徘徊了很久。然后它跳上了床，依偎在床尾堆着的那团旧衣服里。

外面再度安静了下来，但偶尔会有鸟叫。

真奇怪，它仰起头，透过那扇窗朝外看去。

突然，对面大厦灯光闪动，然后消失了。

陆陆续续地，整个城市的灯光都消失了。

在黑暗中，它的眼睛近乎透明，就像是一块水晶球。那上面映出了黑红色的天空，看不到云、看不到月亮，只有不断落下来的红光。

一束束的，带着无数的伞。

二

还是那扇窗，窗上的玻璃已经碎了，纱窗也破了很大的一个口子，上面挂着一些灰扑扑的毛。

房间里仍是空无一人，但是看起来跟从前大不相同，那些原本摆放得整整齐齐的东西如今都已经东倒西歪，或者四分五裂。

到处都很脏——床上满是爪印，窗台上都是泥巴和树叶。从窗户望出去，远处的高楼也不知何时消失不见了。

小小的风扇早已经停止了转动，香蕉也不见了，地上有个摔碎的碟子，还有好几处污脏的血迹，也不知道是什么时候的事情了。

床尾的那堆衣服看起来也很脏，上面还沾着泥巴和血迹，还有一些草叶子。

屋里空空如也，静悄悄的。

外面偶尔有人说话的声音，但很快就消失不见。

这个世界从未如此安静。

到了夜里，四周漆黑如墨。朝窗户外面看去，天空有一丛丛的红光，落到地上，像花一样，在黑暗中静悄悄地绽放着。

很晚的时候，一只狗从纱窗的破洞里钻了进来，它一瘸一拐地跳到床上，缩在角落里，蹭着那团脏衣服，开始慢慢地舔舐自己身上的伤口。

在黑暗之中，它的眼睛映着外面的红光，看起来像是两颗红宝石。

三

窗外的红光离得越来越近了，一簇簇的，似乎有生命一般。

它们野草般地延伸着，扩张着地盘，越来越靠近。到了夜里，外面越来越亮，满是红光。

有时候很难分得清那些黑夜里的红到底是什么，是着了火还是怎么样。那些红色的光是如此的炽烈而旺盛，看起来就好像山火一样地蔓延着，别无二致。

白天的时候，那个小小的房间里什么动静也没有，那扇纱窗已经被破坏殆尽。那只狗每天从纱窗那里钻回来，再从纱窗那里钻出去。它的身上灰扑扑的，已经看不出来原本的颜色了。

它矫健地从床上跳到了窗台上，向窗外望去。那些红光已经离得很近很近了，就在那株杏树的后面，就在窗的对面。

那红色的光从杏树浓密的树叶后面冒出来，就像是在燃烧一样。杏子大了点，已经有些发黄了，夜晚的时候映着那些红光，让它看起来艳丽明亮，显得有些诡异。

床尾的旧衣服底下埋着一些吃剩的骨头，窗台上还有几只死老鼠。

那只狗从窗外咬着一团红色的东西回来了——看起来像一只手，像是用红宝石刻成的人手，只是摔碎了。

它跳上床去，把那只手摆在床上。那张床上已经拼凑了一部分类似的东西，有红宝石的手臂、红宝石的手、红宝石的大腿、红宝石的部分躯干，还有红宝石的头颅。有些部分带着朽烂的衣物碎片，有些没有。

然后它跳出窗去，再一次离开了。

它重复着这样的行为，然后渐渐地在那张床上拼凑出一个破碎的人形。躯干和肢体都已经有了，只不过看起来支离破碎，但谁知道呢？也许其他部分再也找不到了。

那颗头颅侧躺在床上，那张脸也缺了好几块，即便如此，仍能看出那张面孔上的表情很惊恐，也不知道他到底看到了什么。

它看上去疲倦又劳累，可还是一次次地从窗口跳出去，然后再一趟趟地返回这里。

它又带回了红宝石的脚、小腿、一根断掉的手指，甚至还带回来半只耳朵。

现在，所有的这些摆放在一起，都在那张床上静静地安放着，差不多能拼成一个完整的人了。

只是好像还缺点儿什么。

它坐在床边那张肮脏的垫子上，尾巴不停地甩动着——它已经很久没有这样甩过尾巴了。

然后它蜷缩在地上，紧靠着脏兮兮的床单。它闭上了眼睛，露出了牙齿，看起来像是梦到了什么美好的事情。它好像在笑。

狗会笑吗？

谁知道呢？

很快地，它陷入了睡梦之中，大概是太累了。

一切仍被黑红色的夜包裹着。

不知道什么时候，它醒了过来，然后再次跳出窗去。

一次次地，它往返着。

最后一次，它咬回来的东西在夜里发着微微的红光。

黑暗之中，它把那东西小心翼翼地放在床的中间位置，然后跳下床。

在黑红色的夜里，在那个黑暗的小房间里，它的嘴巴也微微地发着红光。

那红光看起来有种异样的熟悉感。

四

天蒙蒙亮。

房间里十分地安静。

床上那个红宝石组成的人形四周还摆着一些杂物。有一块手表，一双鞋子——其中的一只已经烂得不成样子了，还有一条腰带，一个棕色的钱夹。这些全都是它夜里一趟趟出去找回来的。

在红宝石所组成的破碎躯干中间，有一颗微微发光的东西，看起来像是心脏。

地上那灰扑扑的垫子上，也有一堆红色的碎片，看起来像是红宝石，又像是一只动物。

在那碎片的中央，也有一颗红色的东西微微地发着光，看起来像是心脏。

除此之外，一切好像都没什么变化。

房间里非常地安静。

蜘蛛已经在墙角结了很厚的网，地面上、桌面上都堆积着厚厚的一层土，窗台上有细小的草芽从泥灰中冒出头来。

一切都很平静，祥和。

到了夜里，房间里那两颗发光的东西红得发亮，特别亮，将整个房间映照得如同着火一般。

那些红宝石般的残骸在黑暗中默默地发着光，那是艳丽而明亮的红，就好像要吞没这深深的无声的夜一样。

空白时光

后来，她曾经一遍遍地、从头到尾地回想整件事。起初她还不太确定，充满了内疚和自责，但最后她总会得出相同的结论：

这件事根本不是她的错。

秋天，一阵风吹过，树叶掉了下来，这是风的错吗？树自己选择了中止对树叶营养的输送，这一整套系统的设计必然导致这样的结果。没有风，它的叶子最终也会自然掉落，这就是这套系统最初设计的目的——摆脱那些无用的、只会在漫漫冬日消耗能量的树叶。

除非是大风吹折了树干，你倒蛮可以将责任推给大风。也许是树干自己不够粗壮，可大风也得承认，它也有一定的过错呢。

一

这件事要从头说起的话，就得从公司搬家开始讲。

当时公司为了节省成本而搬到了号称第二大金融区这里（成为第二大金融区的那一刻，将会发生在未来的某一天，也许，可能，大概）。金融区有地铁、轻轨、航站楼，还有高级公寓和繁华的商场，所有的这些都在成片成片的规划里，在不远的未来，在美好的蓝图上。

但是此时此刻，除了公司附近的几栋仍在施工中的大厦，这里只有大片大片连续或者被分隔开来的工地，而它们中的绝大多数都毫无动工的征兆。除此之外，还可以看到成群结队的野狗在街道上巡逻，临时停车场里还有黄鼠狼和刺猬——这是一个充满野趣，可以和大自然充分拥抱的地方。

没有健身房，没有商场，没有公园，没有餐厅。于是每天的午休时间，不安分的她开始像那群野狗一样，慢慢地熟悉着这里的每一条街或者每一条断头路。有时候一群狗会从街的这头跑到那头，而另一群狗会从街的那头悠闲地走到这头，就像是在巡视地盘。

她所做的基本也差不多，不过野狗们有时候会选择在人少的地方，挑一辆底盘比较高的车，然后像一个相亲相爱的家族一样蜷缩在车底，就好像那是它们的洞穴。那时候，在太阳底下，车底各个方向都有伸出的狗头，也许是负责瞭望和保持警戒，也许只是好奇外面的世界，也许只是想要观察偶尔经过的人类，比如她。

她可没有什么高高的车底盘可以当作掩体藏起来，所以她只能快步走过野狗们暂时栖息的流动点。

但说实话，跟野狗们在路上惊心动魄的相遇，也算是一种充满冒险的乐趣，不然她还能干什么呢？总不能趴在工位上睡觉吧？趁着午休的空档，出去呼吸一下新鲜空气，活动一下僵硬的身体，把每一次出行都当作一次探险，观察周围的环境，发现它的改变，有时候会在某些地方驻足，能进去的地方都想进去看看，这有什么错吗？一个喜欢在午休时间遛弯的上班族，一个有着无穷无尽好奇心的工程师，一个喜欢摸摸拧拧、上下探索的年轻人，有什么错吗？

就算有错，也只是一点点，没有错到很离谱吧？

她只是不想变成跟其他人一样，变成一个习惯了世界就是这样，变成一个对一切视而不见、活得暮气沉沉的人。她不喜欢，她不要做那样的大人！

何况作为一个工程师，对工地产生一点点兴趣，也并不算过分吧？要知道这里工地很多，而且大片大片的工地都是相互隔绝的，大部分都会按照规定用不同颜色、不同形状的气块围墙、彩钢板或 PVC 板材进行围栏遮挡，毕竟设计它们的目的就是遮挡住路人的视线，把工地内部与外部隔绝起来。

其实围栏里面很多都是久未动工的空地，没有工人，没有机械设备，有些甚至长满了野草。有的工地被改成了临时的停车场，观察停在那里的车就像在墓园里参观墓碑一样，也是类似的乐趣，只不过大概要打个折扣，"骨折"的那种。

有的工地围住了河道，里面是高高的电塔和疯狂生长的野草，河堤旁有老旧的路，路边有时会有野猫和黄鼠狼。有的工地会正规一点，有修建好的入口、门卫和转门。这种工地一般也会有着高高的塔吊，很远就可以看到，里面也有施工设备，有时候也有工人和工程车进出。

到目前为止，她在这个城市的第二大金融区（号称）见过了各种花色的野猫、各个群落的野狗、星罗棋布在各个野生停车场的黄鼠狼，大概都是同一品种的、大小不一的刺猬，还有悠闲渡河的大老鼠，以及各种空地、各种围挡、各种施工单位贴在外部的项目信息。她开始觉得自己对这一片了如指掌，这种自信催生了一些其他的东西。

有那么一天，她突然对某个没有塔吊，没有项目公示信息，没有门卫，似乎从来也没有工人进出过的工地产生了好奇。

其实那个工地看起来特别的正式，有着漂亮的气块围墙（比起彩钢板，这种看起来更漂亮，更像是真实的墙），她以前遛弯路过的时候曾经用手指敲过（不好意思，她得承认，这是一个工程师的职业病），所以知道那个工地的围墙材质是气块砖，而且质量相当好。

有那么一天，当好奇心膨胀到一定程度的时候，她想，她得进去看看。于是她从公司的安全柜里拿了顶安全帽，戴着下了楼。

这一切的发生真的都是理所当然的，水到渠成，瓜熟蒂落，自然而然，真的不能都怪她。

当然，后来她回想的时候的确也常常自我反省：这种好奇的确不合时宜。她只承认这个，这是她当时犯的唯一的错误。

但是在那一刻，她就这样戴着安全帽，大摇大摆走过那些围墙，从那个她路过了无数次的入口走了进去。

那是个长长的遮阳通道，没有任何人看守，她还仔细地观察了那条通道的结构和设计。在特定情况下，顶棚应该还可以用来喷洒消毒药剂。

当她走到遮阳道的尽头时，这一部分已经在气块围墙后面了，确切地说，这条通道其实是被两堵气块围墙夹出来的一条走廊，尽头那里是一个电梯井。虽然进来之前她的直觉就告诉她这个工地好像不太一样，但看到电梯井的时候她还是迷惑了。

奇怪，这难道是个地下工程吗？而且一直走到这里都没有门卫或者保安，甚至连刷脸、刷卡的门禁或者转门都没有，这也太奇怪了。

在好奇心的驱使下，她伸手按下了电梯的按钮。电梯打开后，她怀着谨慎的态度先观察了一下。

轿厢里面空空如也，什么都没有，没有保护的板条，也没有任何装饰，连一个手写的电话或者涂鸦都没有。

她好奇地走了进去，发现下行的按钮旁边装着刷卡机。

果然，这部电梯要刷卡才能下去，她就知道！哪个工地都不可能有这么大的安全管理疏漏嘛！

她悻悻地按了一下，的确没什么反应，探险到此结束了。

本来到这里她应该就此离开，不过她发现自从她进来以后电梯门就一直没有关。她试着按了一下关和开，电梯门仍然没有动静，那时候她想，看来这个项目是真的没人管，连电梯井坏了都没人来修。她还特意踮起脚查看了一下电梯的制造商，结果看了看铭牌感觉不太对，就在电梯里对着铭牌用手机搜一下，结果发现连不上网。上不了网就查不了，但她总感觉这部电梯的型号和电梯好像不太匹配。她当时还想，难道这就是传说中的定制版吗？然后她还顺手回了一条很长的工作消息，因为外地的同事发过来一个亟须解决的技术问题。

她以为这次探险就这样平淡无奇地结束了。她走出了电梯，走出两堵气块围墙围成的走廊，回到路边，开始按照往常的路线继续往前溜达。那一刻她还没发现到底发生了什么。

她走过了整条街。那是条断头路，一直都很安静，偶尔会有车停在这里，这附近也没有住宅区，周围的工地也都没有动工。安静是正常的，她只是觉得有点怪，但又说不出来哪里怪。她走到气块围墙那里，然后折返回来。她走到彩钢板的围挡前，发现了一只正在钻洞的猫，原本想要过去看，靠近了才发现问题。

那只猫一直保持着同样的姿势，哪怕她蹲了下去伸手想去摸它，那只猫还是一动不动。她伸手摸上去，那是热的、温暖的。这很不正常，没有哪只活着的猫会背对着人类一动不动地接受抚摸。这非常不正常，哪怕她再招小动物喜欢也不正常。

她有点想把猫拽出来看看到底发生了什么，却因为恐惧而放弃了。她后退了几步，心脏怦怦直跳，只想赶快回到公司。

二

到公司附近的时候，她习惯性地看了看手机，这才发现她回复的那一条长长的信息一直显示"发送中"，一直没有发送出去。很奇怪，这附近虽然还在建设中，但从来没有过信号这么差的情况。她不由自主地向周围看去，猜想是不是哪里施工挖坏了运营商的光缆，虽然她自己也觉得这种猜测有点太夸张。

等她回到公司，奇怪的事情就更多了：闸机没有反应，她不得已翻了过去——当时大厦只入驻了他们公司一家，一楼甚至连服务台都没有。当她挤过闸机，怎么按电梯都没有反应的时候，她看向摄像头的方向，不知道大厦里究竟发生了什么。

等了片刻，手机还是发不出信息，甚至连电话都拨不出去，她尝试了几次，终于放弃了。她从大厦的防火逃生楼梯一路爬上去。公司在三十楼，她爬着爬着，把公司的领导层从上到下，又从下到上，来回全都诅咒了个遍。

回到公司以后，她才终于看清到底发生了什么。

所有的人都静止在了某一刻：茶水间有人正在接水，打印间还有人正在打印，前台有人正在签字，有个人坐在休息室吃完了三明治正在擦嘴，有个人正在打哈欠。只是所有的人都一动不动，静默得仿佛雕像。

最初她以为这是什么行为艺术，但很快她发现并不是，他们都静止了，不知道是出于什么原因。

整个世界好像都被冻结了，就像是时间被按下了暂停键。

她在公司里转了一圈又一圈，突然觉得毛骨悚然。

究竟发生了什么？究竟是怎么回事？周围的人全都处于一种静止不动的状态，只有她一个人能够自由活动。她总觉得身后的人会突然动起来，以一种超越她想象的恐怖方式，做出某些可怕的举动。

她在公司来回地走了好几遍，观察着所有的钟表，甚至包括同事们手腕上戴着的机械表或者电子表。她能够猜到的确是时间暂停了，只是她不明白为什么会发生这种类似"时间停止"的事件。

她甚至还找出一个大头针，小心地扎了自己一下，结果痛得大叫了一声。她小心翼翼地把大头针支在吃三明治的那个同事的胳膊肘底下，这样的话，如果一切恢复正常，她至少能得到第一声预警。当然，做完这件事后她双手合十，对那位同事念了好几句对不起。

在办公室转了好多圈以后，她一无所获地去了其他楼层。

其实公司刚搬过来没多久，他们是这栋写字楼第一家也是目前为止唯一一家入驻的公司，其他楼层都还空空荡荡的，什么都没有。

她一层层地走下去，那些空无一人的楼层更是看不出发生了什么，但当她走到巨大的落地窗前，看着楼下的路面或者更远处的地方时，她才发现这个世界的时间的确是停止了。

她走到一楼大厅，看着空空如也的大堂，突然打了个哆嗦。然后她原路返回，又爬了三十层楼，仍旧回到公司所在的楼层，可一切仍跟她离开时一模一样，没有任何变化，这让她失望、沮丧、不知所措。

那个大头针还在原位，所有人仍处在那种静止不动的状态——撕便签条的正在撕，打字的还在打，吃三明治的还在吃。

她走了一圈又一圈，然后又下去走了一圈。这次她带着她的记事本和笔，她在每层楼的落地窗前再次观察了一下，然后详细地记录着她看到的景象。她本来还拍了照片，但后来发现照片拍了也没有保存下来。

时间确确实实停止了。没有流动，没有电力，没有能源，但是冰箱里的东西也永远不会坏，垃圾桶里的湿垃圾也永远不会臭。

这一切就像是画框里的世界。

　　她坐在靠窗的高脚椅上，看着远处天空中凝固般的云。那些云团一直都是相同的形状，在固定的位置，就像是油画一样，没有任何变化。

　　时间究竟是从哪一刻开始停止的？她相信办公室和街道上那些静止或者停滞的手表和手机可以回答她这个问题。不过在检查了一圈以后，她惊恐地发现，应该是她中午下楼遛弯的某一个时间点，从那一刻开始，时间就已经停止了，只是她没有注意到。

　　她带着记事本，再次走下三十层楼，估算着电梯下降的时间，开始复盘她中午的路线和行为——她干了些什么，走过什么地方，大概停顿了多久。然后她根据公司里那些停止的时间，推断出了这一切大概是在什么位置发生的。

　　其实那时候她已经模糊地感觉到了什么。虽然理智上觉得这一切很荒诞很可笑，但无论如何肯定要从时间最接近地点开始排除，这是最符合逻辑的做法，也是最容易排除的地方。所以她打算先排除那个遮阳通道和尽头的电梯井。

　　所以当她发现这个电梯仍旧有电的时候，的确有些懵，这一点太奇怪了。她不知道自己是不是该再一次走进去，那时候她想（也许她已经有些自暴自弃了），还能坏到什么地步？管他呢，万一这部电梯里真的有控制时间的开关呢？万一她再次启动了暂停的时间呢？

　　虽然理智上她觉得这不可能，难道一个普普通通的、撂荒的工地入口的电梯井跟宇宙时间还能有什么必然的关系吗？

　　她觉得这两者无论如何都不可能联系在一起。

　　她鼓起勇气按开了电梯门，走了进去，踩了所有她认为当初踩过的地方，然后开始在电梯轿厢内部试图重复她之前的所有行为，比如说按电梯门的开关键。

　　但是电梯没有任何反应。

　　那一刻她想，事情还能坏到什么地步呢？

她开始长按那个没有任何反应的电梯按键——毕竟大部分的设备如果死机的话（也许她想多了，也许她有些疯狂了，但那一刻她真的是那么想的，也许她潜意识里觉得这个电梯井和宇宙时间的确有某种关联，而这种状态看上去的确像是某种死机的状态），长按或者重启都可以解决大部分的问题。

然后她周围的世界陷入了一片黑暗。

不是停电的那种黑暗，不是黑夜的那种黑暗，那是一种纯粹而绝对的黑暗。

在那种黑暗中，好像一切都不存在了。

难道我失明了？她想，但是就在那一刻她意识到不对，非常的不对。这部电梯肯定跟什么有点什么联系。

胆大心细，但该怂的时候必须怂，这是每一个工程师在工程现场活下来的必备要素。

宇宙巨大而神秘的力量开始发挥作用。一个工程师的职业素养告诉她，做好准备，哪怕是非常有限的准备。

她试图在绝对的黑暗中抓住轿厢的某部分，至少抓住什么能固定自己的东西。她不知道将要发生什么，但她察觉到了不对的气息。她知道事情开始朝着不正常的方向发展了。

三

当眼前再次亮起来以后，她做的第一件事就是捂住耳朵。

很简单，因为周围有一圈不知道是什么的东西发出了令人难以忍受的尖叫声，她觉得连头骨都要裂开了。捂耳朵是她本能的、也是第一位的反应。那种刺耳的、多重声效的尖叫不可能是在做梦。后来她回想整件事情，觉得如果自己在厨房遇到巨大蟑螂的时候，大概也会发出类似的声效。

当她发现自己被一群巨大的章鱼（或者乌贼）围住时，她甚至来不及细想，但是身体已经先于大脑告诉她了——一般来说梦里不会出现那种频次的尖叫声。

那些巨大的声音实在太真实了，真实到她只想捂住耳朵，想找一道地缝钻进去，只要能安静下来什么都好。

所以比较客观地回溯和分析，也许她当时也发出了同样的尖叫声，只是被对方更大更奇异的声音所掩盖了。

然后不知道过了多久，那些此起彼伏的尖叫声终于停了下来，而她却觉得也许那些尖叫并没有消失，只是自己的耳膜坏掉了。有一个细长的东西（大概是某只大章鱼的触角）伸到了她的面前，把一个不知道是什么的东西贴在了她的安全帽上（对，没错，即便是相信时间已经停止了，当她前去可疑工地确认的时候，仍旧坚持戴上了安全帽），然后她听到了一连串清晰的问题：

"你是谁？为什么会在这儿？你干了什么"

在她的四周，只有那些巨大的生物，没有任何电梯的存在。或者说，除了那些巨大的生物，周围好像没有任何东西能让她想起自己的世界。

这一刻，宇宙时间的停止已经被她抛到了脑后。在一个看起来如此不正常的世界中，她只担心她还能不能活着，还能不能离开。

她问道："这里是什么地方？你们是谁？到底发生了什么？"

她的周围陷入了一片异样的沉默之中，她甚至怀疑大章鱼给她贴的翻译机是单向的，不然它们为什么不回答？还是说它们信奉严格的交换准则，除非她回答了它们的问题，否则它们绝不回答她的任何问题？

那些大章鱼身上的颜色变换着，简直就像是圣诞树上的彩灯，不过说实话比起圣诞彩灯它们身上的颜色要更丰富、更好看。

仔细看它们的背后，那里的空间像是一个巨大而复杂的曲面，毫无规则地起伏着（在她看来），它们周围的"地面"上有无数的空洞，和这个曲面的其他部分连通着。而她周围的这一群大章鱼（或者说大乌贼）仿佛是通电的彩灯一样闪动个不停，这时候她才开始怀疑，也许这是它们在相互交流，只不过她看不懂也听不懂。

在此期间她一直表现得十分镇定，或者说，她一直处在一种做梦般的情景中，她的头脑赶不上她身体最直接的反应。

当双方最初的那些尖叫声消失之后，周围的一切反而显得那么不真实。所以当它们中的一个"走"上前来，开始跟她沟通时，她看起来都像是没事人一样，镇定自若。

但直到初步沟通完成后，她才知道究竟发生了什么。于是她心里掀起了惊涛骇浪，简直不知道该骂多少脏话才能解气。

简单地说，它们是一个星际建筑公司。由于很多地方的建筑用地都很紧张，所以它们利用了时间和空间差，寻找异星上符合建设要求的空地。简而言之，它们利用空地修建工程，当工程完工之后，再将建筑整体移动到目的地点，这样可以极大地节省成本和施工时间。她所踏足的这个工地，或者说伪装成工地的这个区域，就是它们这一次找到的空地。而她脚下，就是目前它们公司尚未完工的建筑。

大章鱼告诉她，目前尚不清楚是什么触发安保系统，所以现在它们的建筑工程被整体挪动到了监察系统的安全评估区。

她一下子就慌了神。到底发生了什么？她还在地球上吗？她还能回去吗？

"现在建筑工程只能暂停，要等监察系统的安全评估结束，我们才能挪回原位，继续进行施工。"然后它又向她解释道，它们之所以尖叫，是因为它们头一次见到活生生的当地人。

她愤愤地腹诽着，知足吧！至少你们还知道你们在哪儿，知道我是什么！

但是工程师的职业素养让她警觉地抓住了前一句话里最可疑的部分，她问道："等评估结束是什么意思？"

"我们需要找到是什么触发了安保系统。如果是我们自身的问题，我们就要修正问题，消除错误；如果只是外部因素导致的误报警，那我们很快就可以复工了。当然，我们希望评估的结果是后者。"

她问道："你们的安保系统是什么时候开始被触发的，是你们看见我之前吗？"她迟疑了一下，还是把心底的怀疑问出了口，"是因为我连续按你们入口处的电梯开关导致的吗？"

"也许是，也许不是，都有可能。但正常来说，当地人的任何操作都不应该影响安保系统才对，你应该看不见我们，安保系统也不应该被触发。"它说，"我们已经联系安保公司了，这种级别的报警我们也是头一次遇到，具体问题需要它们来看了才知道。"

"那……在它们来之前，我们就在这里干等着吗？"

她突然感到了一种熟悉的气氛，这给她带来一种不太妙的预感。

"是的，我们的安保入口和系统是专有公司负责的，需要它们来搞清楚问题的所在。在此之前，我们不能有任何其他的行为，只能保持这种暂停的状态。"

"可时间都停止了！"她不解地抗议道。

大章鱼跟她解释道："这就是安保入口设计的目的。当你开启那扇电梯门的时候，时间会停止流动，以免你周围的世界观察到你的行为，对你进入的地方产生好奇；当检测到你彻底离开后，你周围的时间才会再次流动。"

"照你这么说，我应该是一个无知的受害者才对！根本就不应该察觉到时间的停止才对啊！"她感到脑壳痛，"可时间真的停止了！停止了就一直没有再恢复过！"

"啊，"大章鱼看起来也很迷茫，它说，"可能是触发功能……发生故障了吧？具体的我也很难解释，需要等安保公司的服务人员到了看一下。"

它的声音突然变小，辩解般地说道："我们很少会遇到这种情况的。这种级别的报警和暂停我也是头一次遇到，居然还把你这样无辜的当地人卷了进来。"

她心想，我相信你，你们肯定是头一次遇到，不然也不能叫得她耳朵都要破了，否则至少会采取点什么措施。比如，就说她吧，虽然见过很多次大蟑螂，但她会一边尖叫一边找趁手的东西对大蟑螂采取点行动。

当时，那振聋发聩的尖叫声全方位环绕立体声般地在她耳边响起，持续不断，她还以为自己要升天了。毕竟电梯间突然黑到一丝光也没有也就算了，等电梯门打开又看见一大群大章鱼围着你尖叫个不停，虽然像是一幅超现实的图景，但身在其中的时候，真的挺可怕的。

四

因为触发警报的原因尚未查明，工程暂停，它们只能等待。它们告诉她，如果它们违反程序规定继续工作的话，安全监察系统会被触发，它们就会丧失在行业内继续工作的资质。

监管得倒是挺严格，她想。但一般来说这种严格的监管都伴随着手续繁多、程序冗长的官僚主义。她开始祈祷自己晦暗的预感千万不要成真。

在漫长的等待中，它们默默地围坐在一起。它们讲述了很多，但她只听懂了一点点，大部分则是完全不懂。直到安保公司的服务人员终于来检查时，她已经迷迷糊糊地睡了好几觉。

和大章鱼相比，安保公司的服务人员看起来更像是人类（相对而言），它们穿着肥大的连帽衫，戴着墨镜和口罩——完全看不到脸，还戴着胶皮手套，穿着靴子和连体工服。

她发现它们检查的应该是个类似投影仪的设备，因为它们首先启动了影像，恢复了她第一次所看到的遮阳通道和围墙，还有电梯井。

她马上就明白了。

一切都是假象，她被骗了，其实那些都不存在，都是为了伪装那块空地。有一瞬间，她猜，也许那些行走的连体工服里面什么都没有，就像是那些投影仪投出来的围墙和电梯井一样。墨镜也不是墨镜，口罩也不是口罩，看起来像墨镜的部分应该是用来播放并检查影像的，看起来像口罩的部分则是用来播放声音的。这是它们在地球上的伪装。

它们忙乎了半天，唯一得出的检查结论就是：需要请时间干扰器的服务人员来检查一下。

她目瞪口呆地看着，然后小声地问身旁的大章鱼："真的假的，它们自己搞不定的啊？"

大章鱼却觉得她问得很奇怪："时间干扰器不是它们负责的呀，如果是时间干扰器的问题，那的确就要请时间干扰器的服务人员来解决啊。"

她被它理所当然的态度打败了。

"那最开始为什么不叫上负责时间干扰器的家伙一起来呀？这也太耽误事儿了吧。这根本不是解决问题的态度啊！"她焦虑地质问着大章鱼，"我当初就告诉过你，我的时间都停止了呀，你难道没有告诉它们吗？"

大章鱼拍着触手表示同意："我们的确在告知函上写明了所

有发生的情况，包括所在地星球的时间停止现象。"

安保公司的服务人员回答得很快："你们的告知函没有意义，有那样的现象不代表一定是时间干扰器坏了，结论需要我们亲自检测做出。"

她开始冒火："刚才你们不是说要找时间干扰器的服务人员来看？"

"没错，这是我们检测得出的结论。请相信我们的检测结果！"连体工服把账单交给了大章鱼，然后就拍拍屁股走人了。

它们居然真的就这样走了，她再次目瞪口呆。大章鱼们则再次围成了一个圈，窃窃私"语"，不知道又过了多久，久到她几乎都觉得自己可能做了一个可怕的噩梦，也许只是被梦魇住了，所以醒不过来而已。

终于等到时间干扰器的服务人员来了，结果它们检查之后说，时间干扰器本身没有问题，需要找一下当初调试和安装的人员。当它们出示账单时，她感到自己糟糕的预感就要成真了。作为一个在现场经历过无数次各工程单位或部门推诿责任的噩梦的工程师，她开始感到窒息。她不愿再当一个旁观者，不愿只是对着大章鱼小声抱怨，她直接对服务人员说："如果你检查确认没有任何问题，可以签一个承诺书吗？"

"承诺书那种东西以我们的权限是无法签署的，"不过服务人员耐心地向她解释道，"这种时间干扰器在很多地方都有应用，视具体场合，也可能是参数设置的错误，也可能是环境导致的偏差。"在她坚持不懈的追问下，它暗示说以前见过类似的事故，并表示这显然不是时间干扰器本身的故障。但它拒绝签署任何文件。

她眼泪汪汪地看着它们，她说："我想回家。"

服务人员无奈地看着她，"不是说你的时间停止了吗？"

"所以说是你们的错啊！快点给我解决！我要回家！"她感到愤怒又无助，它为什么还要问这个，是在质疑她的诚信吗？

它理所当然地说道："既然停止了，那等修好了再回去不就好了？反正也没有任何影响呀！"

她一时语塞。

原来它们是这么看这件事的！虽然对方的逻辑听起来很有道理，但她的脑筋一向是转得很快的。

"可我还在啊？我没有随着时间一起停止，我还在这里忍受你们拖沓的工作态度，等着你们一个一个来检查，排除个问题都能排除到地老天荒，你们为什么就不能一起来，一起解决所有的问题！"

它理所当然地说："所有的问题处理都有应该遵循的流程哦。如果所有的地方出了问题都要所有的人一起前去，那所有的事情都无法得到解决哦。"

她怒视着它和大章鱼，不祥的预感像阴云一样聚集起来，酝酿着一场巨大的暴风雨。

事情到了这一步，离彻底解决显然还很遥远。据说安保公司请调试组人员回来检查还特意单独花了一笔钱。然后在耐心的等待中，调试组人员终于来了。就像是一群巨大的蚂蚁，在做完详尽的检查之后，它们报告说操作记录里有一个数据很可疑，然后它们查出了一个木马。

于是，这件事终于从一个巨大的安全事件变成了一个数额巨大的金融事件。

后来它们给她讲了一下这大概是怎么回事：有人在那个安全门装了一个木马（她立刻敏锐并严谨地纠正了一下它们的说法——目前它们只查出来这一个，对此它们表示同意），这样每当安全门被触发，木马都会通过安全门偷走一小部分当地的时间。正因为数额比较小，所以不会引人注意。

虽然不明白这一切是怎么发生的（当科技水平相差太大，听起来就像是魔法），但她大概能理解，就像是工地上也常有人偷接电线来偷电一样。

但是这个木马中有一个漏洞（bug），而她无意间的连续操作激活了一个无限开启的吸入——转移程序。因此这个安全门木马在被触发的同时吸走并转移了地球上全部的时间，这个巨大的时间流导致了报警事件，然后导致了工地被转移到监察系统的安全评估区。这件事就是这样发展到这一步的。

她听傻了："那接下来怎么办？地球怎么办？"

大章鱼向她解释说："只要时间被追回了，立刻就会还给你们的。那时候你的地球就会恢复正常，放心好了。"

考虑到它们到目前为止的表现，她突然有点发慌。

"什么意思，要是还没追回呢？"

"在那之前，就只能保持现状了。"

"现状？"她不明白，特意强调道，"现状是地球的时间停止了呀！"

"是的，在追回之前，只能这样了。"

她噌地站了起来。她现在终于明白了。

该死的，全都怪她该死的好奇心，怪她走进了那个外星人伪装的工地，触发了那个该死的 bug。

"那到底什么时候能追回来？"她生气地追问道。然而仅凭她在这里滞留时所观察到的有限信息，她有种非常不好的预感。

大章鱼身上的颜色迅速地变换着，它委婉地说道："上一个被偷走时间的星球，目前还保持着原状。"

"原状，你说是时间停止的状态吗？"她不甘心地确认道。

"是的。"

她想要大声尖叫，凭什么呀！她只是好奇了点，只是多按了按电梯门的开关，为什么要付出这么大的代价呀！当初也没人在电梯门的开关上写明警告："注意，长按可能会导致你的星球时间暂停！"或者说，更早一点，也没有人在电梯上写明警告："注意，本电梯非地球通用电梯，请勿使用！"

"这不怪你，"大章鱼试图安抚她，"选择在哪个项目的安全门安装木马后门，完全是它们个体的选择。至于在安全门外，哪怕是一只猴子，或者其他生物体，都有可能触发这种 bug。它们后期肯定也会改进的，因为它们也没想到会搞得这么大，还引起了安全委员会的注意。现在所有人都知道了，它们都不好销赃了。"

她简直都要哭了："可我想要回家，我想要回地球。"

大章鱼无辜且无奈地看着她："这也没有办法呀。只能等时间追回了，追回以后就可以恢复了。"

可是刚才它明明才说过的，上一个被偷走时间的星球，眼下仍是老样子，那她又能指望什么呢？

她绝望地号啕大哭，大章鱼只好安慰她："我们应该很快就能复工了，实在不行的话，你可以在我们工地打个短工，我们负责培训，这样可以吗？至少你不会等得太无聊？想家的时候也可以在地球上转转，不会有什么影响的。"

她泪眼模糊地坐在那个巨大的曲面上，死死地看着那些深深的孔洞，有那么片刻，她想：不知道从那里跳下去会怎么样？

五

在安全委员会进行了漫长且彻底的检查后，大章鱼的工地终于得到了复工许可，它们的工程再次转移到地球上。她坐在它们的工地里，跟它们一起回到了地球。

它们告诉她，除了等待没有别的办法，但它们也说她可以有很多选择。比如可以一直在地球上待着，也可以选择去星际旅行，当她厌烦了这一切，也可以选择时间暂停，等到地球时间恢复的时候，她可以一同恢复。无论她怎么选择，所有的开支都可以挂在项目的账上。

所有的选择她都尝试过了，去地球上的其他地方，去外星旅游，但最后所有这些统统都让她感到腻烦。她想要回到那个时间仍在流动的地球，哪怕那里充满了她讨厌的人类和矫揉造作的人工制品，看起来无可救药也毫无希望。而当她发现这一点的时候，终于感到释然。

它们对她非常友好，一方面它们对她充满歉意，另一方面，它们觉得她很有意思。在建造过程中它们原本是无法接触本地人的，这大概是它们头一次在建造过程中有一个意想不到的娱乐项目，遇到一个真正的外星本地人。

她对它们的情感也很复杂。她拒绝了时间暂停，跳过了漫长等待期的提议，在大章鱼的帮助下成为工程中临时的一员。在等待的过程中，她开始了解它们庞大的法律体系，同时也在工程中一步步晋升，最后还得到了一份正式的合同。一方面，在这个项目里她的确十分努力，可它们也帮了她不少忙；另一方面，单独个体的人类消耗的能量对它们来说简直可以忽略不计，所以它们并不觉得她是项目的负担，或者她的存在对项目造成了什么损失。

可当她不忙的时候，有片刻空闲的时候，她总是忍不住一遍遍地回想整件事情，越想就越觉得无法接受。她曾不止一次地和它们讨论过这件事的起因和它所造成的巨大影响。

"你们凭什么这么干？谁给你们的权利？"她总是想不通，它们所有的理由和借口都无法充分地说服她，"这个星球不属于你们，你们凭什么敢在这里开辟工地，建造你们的东西，还给我们带来这种巨大的风险？"

它们对她的态度很谦和，耐心地向她解释，就好像一切虽然很理所当然无须解释，但它们因为抱歉和愧疚所以很愿意为她一遍遍地说明："我们通过了安全系统的综合评估，我们的工地对你们的影响很小，远比一场宇宙电磁风暴带来的影响要小多了。"

"但整个地球的时间都停止了！"

"实际上只要追回了属于地球的时间流，一切就会恢复正常，没有任何影响，也不会造成任何伤害，不是吗？"它说，"地球上的人类根本不会感知到这件事的存在。"

她一时语塞，竟然找不到话来辩驳。地球上几十亿人口，即便被夺走了全部的时间，即便一切都停止了，可他们都不知道发生了什么，也永远都不会知道。

"那么我呢？"她看着对方。

它承认说："你这种情况很罕见，我们感到很抱歉。"

她说："以前肯定也发生过类似的事情，这些安全门的木马肯定被其他的什么生物触发过，只不过它们不会说话，不会像我这样高声尖叫，质问你们，缠着你们不放。如果你们当时的警觉度高一些，及早发现这个 bug，就不会有后续所有的这些问题了。"

它看起来很无辜，甚至还有些委屈："我们已经尽可能地做到了最好。我们聘请了最好的安保公司，我们的方案经过了各种评审，我们施工之前已经做完了全部的报备。我们考虑到了所有的安全措施，进行了全面的准备。"

"你们问过我们吗？征求过我们的意见吗？有针对我这种意外的处理措施吗？"她一口气地发问道。这些都是关乎地球人切身利益的，可它们好像从来没有考虑过。

它好像很难理解她在说什么："这是经过调查证实后的空置地，本身就是闲置无用的状态……"

她非常绝望，她发现它们给自己制造了一个完美的逻辑闭环，所以它们看起来那么无辜，而且好像没有任何责任。她没办法在它的逻辑里反驳它，可这一切明明那么不合理！

"对，的确是空置地，可这不是属于你们的空置地。你们盗用了其他星球的空置地，却让其他星球承受所有的风险。如果被盗取的时间一直无法追回呢？地球也许会永远陷入静止的状态。你们当初占用别人的空地做自己的建筑时，难道就没有考虑过这种可能吗？"

它谨慎地说道："这种可能性还是比较小的，时间流到最后无论如何都会被追回来的，你要相信我们的法律是公正而且完善的。"

"那么，那些被偷走的时间呢？"她突然问道，"那些时间去了哪里？"

它回答："我听说那些被盗取的时间经过特殊的处理，会汇入某些特定用户的时间流。有些声誉不太好的项目，也用过那种被盗取的时间。但它们是更低等一些的文明，我们自己是不会做这种事情的。"

她对此嗤之以鼻："你们就不能制定一下行业标准吗？一旦所在的工程发生了时间盗取的事件，就禁止它参与下一次工程。"

它露出了暧昧的表情："这个嘛……从目前看来，只要伴随着异星建造，时间的盗取几乎是无法避免的，毕竟这个世界上没有打不开的门锁。如果要制定这样的标准，这个行业就无法存在了。"

"那你们就老老实实地在你们自己的星球上建你们想要建的东西，不好吗？非要在我们这里建，建好了又运回去，还盗取了我们的时间，占尽了各种便宜，最后倒霉的只有我们的星球，不是吗？"

它露出尴尬的神情，小声地嘟囔着："制定标准和规则的又不是我们。我们已经尽可能地补偿你，什么都为你考虑到了呢。"

什么叫作尽可能地补偿她？

看起来是尊重个体，其实只不过是惺惺作态而已。在这一连串的事件中，每一个参与者都觉得自己没有错，的确都对她充满了同情，都觉得是系统的问题，与自己无关。

可它们转移了建造的过程，未经许可利用着其他星球上的资源，还因为防护措施不到位而导致了地球的时间停止，完全不考虑他人的感受，自顾自地做出了决定，然后它们中的每一个都说其实没什么呀，其实你没有受到任何影响，其实我们可以给你提供足够的补偿。

"我真希望整个宇宙的时间都一同停止！地球的时间停止了，被偷走了，你们这些始作俑者凭什么还在享受时间的流动？"她突然说，"不要再跟我说你们没有做错什么，你们已经做得很好了，那些全是废话！你们每一个都有错，在错误的系统里只知道沉默，只知道拿到自己的那一份，只知道自己自己自己自己自己自己，可这颗星球上有那么多的生命受到了该死的影响！你们以为自己是谁？这里的一切都停止了，你们的时间和文明却继续着，这样下去，会有更多像你们一样的公司来到这里，在我们完全不知情的情况下以其他方式攫取我们的时间。如果再发生这样的事情呢？我们毫无抵挡之力，只能一遍遍地忍受吗？而你们，你们肯定也只会说，与你们无关，你们没做错什么，你们什么都考虑了，对不对？"

"……我完全能够理解你的心情，可我也得再次重申，这些指责是偏激的，是没有任何依据的，目前的时间停止对你们的星球来说基本上没有任何本质上的影响，你们本身并不是很先进的文明呀。"

愤怒达到了某种阈值，反而让她不想再开口了。她知道这一切只是徒劳无功，枉费口舌。

在它们完美闭环的逻辑里，它们从来没有做错什么，它们为整个世界考虑得很周到，它们也没有造成任何实质性的伤害，如果有，那么只能是对方的文明程度太低的缘故。

六

在漫长的工作期间，因为她足够的努力，已经晋升到了很高的职位。有时候甚至连它们也忘记了她是来自另一个星球的生命，不过是因为一场意外所以才进入它们的世界。

有时候就连她自己好像也忘记曾经在地球上的生活。

她在另一个世界里生活得太久，久到地球上的生活就像是水晶球里映出的前世。

她好像失去了好奇心和耐心，这个世界所有的东西都是那么的不同，一切都让她感到疲惫。她已经忘记了那种因为好奇而发现什么的愉悦和惊喜，她只是活着，努力地活着。她从来没有想到，自己会变成这样。

直到她得到最新的晋升，得到了相应的审批权限，她立刻签发了系统里的一笔拨款。这是她多年前提交的，挂在工程项目款的账面上的一笔开销，一直被拒绝，一直在系统里沉睡，已经被遗忘，甚至连她自己有的时候也不记得了。

大章鱼来找她，这些年来它和她已经成为工程上的好搭档，他们一起肩并肩干了很多项目。作为一个天生的工程师，她在这里混得如鱼得水。

大章鱼说："我看到你拨付了一笔款项，你动用了公司的贮备时间池，分期拨付给地球。以你现在的职权，这项拨付会立刻得到执行，但是你知道在后期，你会因为批准这项拨款受到很严肃的调查吗？"

她看着它，说："我当初提交这笔款项申请的时候，你就已经跟我详细解释过了，我知道，也很清楚，我非常了解这一整套程序，以及接下来的后续。"

大章鱼说："你很可能会坐牢，很可能会为之付出惨痛的代价。"

"我知道，你都跟我说过，我都记得。"

"我那时候之所以跟你解释得这么详细，就是希望你不要做什么傻事。"大章鱼看起来非常的阴郁，它问她，"为什么？你明明可以拥有更长的寿命，可以拥有无尽的时间，只要盗取的时间还未追回，你就拥有无限的权利。你应该好好利用这些系统产生的 bug，你可以去休假、去旅游；如果实在腻烦了，你也可以选择暂停你的时间。为什么？我明明很清晰地和你解释过这一切，你还是要做出这样愚蠢的选择呢？"

她反问它："难道我一直以来不就是这么做的吗？自私地享受着这些多出来的时光，想干什么就干什么？"

"那么，你应该撤回你刚才的签发，追回那笔拨款。让我们继续这样生活不好吗？你是一个很好的朋友，也是一个很好的工程师。你的价值无与伦比，不应该为那颗星球冒这么大的险。"

"那颗星球是我的星球。"

它欲言又止，最后没有作声。

你看，相处了那么久，哪怕它已经把她视为一个很好的朋友，一个具有很高专业素养的同行，可在它的眼里，她的星球还是那样的一文不值，贫瘠、可怜，只适合做一个廉价、方便的工地，不值得拯救，不值得付出。

这个被当作工地的星球，曾给它们带来了不少麻烦，这一刻，曾经甩掉的麻烦又回来了，还比之前更大。

她问："那么，继续这样下去，继续过着这种在 bug 里得来的人生，直到哪一天呢？如果被盗取的时间迟迟无法追回，我就要一直这样，直到永远吗？"

"这样有什么不好？说实话，我们都很羡慕你呢。"

"不，这样不好，"她斩钉截铁地回答道，"我想要回到地球，回到属于我的人群中。如果不能，我希望至少地球上的人们能恢复正常的生活，而不是像雕像一样伫立在那里，死亡一般地沉默着。"

"……你将会为此付出巨大的代价。"

"我已经在 bug 里获得了足够的好处，所以也算扯平了。"

"就算地球的时间恢复了流动，那也是暂时的，如果拨款被追回，地球的时间仍会再次停止，而你可能再也无法回到地球了。"

她眨了眨眼，说："我相信你比我还要了解你们的司法系统和调查程序是如何运作的，我想在那之前，只要付款流程一直在走，我们就有足够的时间。"

大章鱼看着她，然后缓缓地举起了腕足，轻轻地拥抱她，而她也伸出了双臂，温柔地拥抱着她亲爱的同事。它身上的颜色变换着，而她早已经不需要翻译机来理解这一切。

与此同时，在这沉默的拥抱和告别中，她其实什么也没想。

所有那些怨恨和自责，那些在强烈日光下的散步，那些游荡的野狗，那些飞快地从车底溜走的黄鼠狼，那些安静流淌的河水，那些工地的围栏和走廊，甚至还有那个看起来没什么不同的电梯井，都像是十分遥远的梦境。

她只是在想，其实这件事并不是她的错，可她却不得不用一种最可笑的手段去拯救她的地球。

这真是一个荒唐的故事，讲出来一定没有人相信吧！

当然，她恐怕也没有机会向谁讲述了吧。

所以她只能默默地祈祷：所有地球上的人们呀，请好好珍惜那些来之不易的时间吧！

宇宙深处的射波

.

在地球上的某个地方的某个人，在某个时刻，总会产生某种特定的苦恼。

而此时此刻，我的苦恼恐怕无人可比。

我在撰写一篇本世纪最伟大的文章——关于人类有史以来最重大的事件（事关地球的生与死）。我已经准备好了几乎所有的角度和全部的细节，现在只差主人公的部分了，只需要补足她的出场和表述，这篇文章就可以大功告成。

现在唯一的问题就是，她不肯出场，不肯发声，不愿意从她的角度讲述所发生的一切。她是怎么做的，又做了多少的努力（虽然可以多方查证对照）？更关键的是，她到底是怎么想的呢？所有的细节和未知我都可以增加和补充，唯有她脑子里的那些东西，我无法贸然地想象和猜测。我想要听到她亲口回答，无论是否能够印证我的猜测。

她还好端端地活着，可却不肯接受任何采访，无论谁帮忙牵线搭桥都不行，名流、官员、影星、科学家、企业家，这些介绍人通通都败下阵来（没错，你没看错，作为一个知名的媒体行业从业者，我在各个领域都还是有些人脉的）。我找过的人全都碰了壁，真的，字面意义上的碰壁，有些甚至还没联系到她本人就已经被她单方面掐断了线。

一个拯救了地球的女人，拒绝任何形式的采访。

这件事本身好像比她拯救了地球还有意思，或者差不多一样有意思。

至少我是这么认为的。

我采访了所有相关的人，基本上所有经历过此事件的天文学家、天文站观测员、物理学家、语言学家、密码学家、哲学家、工程师，所有的新闻记者、随军记者（关于各国政府军事部门对此事件的相关组织和研究机构，除了泄密，那些有限的报道还得靠他们），所有对此事件提供意见和看法的神学家、宗教学者，所有对此表达过意见的政要以及重要的党派领袖（在这里必须要说一下，地球上各国政要和党派领袖都对该事件表达了各种没有价值的意见，而且还不止一次，这一部分无聊却必须的工作耗费了我巨大的精力，对此我简直深恶痛绝，却无能为力）。我也收集了所有相关的照片、文件，以及所有公开的或者不公开但能够获得授权的信息源。

但我现在就只缺最后一块。

只缺她的那一块，最关键的那一块。

我最先采访的就是那些发现宇宙射波的天文学家。从这个半球到那个半球，他们有种可爱的合作感，就好像整个星空都是他们的沙盘，而他们是一群玩沙子的小孩。他们是地球上最先发现这一束持续射波的人，虽然有先有后（这你可不能怪他们。地球毕竟是圆的，还一直在转动，无论他们选了哪个天文台、哪个观测站来合作，总有一半的概率成为先发现的那个，还有一半的概率成为后发现的那个。因为射波只能从一个方向覆盖地球，最大的覆盖面也只有半个地球，就这么简单，你能想象吗？无论在什么领域，出名都跟运气有点关系）。且不论先后，他们都同样发现了这束射波的特别之处——它在持续传递能量，传递信号。换言之，这束射波带着高强度的能量，从极其遥远的地方发射而来，方向极为集中，大概可以覆盖一整个小行星带。而且它循环传递着非常简单清晰的信息，这就是它会很快地被各国的天文学家利用各个高山试验站的监测设备识别出来的原因。无论是位于中国四川省稻城县海子山的高海拔宇宙线观测站（LHAASO），还是位于墨西哥谢拉·内格拉（Sierra Negra）火山上的高海拔水切伦科夫天文台（HAWC），又或者是位于澳大利亚伍默拉（Woomera）的伽马射线天文台，以及位于南美的南部广域伽马射线天文台（SWGO），全都识别出了这束射波。

话又说回来了，当水汪汪的地球在银河系中像个陀螺一样不停地旋转时，宇宙射线的鞭子可没少抽打它，而天文学家一直对这些鞭子非常感兴趣。只不过这一次的鞭子看起来实在太狠了点，把我们可爱的天文学家们全都吓坏了。如果地球是个人类，恐怕早被吓得失去了呼吸，更不要说打转了。幸好地球毫无知觉，不然也不会受尽了人类的蹂躏还在尽职尽责地转动，当然了，这束能量惊人的射波也丝毫没有影响它的转动。

但是，至于接下来会发生什么事情，我只能说，那时候科学家们普遍感到了绝望，不敢猜测之后的走向。

当我们那些敬业爱岗、充满职业道德的天文学家们先后"独立"（这个词儿对学者的尊严来说非常重要，必不可少）发现这束引人瞩目的射波并纷纷发布了相关的预印本之后（这就是跨越了资本的无国界学术的伟大之处），这些预印本理所当然地被那些心怀不轨、行为猥琐的媒体或者个人所盗取。至于其中的片段被有意无意地选择，经过各种煞有其事且令人无言以对的解说之后发到社交网站上，所引发的轩然大波，那就是另外一个不需要详细描述的部分了。

但在学术界，关于这束高能射波可能的路径（即其真实的运动轨迹），以及一路实际发生的能量损失，学者们已经得出了惊人一致的结论：这一束带有明确含义的射波，带有强大的能量且损耗极小，它必然是为了传递某种特定的含义而发射的，而且发射者拥有极高的能量等级和极强的控制能力。

如果反射者近期曾经发射过类似的高能射波，绝不可能被地球上的观测者遗漏。

这束射波的含义必然亟待被解读，如若不是，它就不需要如此强大的能量，向着特定的方向，集中而且持续地发射。

没错，天文学家们做足了功课，他们甚至明确地锁定了这束射波的辐射范围。它完美地覆盖了太阳系，还捎带着击穿了银河系的半边（如果这是一场攻击的话，那么显然银河系将不复从前）。

再然后就是语言学家和密码学家上场的时间了，所有人都期待着他们大显身手，无论是民间还是政府。这当然可以理解，你收到了一封黄金马车送来的信，当然想要打开看看，看看这封信是谁寄来的，写了点什么，如果是宣战书，那就更要早做准备。

当然，从国家和政府的层面来说，主要是肩负着保卫国家职责的军方会更关心一些，更不要说这些国家这些年先后组建了各种太空部队。当你害怕某种可能性的时候是一种情形，当你害怕的那种可能性发生了之后则又是另一种情形。当然，当那种可能性的确真实发生之后则是第三种情形了。

后来的研究也的确印证了他们的担忧。这种突然发生、重复循环、频率极高且简单明了的特性，换一个角度来看，的确和警报的特性非常类似。比如火警、地震警报，又或者像战时的空袭预警。这是每一个生物都能懂得的警告。

当然，经过了无数次漫长乏味的会议、面红耳赤地争论和相互羞辱、握手言欢和抱头痛哭之后，那些语言学家和密码学家也得出了类似的结论。与会的大部分专家和学者都正式同意这是一种警告或警示，警告在该方向上的所有接收者将要发生些什么。射波所携带的警示必然十分严肃和重大，不然也不必耗费如此高的能量持续性地进行。

大多数人认为这是一种毁灭性行为的警告。也许不是刻意的攻击和侵略，但至少可以肯定这绝对是不好的事情。比如在海上，当某国和某国的舰队相遇时，当一方闯入另一方的防卫区时，就会收到另一方发出的警告。只不过在宇宙中，两个文明也许从来都没有相遇过，所以发出警告的那一方也许只是在警告所有可能的接收者。它们很可能甚至都没有意识到我们的存在——至少有些与会者是这么认为的——或者换个说法，仅有某些东半球的学者持有这种观点，而大部分与会者都认为宇宙中文明的存在是罕见的，能够定位到我们的方向显然并不是一种随机和无意，而是一次有目的性的发射和试探，或者说警告。当然了，在射波的覆盖范围内，那些可能的受袭者不仅包含地球，还包含了我们可爱的月球、太阳、木星和火星。

但这一刻，我相信大家只关心地球上的人类。人们甚至没想过要关心关心月球和太阳，要知道如果太阳毁灭了人类其实也就毁灭了，从这一点来说人类其实也挺有意思的。

不过学术界对此也有另一种截然相反的解读——这是学术界的惯例了，必须有几只黑羊，必须有一些彻底不一样的观点，不然怎么能叫学术界——他们认为这的确是一种紧迫性的通信，但不能完全以警惕和恶意来看待这未知的信息。他们提到另一种可能性：也许这是一种特定的、针对我们的求助信息。

宇宙中的另一个文明陷入了一种无法自救的绝境，但它们突然发现了我们的存在。在沙漠中一个受困的旅行者听到了一支驼队的声音，他怎么能够不求救？因此它们才向我们发出了一种哀鸣般的求救，否则无从解释这种特定的指向性。在茫茫的宇宙中，它们可以向着任何一个特定的方向发射，但为什么唯独是这个方向？（对此我表示深深的怀疑，这些学者大概对贝都因人的过去还不太了解。）

虽然太过乐观，但这种观点不是不可以进行阐释的。社会学家和人文学者一直对现代性和文明之间的关系进行着成果斐然的论证和讨论，我们也许能够成为另一个（在技术上明显更先进）文明的拯救者，谁知道呢？

也许我们拥有更完美的道德感和更强的正义感（也许它们充分感知到了我们社交网站上那些义正词严的表达，以及对于道德孜孜不倦的追求，因而深受震撼），或者是更充分更深刻的思考和哲学（看看地球上有多少小小的屏幕上都在表达他们对于世间万物和自我的看法）。这样的我们也许（甚至是必然）可以拯救它们于水火，而它们也可以用更先进的技术拯救日益走向毁灭的我们，只要与此同时我们仍未被它们强大射波的能量彻底毁灭。

事情到了这一步，保密已经绝无可能了，所有的新闻和社交媒体都已然爆炸。在这个到处充斥着自媒体，每个人都可以发表意见和看法的蓝色星球上，令人疲倦的喧嚣从未停止，直达心扉的倾听也从未真正开始。

很多人都认为这将是世界的末日，都相信我们将要灭亡，虽然理解的方式不同（对此我还是很赞同的，至少在那个阶段）。很多人都认为很显然这是宇宙中另一个更高级的文明发现了我们，而它们将要毁灭我们。

当然这可能不会像西班牙人征服美洲大陆那样，更不会像"五月花"号登陆北美那样——虽然这两者的结局都不怎么美好，但至少过程相对漫长一些。一群人看到了另一群人，然后评论说他们如此野蛮，像是另一种生物，需要被感化、被教育，或者被屠杀、被清理。我们当然全力祈祷这一次所面临的并不是这种上上个世纪野蛮情形的重演。

如此强大且范围集中，一路上几乎没有什么损耗的射波直白地显示了它们的实力，它们会像大象踩死蚂蚁那样轻易地毁灭地球，以及所有那些在射线经过的路径上但完全不相关的星球和星系。大象踩死蚂蚁还需要理由吗？当然不需要。它需要警告蚂蚁吗？当然也不需要。它可能从来都没有注意过蚂蚁的存在，仅此而已。

可如果蚂蚁有它们自己的观测站，那么它们一定能感知到由于大象的接近而发生的地面震动；如果它们有自己的密码学家和语言学家，说不定也能解读出那些象群所发出的次声波，也许能从那些交谈中获得一些零碎的信息。比如说，"今天吃了什么样的芭蕉"，或者"妈妈，我想在那个小小的水塘里洗澡"，诸如此类的话语。当然，如果它们足够努力或者敬业的话，在这当中也许会发现一两条足以揭示它们命运的密码。比如，小象会告诉它的祖母它想要吃另一棵树上的嫩叶，然后它们会惊恐地发现自己正处于小象和目标树木中间的地带上。

以上纯属我个人的看法，从没有跟任何人分享过。在这个过于嘈杂的世界上，我认为安静是一种美德。而我是一个拥有此种美德的人类，不管我们的命运是不是注定灭亡。

值得一提的是，在射波引起的全球关注中，还有一批充满希望的祈祷派。他们认为这是一个富饶而且高度发达、充满了热情的文明，它们肯定是发现了我们的存在后迫不及待地发出热烈的回复信息，希望和我们建立友好的关系。我们眼下只是缺乏正确解读这些信息的能力。

这真是每个人都梦想着的美好生活——当地球的环境问题日益严重，极端气候也越来越频发，贫富差距日益扩大，冲突无处不在的时候，突然降神般地出现了一个极度发达和富足的文明。它们还没见过我们，就对我们充满了热爱和尊重。它们将会无视我们的愚昧和自私、贪婪和狡诈，它们将会无私而慈爱地照顾我们，带领我们走出困境（想不明白为什么它们不想送我们下地狱？也许是因为我们已经身在地狱之中）——

醒醒吧，连如今最喜欢塑造梦幻泡影的好莱坞电影都不敢这么拍。当然，如果这个外星文明真的慈爱地降临了地球，也许好莱坞会顺应形势，拍出两种文明的美好融合也不一定（不不，好莱坞必定会拍出这种片子的，至于外星人会不会喜闻乐见就是另外一回事了，因为它们是否像地球上的大部分生物一样能够通过视觉获取信息还是一个未知的信息呢）。

总而言之，这一类的声音充满了希望、宽容、美好和祈愿。曾经有一个阶段，我在睡前就会阅读上这么一段，微笑着念下去，伴随着安眠药，好让自己至少能够睡着。

可惜的是，当研究进行到一定阶段的时候，人们至少可以证实：这些美好假设的前提有一部分是错误的。

在天文学家的帮助下，语言学家和密码学家几乎已经成功地解读出了这组信息中的时间和地点，结果非常简单明了：地点就是这束引人瞩目的射波所覆盖的范围，从射线发出的那个遥远的地方一直到射线射向的更遥远的地方，其中理所当然地会包括我们的星系，甚至完全覆盖了我们的星系。这也就是为什么我们的天文学家能准确而毫无遗漏地捕捉并发现到了这些信息。

而事件将要发生的时间点则要更复杂一些。一开始人们并未发现它所隐含的时间信息，但随着它的几次暂停和再次启动，考虑到这束射波每次的重复发射时间长度和间歇时间长度（能量强度则是依次增强的，按照自然数列的强度依倍数增强），考虑到这束射波所经过的星体、星系，还有那些磁场和黑洞，想想它所经历的路径和长度吧，人们初步给出了这束射波所警示的事件将要发生的时间点，那就是在即将来到的世界通行的公历新年和新年之后的两三个月以内的任意时间。

这已经是地球上所有最杰出的人才所能做出的最精确的猜想了。至于具体发生的将是什么，是致命的攻击，还是友好的会面，或者其他任何奇特的想象，那可不是这一阶段的工作总结所能包括的。

这种程度的时间点对地球上的人们来说其实足够清晰了。一个高强度的、急促的、有节奏的提醒：事件将要发生，迫在眉睫。所有的这些在人类看来（至少大部分人类），都像是战争、灾难、核爆炸，是所有一切不好的事情将要发生的前兆。只有树倒下来的前一刻才会发出声响，你什么时候听说过一朵花绽开的时候会发出什么警告？美好的事物不需要警告，否则就是惊吓，而不是惊喜。

各个国家都在研究要如何应对这一刻。比如，据说某国的撞球计划是将在观测到攻击前兆的时候对于处在邻近轨道的星球进行核攻击，寄希望于在攻击轨迹上增加若干掩体。先发制人是他们一贯的准则，看来在这一次面对外星文明时也没有发生什么改变。只不过这一次的努力大概类似于用柔嫩的草尖去给大象腿挠痒痒，极大的可能是大象根本毫无感觉，有那么一丁点的可能性是大象的确感觉到了，然后抬起了脚。这不是我个人的看法，这已经在科学家中达成了共识。

某些相对更和平的国家考虑过避难舱——类似于戴森球——计划在灾难发生前将救生球体发射到地球的背面（相对于射波来到的方向而言），寄希望于在人类毁灭之后留下一些文明的"火种"。毕竟大爆炸中体积越大的存在物越难保持完整，相对较小的存在物反而容易幸免。不过即便是当时，我对此种设想也并不乐观。哪怕它们能在这种巨大的攻击和能量中幸免（这的确是有可能的），但这小小的"火种"在真空中要如何燃烧和继续呢？我对于这个比喻的前景表示担忧。

　　与此同时，各国都加紧在地球上空建设反射罩。对于这一点，几个较大的国家都有自己的想法，或者说自己的计划；而小一些的国家之所以参与进来，其实只是想在大国发射出核弹时尽可能地保护自己不要受到误伤——没错，它们的确非常清晰地知道这些国家想要在最终的攻击降临之前做些什么徒劳的挣扎。在此期间，地球上涌起了另一股难以置信的移民热潮——从无数看似科学的估算中选择一个更有可能的地球背面，在一个在科学家看起来已经足够精确的时间点（对于地球的自转和公转来说精确度还是差了些，这给很多做生意的人提供了操作的空间）。人们难以置信地寄希望于此，就好像在大洪水里从一条满是破洞的船的这头挪到那头就能增加几分活下去的概率一样。

　　物理学家对所有的这些准备都表示非常悲观：一个警示信号的射波就有如此强大的能量，每次有序暂停之后的重启能量又会加倍，在如此遥远的距离以外仍旧覆盖了整个行星带，而且损耗如此之小，那么如果当真发生战争，那将是毁灭性的，无法对抗的。在这种攻击面前，任何准备都不值一提，就像是树叶上的一粒微尘那样，连蝴蝶抖动翅膀都可以令它坠落。

　　而在科学界，关于是否需要回复的争论反而几乎不存在。不是说人们对于回复的风险有着统一的认识，而是做相关研究的人们其实都明白，人类还不足以发射足够的能量与之对话。对话的传递需要复杂的控制技术及强大的发射能量，先不说我们有没有部分地理解对方的文明——从这个角度来说，人类的确是技术上相对低等的文明。

　　当然，在政客群体中，在自媒体中，在纷乱的网络世界里，各种各样丰富多彩、难以置信的争论依然存在，而且愈演愈烈。人们毫不怀疑这些争论会一直进行到地球毁灭的那一刻。

　　在此期间，有一个印度洋群岛上的动物学家提出了一个从未受到过重视的假设。她是这样展开论述的：

在动物界，回声定位是一种被普遍使用的听觉工具，尤其是在海洋的生活环境中，考虑到目视的有限性，回声定位更是被普遍应用。而动物界也的确普遍存在一种能量消耗巨大的警示行为。比如巨大的角、鲜艳的羽毛，这些并不是为了特定的敌人存在的，而是为了警示所有潜在的敌人注意它的存在，警告它们它有能力负担如此巨大醒目或者沉重不便的部位，因此这同时也代表着它有能力进攻或者逃脱。

她提到，考虑到宇宙的浩瀚和巨大，有没有一种可能，这的确是另一种文明发射出的一种警告，但它也许只是偶然选取了这个方向，它并非明确地知道这个方向有什么。也许当估算的时间点一到，下一个时刻它就会换个方向继续发射。所以她是乐观派的，她认为也许不会发生任何事情。

可惜她的发言犹如石沉大海，因为人们觉得她的假设充满粉红色的幻想，非常的不切实际，尤以西半球为代表的政府和军队，他们对此简直嗤之以鼻（这当然是私下的表述，公开回复记者提问的时候他们只是认为该假设不切实际）。以他们有限的经验来看，一个高度发达的文明向另一个文明发出如此具有攻击性和警示性的信号，其中的意味已经很明确了——这就是为什么他们一贯相信先发制人。他们一贯也是这样做的，当然，他们在地球上有限的时间里也没学会别的。

但东半球对此保留了看法，他们普遍认为还是有沟通和回旋的余地，只是目前技术上有实现的难度（西半球私底下对此类正式言论表示了极大的嘲讽）。

一个年轻的西班牙物理史学家在碰巧阅读了这则报道（注意，该报道的名称是"关于射波事件的荒诞科研提名大奖赛"）之后提出了另一个假设。很显然，她并不觉得动物学家的这个假设有多么荒诞。她很认真地阅读了相关的资料，她提到了 1946 年在美国在比基尼岛进行核试验之前，海军将比基尼岛的所有原住民都驱赶到了 200 公里以外，甚至凡是有美国军队的地方都不允许原住民出现。这位物理史学家提出，有没有一种可能，这种高能射波的警示其实并没有特定的对象，它只是一种武器试验前必需的过程；它只是偶然选取了这个方向，只是例行地发射了警告，也许是在武器试验或者发射之前。

不得不说，这个假设似乎有些说服力，看起来也更合理，尤其是对于东半球的人们来说，毕竟更高文明对于更低文明更可能是视而不见，而不是见而歼之。就像是大象和蚂蚁，而不是人类和猴子、猫和老鼠、人类和人类那样。它们不想拯救谁，也不想征服谁，它们也许只想过自己的日子，拔起眼前的一棵树，吓唬吓唬它能看到的敌人，而不是杀死更远处的一只小蚂蚁。

到了这一刻，我们故事真正的主角终于出现了。

我们不清楚她是在哪个阶段开始对整个事件的应对策略产生了初步的构想，但我们知道她是东亚某个大城市的城市规划院的规划设计师。她写了一份详细的报告，重点圈出了这两位学者的设想，提出了一个大胆的设想和要求，那就是希望能够集中工程学各个学科的人才尽快制造一台反射器。比如，要求材料学方面制造出最高等级的反射材料；要求控制学方面制造出精度最高的控制系统，能够保证在超长的传输距离内的偏差；要求最好的工程公司尽快把一切组建起来，制造并安装足够多的巨大反射器——这些巨大的反射器可以迅速地调整角度，在射波发生的阶段，集中反射重复信息中和禁止相关的那一小部分波段（这里得感谢语言学家和密码学家的充分工作和他们已经达成的一致）。当这短暂的反射结束后立刻调整镜面，避免反射更多其他将会引起误解的信息，而下一次禁止字段相关的波段将要抵达时再次调整镜面角度，以达到垂直反射的目的。

该行为必须严格地重复进行，直到射波停止。

我这里收集了她所有的努力，她不但写了很长的报告来分析为什么这项行动值得尝试，还通过各种渠道与政府相关的部门甚至是军队取得了联系。她本人在这期间所受到的羞辱和轻蔑、沮丧和挫折就无须再提了，但最终政府还是决定尝试她的建议。谁也不知道是不是有用，谁也不知道到底能怎么有用，但反射器还是被迅速地建造了，毕竟比起各个政府诸多建造武器准备防卫的行动，这一项行动已经算是一个非常微小的尝试了。

但奇异的是，在遵照她的行动计划书所进行的反射行动中，当重复进行反射那一小段禁止含义的射波之后，那束强大的射波的确停止了——当然，在这之后，地球各处又开启了另一波关于反射射波的研究，但那就不是我所关心的话题了。

自从发现了射波，一直到射波消失之前的那段日子——尤其是圣诞节之后——随着公历新年的逼近，所有的人都忐忑不安地等待着最终命运的降临。但随着射波的停止，随着一切变得悄然，什么都不曾发生。关于这件事情的讨论失去了新的材料，失去了关注，也渐渐地沉寂了下来。人们几乎忘记了这件事，就好像什么也没有发生。人们再次回到了原本的生活中。

在东亚农历的虎年来临之前，从天文学家那里传来了一个消息：他们观测到几颗邻近的恒星在亮度突然增强后同时消失。像往常一样，他们无法解释这个现象。

我看到这个新闻立刻就想起了她的报告。我记得她的报告里有一段是这么写的：

我曾尽可能地查阅天文学家的研究，发现宇宙中与我们比邻（当然，这种比邻在真实的空间尺度上也是相当的遥远，在此，"比邻"二字只是相较于宇宙中其他更遥远的星系而言）的星系在历史上突然消失的现象并不是十分罕见。这让我有了一个大胆的猜想：如果这的确是一场武器试射，那么选择这个试射场地或者试射方向的人（或者我们姑且叫它为某种存在），也许只是某一个先期的工作小队，它们的工作就是为后续的任务选择一个发射方向。所以它们的选择初衷一定很简单：第一，一定不会是敌对文明存在的方向（如果有的话），那就意味着试射区域肯定位于相反的方向或者区域（从地球各个文明或者现代化国家海底试验的角度来理解这件事，也许会更容易一些）；第二，尽量地可控，不那么引人瞩目（这就是为什么这一束射波的范围在宇宙的尺度中显得如此狭小），而且要以最小的代价完成最复杂的选择工作（所以，也许只是在某个角度范围内随机选择，然后发射了警告信号）；第三，如果有基本的伦理要求，那应该就是在可能的情况下不伤害他者（如果存在他者，那就意味着在这个方向非常遥远的星球或者星系上可能拥有着异星生命，所以它们持续发射了警告信号）。理论上这的确是最方便的，如果在此方向上有它们的驻军、移民或者科研基地，接收到此警告信号后，它们也一定会尽快地回复或者调整选择。

这就是她的猜想最核心的部分。她在许多部门间奔走着，联系了很多人，一遍遍地努力着，最终得到了响应，可我听说之前她甚至因为"不务正业"而被辞退（当然，后来她又得到了另一份工作，好像是在政府部门，但具体的信息我就无法得到了）。她拒绝一切采访和联系，她传递出来的，只有一句很简单的话："说什么都没有意义，我所做的一切也只是想活下去罢了。"

在东亚传统的虎年即将来临之际，我还收到了其中一位热情的天文学家的回信。她替我在星图上标出了那几条线——强射波的方向线，之前那些同时消失的星星的连线，还有这一次消失的星星的连线——就这么简单。

把小学生用的量角器放在那张比例惊人的星图上面，你就能看到，也许这几条线先后的存在，只是因为一个工作人员稍微地转动了量角器。

但没人能证实。

我不知道他们是不愿还是不敢。承认地球根本没那么重要，还是承认绝大多数集团或者组织的努力甚至远不如一个规划师？

把报道发送给总编之后，我穿上外套，准备下楼去买副对联，毕竟在这里过年有些事情还是必须做的。

小区里的野猫站在墙头警惕地俯视着我。冬天树枝上的麻雀一跳一跳的，在我靠近的时候扑棱扑棱地飞了起来，飞到更高的树枝上，好像那样就更安全一样。

此时此刻，在这个星球上，无论是春天还是冬天，无论是南半球还是北半球，无论是白天还是黑夜，有一点不会改变，在这里的每一个人，每一个有机的生命体仍旧活着，虽然它们终将死去。

这些生命中的大多数，也许正像树叶上的尘埃那样——蝴蝶轻轻扇动翅膀，就会消失得无影无踪，甚至不会被谁注意到。

可即便如此，他们还是努力地想要活下去——就像是在射波事件中的那个印度洋群岛上的生物学家，那个西班牙的物理史学家，还有那个我还没有机会见面的规划师一样——无论面对着什么样艰难的处境，哪怕被嘲笑、被打击，也要大声说出自己的猜想，也要为极其微小的，哪怕只有一点点的活下去的可能性而努力，而奔走，而尝试。

活下去，也是这片大地上古往今来每个人朴素的愿望。

当夜幕降临，当人们讲述着先民是如何驱赶年兽的故事时，在这里，在那里，在过去，在此刻，在未来，在各种痛苦和不幸发生的时候，当死亡的强大射波覆盖着太阳系时，他们肯定也是这样想的：

活下去，一定要活下去。

也唯有如此，才能对抗那死亡的射波。

地球，请回答

当船员们透过舷窗看到那个巨大的、我们即将登陆的母舰时，我听到有人说："你知道吗？他们好像找到了地球。"

"那个传说中的地球？"

"对。"

地球。

我感到一种荒诞的意味。

为什么人类要在抛弃了地球很久之后，试图再度寻找并返回它呢？

先不去质询或者评价他们的动机，我只是好奇这一场寻觅最终的结果。不知道他们最终到底能找到什么，一颗死去的星星，还是一个残破的幻象？

即便当初那些没有离开地球的人类还未灭绝，仍在那里，我想他们和我们也早已变成完全不同的两种生物。

透过舷窗就能看到那艘巨大的母舰，它像条幽灵船一样停泊在那里，而且恐怕已经在那里等了很久。

不过我们已经来得算快的了，要知道我们不是常规的船队，也不是军人，我们是被临时遴选并召集在一起的，光是准备工作就需要不少时间。别人我不知道，我的头儿还在我身上额外花了一番功夫来劝说我，因为我对这个任务表示了强烈的不满。

"他们想要开发另一个适合我们生存的地方，我没意见。他们想要生物学家、哲学家、宗教学家、随军神父、巫师、人类学家，这些我全都没意见。但你要把我送到他们的船上，那我可就有意见了，意见还很大！"

我们只是工程师，可没其他角色那么的"重要"，而且我好不容易有时间休个假。

"可是，你不是很喜欢地球吗？"

啧啧，多么可爱的老板呀，居然记得我的喜好。

"……喜欢又不代表想要靠近。"我只喜欢躺在休闲悬浮垫上吃点零食，偶尔看看地球上曾经发生过的事儿，仅此而已。保持距离，才能保持好感。

"不好意思之前错误地理解了你的喜好。不过，去是必须去的。"她放弃了说服，直接下达命令，不容反抗，不容置疑，"现在就出发。"

所以说，垂死地挣扎也逃避不了垂死的命运，挣扎又有什么用呢？

而放弃了挣扎的我，此时此刻正等着上舰，等待着登船后的下一步工作。虽然我不知道别人为什么被召唤到这里来，但我相信舰队的工作肯定是卡在某一步，继续不下去了，所以他们才会耗费资源和能量把我们转移过来，让我们目睹他们所面临的一切，相信并等待着我们为舰队提供更深一层的专业意见。

不过通常来说，在这种情况下，专业的意见可能会有所帮助，也可能毫无作用。这是因为一旦这种恒星级的庞大系统工程出了什么岔子，一般来说只有两种可能：一种是突然发现了症结，并得到了解决；另一种就比较悲剧了，很可能问题一直得不到解决。至于具体是哪种，其实跟受邀人员的素质和水平并没有太直接的关系，毕竟系统出问题的地方和可能性实在太多了。

宇宙中有只看不见的手，它有一个亘古不变的名字，那就是运气。

"真的发现了地球吗？"有人问道。

等待上舰的过程枯燥而且冗长。这是一个结交新朋友的好场合，因为在这种时间和这个地点，基本上所有的人都很欢迎闲聊。

"我只看到他们的舰队。"

我凑近了舷窗仔细观看——说不好奇那是骗人的。

"只是有可能。按照轨道、星系和所有的历史星图记录来看，应该就是这个区域，但具体是哪颗星球那就说不好了，等和他们会面的时候可以看看他们进行到了哪一步。"

"为什么？"

我没明白。人类离开太阳系说久也不是太久，不至于连星系都发生了改变吧？

"因为太阳发生了很大的改变。"他在半空中投出了几张叠加图，人们很快围着他聚集了起来，"太阳系所有星球的位置都已经被打乱了。从这里可以看到，主要的原因还是太阳。太阳的质量变轻了很多，体积也变大了很多，虽然理论上这种事情不应该发生得这么快。"

他应该是天文学家，或者天文物理学家。他来之前舰队应该就联系过他，所以他手里有这些最新的数据。

"不止这个，"另一个人指着半空中投出的叠加星图说，"他们锁定了一颗他们认为很可能就是地球的星球，但这颗星球现在被金属壳包围着，目前没有探测到任何缝隙，也观测不到星球内表面的任何情况。"

他也向我们展示了他所收到的图像，以及那些金属壳的细节。

"不是中子星也不是脉冲星，更不是任何类似的星体。而且那颗星球上也感知不到任何生命存在的迹象，温度非常低，低于正常地球应有的温度，大概是由于太阳本身的变化导致的。它的轨迹现在变大了很多，这使得它极度寒冷的日子非常的多，靠近近日点的时间则较为短暂。不过话又说回来，他们在这附近所有的星系里都搜索定位遍了，没有一颗星球上有生命存在的迹象。"

我猜现在说话的这位大概是生物生态学家，而展示图像的那位也许是人类学家，或者是星球地理学家。

"还有一个可能：他们得到的探测结果也可能是金属壳的特殊屏蔽导致的。目前为止我们收到的资料还不包含金属壳本身的分析结果，虽然我们认为以地球人类的技术可能无法达到这种水准。"一位典型的材料学家说道。

"你这边有什么消息？"

不知道谁问了我这么一句，于是他们全部齐刷刷地看向了我。

"我？"

我突然觉得不太妙，这是我最讨厌的那种谈话礼节，每个人都该说点什么。

"对啊，你听说的是什么？"

"我什么都不知道。"

他们面面相觑。

"那你具体是负责什么方面的呢？"他们问道。

"我是个工程师。"

"啊哈。"他们发出了如此一致却毫不令人意外的声响。

我在心里翻着白眼。我就知道，这些眼高于顶的理论学家们，都觉得工程师就是干活的，没人觉得工程师能给他们提供什么洞见。他们觉得工程师唯一需要存在的场合就是舰船修造坞。当一艘舰船已经离港，正常运行的时候，他们觉得所有的问题都可以通过舰船本身的维修程序解决，完全不需要任何人类工程师的介入（虽然所有维修程序的洞见也是无数个工程师智慧的结晶，但对他们来说工程师从来都是不存在的）。

在上舰之后，我们长长短短地开了几次会，终于把目前的状况搞清楚了。事实其实清晰而简单，这一点天文学家们已经确认了：这里所发生的改变就是由于太阳本身质量改变所导致的，虽然从时间计算来看是完全不合理的，目前他们还在研究为什么（多么"可爱"，工程师永远不能理直气壮地回答不知道。什么？你设计的，你制造的，你启动的，为什么出了问题你反而不知道问题在哪里？）。

在这个事实的大前提下，对周围所有这些星系本身的混乱和损毁都可以正常地进行解释。和这个宇宙里的每一天发生的事情没什么大的区别，总体来说都十分地相似。在沙滩上行走总会陷进沙子里去，在宇宙里的星球总会遭受一些打击，打击之后轨道改变也是正常的。

他们主要想要了解的就是那颗被金属壳所包裹的星球。他们向我们详细地陈述了他们的若干猜测和在我们抵达之前他们所采取的行动和步骤。

以下是简略版本。

第一，除却基本的科研信息收集，他们一直试图向星球上的生命（如果存在的话）发送联络信号，通过各种长波短波，红外线射线，所有地球曾经用过或者没有用过（或者他们以为地球人类没有用过）的通信方式，各种地球上的语言、代码，非常简短而友好的通信文字。但迄今为止，他们没有收到任何回应。目前他们持有两种主要的推测：一个推测是，所有的信号完全被那层金属壳所屏蔽了，完全没有穿透（他们对此推测持保留态度，这一点稍后会在下一段分析中展开）。另一个推测是，信号至少有一部分成功传递过去了，但地球上已经不具备能够应答的能力了。在这个前提下还可以继续细分，有以下若干可能：人类已经毁灭了；人类仍旧存在，但失去了应答的能力（当然，如果人类仍旧存在而且仍旧具备应答的能力却不愿意应答，那就是一种更加可怕的假设了。目前为止，他们认为还不需要做这么极端的考虑）。

第二，他们已经成功取样除这颗星球外这个星系所有具有一定半径的星球（类似或者接近曾经地球的星球）。因为这颗星球的金属壳（没错，他们就是这么称呼它的）采取了防御性攻击：当取样的探测器（让我们忘记它们正式且冗长的名字，姑且按照出发的顺序称它们为一号、二号、三号），也就是一号探测器和这颗星球的金属壳接近到一定距离的时候，它被击中了。

一号是舰队第一次发出的，是一颗完全没有攻击性的探测器，配备了取样切割装置。在任务的初期，一切看起来都还好，从传输回来的图像可以看到那些金属壳的细节部分。根据一号探测器被击中前传回的分析报告，金属壳的表层金属元素主要是人类早期的卫星或者探测器一类的成分，但似乎更复杂，具体还需要进一步的分析（这里的早期指的是原始期的地球人类，也就是当初离开太阳系的那些人类离开地球之前的阶段）。一号被击中是发生在它距离那层金属壳已经非常近，可以同步定位并且准备取样的时候，很难说是它们预测到了它的下一步行动，还是当它进入它们的守备范围内以后，它们只是简单地攻击了它。

此事件发生后，在持续性联络无回应的前提下——注意，这两个前提的发生是并集而不是或集，舰船经过讨论，发出了第二颗探测器。第二颗探测器是一颗超强防御型的探测器，它可以在最艰难、最恶劣的条件下独自工作（换句话说，比第一颗探测器靠谱得多，但也要昂贵得多，由此可见他们对这一步行动计划的自信。毕竟大家都清楚，当你在工作时间因为你的决定损毁了一定价值的财物时，你就需要写一份以上的冗长报告了。基本上没有人喜欢写报告，所以在涉及金额比较大的决策上，大家都会相对比较慎重）。

根据墨菲定律，不幸的事情果然发生了（报告也总是免不了要写的），但由此他们也得以观察到了金属壳的另一种特性（这一点完全出乎他们的意料）。

在二号对金属壳短时攻击无效之后（攻击部分他们也得以记录和回传，所以这一次行动的损失评估后总体上认为是可以接受的），金属壳体发生了蠕动。怎么形容呢？用一个不太恰当的比喻，就好像那种黏黏糊糊的早餐糊，当你搅动之后，达到某种程度它会破裂绽开。你可以参考那种情况想象金属壳层上发生的事情：金属壳鼓起了气泡，然后突然爆开，出乎意料地将过于接近的二号直接吞没了进去。从此舰队失去了和英勇且昂贵的二号的联系。

坚强的二号不惧怕任何猛烈的攻击（号称），但金属壳换了一种方式将它解决掉了。如果不能毁掉，那就得到。挺好的，不是吗？从这个角度来看，它们和我们没有那么的不同（接下来的问题就变成了：它们为什么要采取这个行动？它们知道其他攻击都将无效吗？如果不知道，那么这只是一种偶然。可如果它们知道，它们是怎么知道的？至少在现阶段，没人能回答这些疑问。至于我，我有一些猜测，但我不想说出来）。

他们没有继续发射第三颗探测器。很简单，继续的话要怎么继续？二号的同类探测器显然不能再次发射了，否则仍将面临着一样的命运。第一次决策失误是可以接受的，可是再犯重复的错误那可能就会导致（主要是决策者的升迁）前途渺茫。可是如果不再发射一号、二号的同类探测器，那么很显然他们能拿得出来的只有伪装成探测器的进攻性武器。在这个阶段，他们不想，也不能贸然将行动升级（在这种没有面临明显压力的条件下，未经许可地将事态升级很显然不是一个正常舰队指挥官的选择）。

他们已经搜寻并检查了这附近的星系，并且做了清晰的定位和详细的星图——虽然这些都是搜索器自动完成的（我的意思是，这些都是工程师的功劳，还需要我说得更清晰明白吗？但搜索结果的报告上绝对不会出现"工程师"这三个字）。

因此，根据他们对该星系目前各行星状态的阶段性研究——也可以使用最简单的排除法——他们最终认为，这颗被金属壳封闭的星球很大概率就是地球，除非发生什么概率极低且难以想象的意外：比如地球被轰出了曾经的太阳系，而在此期间，另外一颗从其他星系射进来（或者因不小心路过而被捕获）的金属球取代了它的位置（让我们暂时还是先把这种渺茫且荒诞的可能性搁置一边吧，毕竟我们面对的是宇宙里一个人类曾经生活过的星系，而不是古老的桌球游戏）。

迄今为止他们无法确定的因素有以下几点：

如果这颗星球的确是地球的话，那么在当初地外人类（是的，我们称自己是地外人类）离开地球之后，这颗星球上究竟发生了什么，使得这颗行星的表面变成了这样一种结构？这种结构是人类造成的吗？还是一种自动的、智能的防御结构？

如果留在地球上的人类拒绝沟通，又或者那些人类已然退化，地球已经被智能系统所接管，他们接下来应该怎么办？进攻吗？如果进攻的话，他们需要考虑怎么剥开或者破坏这一层金属壳。他们本身的确携带了足够的武器，他们认为自己应该可以成功地熔化或者切除部分外壳。但考虑到他们对金属壳内部的情况仍旧一无所知，他们需要对用暴力剥开金属壳后可能发生的事情有所准备。所以这仍旧回到了最初的那个问题：金属壳的构成和目的。这层金属壳存在的目的到底是什么？是有意设计出来的？还是因为某些意外形成的？根据他们初步的分析，这两种都是有可能的。毕竟我们已经离开了地球这么久，地球上留下的那批人类即便仍旧存在，他们是怎么活着的？到底在想什么？又是如何改造地球的？我们今天已经很难揣摩了。如果当初留下的人类早已经灭绝，那我们就需要考虑在那之后地球上到底发生了什么。

以上是目前他们最关心的部分，也是最希望大家能够提供进一步的设想和参考的部分。

当地外人类离开后，剩下的人类究竟在哪里，究竟发生了什么？金属壳到底是如何形成的，目的是什么？这些问题之间都是相互关联的，可以提出各种假设。但他们想要听听舰队团体之外的其他声音，这就是我们被召集而来的原因。

我很难表达我此刻的心情。我觉得这本质上是一个冒犯程度的问题。

换句话说，他们真正的问题其实就是：他们想知道自己可能是在跟分别了太久太久的同类打交道呢？还是和一种完全未知的存在相会？时间过去得太久，我们（这些地外人类）谁也没见过真正的地球，考虑到人类的本性，还有未知的可能性，我得说，这两种选择对我来说都不怎么迷人。

很抱歉我只是一个工程师，我更喜欢设备，不喜欢和同类打交道。

不负众望地，我们这个新来的小团体很快就拿出了几种假设。

第一个假设与太阳的变化有关。他们假设太阳的质量变化发生了某种突变（具体的诱因或者真实发生的一切仍在探究中，也许稍后天文学家和物理学家们会给我们一个或者若干个回答），这会造成一种异常巨大的能量波动。在这种突变中，地球表面所有悬浮的太空垃圾（当初人类离开地球的时候，这些高高低低的轨道上的太空垃圾已经多到造成了离港的巨大困难，正如"凯斯勒症候群"所描述的那样，地球轨道上的太空垃圾实在太多了，以致于人造卫星和航天器经常被撞击，由此又会产生更多的太空垃圾。最后，再试图发射新的太空器都近乎不可能，因为一发射上去就会被撞坏）绝大部分是由高合金金属组成的，正因为如此，在这种超级高温的能量波动中发生了形态的改变（毕竟在这样的高温和真空中一切都会改变，更不要说这些几百几千摄氏度就会熔化甚至气化的合金金属）。它们被迫重塑为了一体，就像是一颗蜡丸那样，均匀（或者近乎均匀）地包裹着地球，简直像是与生俱来的金属壳。至于在这种情况下地球本身发生了什么，那几乎是可以想象的：人类和其他依靠光合作用生存的物种很大概率会彻底地灭绝。

第二个假设还是与太阳有关。他们假设太阳的质量变化是均匀的，虽然和理论上应该有的变化率相比快了很多，但仍旧是相对均匀的（所以我们需要天文学家和物理学家们尽快地解答太阳的问题，这是其中的一个关键）。在这种前提下，地球上留下的那些人类也发现了这个显著的威胁（考虑到太阳质量变化率的加速对于地球轨道和整个行星本身的影响，他们很大概率会考虑主动解决这个问题）。依据太空历史学的资料，可以推测出他们早期的选择和行为，他们应该会在轨道层架设能量板，毕竟这样对能量的利用效率更高，转化的损耗也更低，除此之外其他的方式都很难直接、彻底地解决太阳质量变化本身导致的一系列问题。但在铺设和使用的过程中，他们发现了另一种可能性，即就算是在轨道上，由于能量高效地吸收和获得，他们也完全可以直接使用自动机器人对那些悬浮的太空垃圾实施回收并再利用，这样明显更便捷也更高效，还可以解决掉所有妨碍能量吸收的悬浮物。在此基础上，这一层能量板逐渐发展成一种高智能的防御攻击一体的机制，也就是在我们之前抵达的舰队所经历的一切（这当然是一种更美好的设想，但考虑到人类的历史，你很难以这种乐观的态度估计一切。如果一切都那么顺利，那么这个世界美好得几乎不像会真实存在的世界）。

这两种假设会导致截然不同的结论：地球上的人类仍旧存在，或者已然灭绝？

当然，在此基础上还有更多的可能性。就好像一棵树的分叉，树长得越高，分叉就越多，你永远不知道鸟会落在哪一根树枝上——理论上在它落脚之前，哪一根树枝都可能被选择。

比如处于防御状态的金属壳也许在完美吸收能量、保护地球的同时，也隔绝了所有可能的信息传输渠道。而触发这一防御状态的，正是远道而来，在技术上似乎更胜一筹的我们。

又或者金属壳已经脱离了人类的控制，完全自主地运行着，提供着人类生存所必需的能量。但除此之外，人类对于地球之外的事情一概不关心，他们就像是自动牛栏里的奶牛，被饲喂着，被照看着。他们不关心任何联络的信息，也不关心是否有访客到达。

当然，如果人类已经消失，那么剥开这层金属壳也并不是不可以，可能还要付出一定代价，比如对这层金属壳的各种反应和攻击能力进行测试，并做好各种预案（如果金属壳内隐藏着更强大的攻击能力怎么办）。不过这些不是关键。关键是，破坏总比建设容易，一旦强行剥开那层完美闭合的金属壳，而在那时才发现这场行动有什么错误，那补救的代价恐怕会比剥开这层金属壳的尝试要高很多倍。

对我来说，虽然并不重要，可我还是想要知道，如果地球上还有人类，他们此刻究竟在想些什么？

据说当初那些人类之所以留在地球上，是因为他们拒绝离开。可是，我们所以为的地外人类（我是说离开地球的那些人类）都是真的想要离开地球的人吗？我对此也很怀疑。在任何群体活动或者行动中总有少数沉默派，他们属于被裹挟而不得不参与其中的，虽然他们没有反对或者转身离开，可不代表他们对所做的事情完全同意或者心甘情愿，比如此刻舰队上的我。

在我看来，地外人类（离开的人类）本质上就是一群逃兵。他们在地球上疯狂地"烧杀抢掠"，直到地球已经无法负担他们的蹂躏。他们用掠夺而来的金银财宝造好了稳固的大船，然后乘船逃离了千疮百孔的地球。

我说得太直白了，简直都不需要隐喻，对不对？可这的确是我阅读地球历史和太空历史得出的唯一结论。

地球就像是一双柔软好穿的靴子，被他们任性地穿破了，然后就抛弃了。他们在宇宙里寻找新的靴子，他们说这次他们会爱惜，会温柔地对待，不过他们一次又一次地重蹈覆辙，因为人类历史只有零次和无数次，这就是为什么他们会一次又一次地派出舰队远航，然后一次又一次地信誓旦旦，说着爱与珍惜，充满了期待和渴望。

要知道远航的舰队可不止一个，他们每次都希望能获得至少一个满意的结果，至少找到一双新的靴子。至于派向地球的舰队，他们当初的设想一定是这样的：经历了这么久，也许地球的状态会恢复一部分，如果运气好的话，也许甚至能恢复到最好状态。如果实在找不到新靴子，一双旧靴子总比光脚要好。

这就是我的看法。没错，我就是这么的愤世嫉俗，这么的不合群，这么的不招人喜欢，只会耸人听闻，让大家都觉得不舒服。所以我不明白为什么我的老板会觉得他们需要我。我是这么的沮丧和愤怒，因为我鄙视他们的存在，就像鄙视我自己的存在一样，那么的理所当然，毫不客气。

乐观的人总会反驳我，说这是人类生存所付出的代价，但人类总是在学习中成长的，不是吗？

然而我只会告诉他们，人类什么都学不会，人类比最低级的工程机还不如，这就是我的看法。人类只会毁掉他们赖以生存的环境，直到它破烂不堪，再也无法承受更多的蹂躏。

他们都说我像是一个守旧派，一个原始地球人，一个不该离开地球却离开了地球的人。地外人类里有一小部分人的确是这样的。这不奇怪，生物总是会变异的，就好像蓝铃花丛中偶尔会有一束白铃花，黑熊里偶尔也会有一只白熊，让你一眼就能分辨出它的存在。总会有这种事情发生的，不可避免。

当初那些地外人类离开地球，航向远方的时候，也许就有异类居于其中，也许他们只是默默地在心里发着牢骚，回头望着那颗蓝色的星球，知道自己不得不离开，知道自己有生之年也许再也不会回来，知道地球将来也许会面目全非。

那时候那些异类的心情我简直无法想象。

有时候我想，人类能存活到今天，真像是一个奇迹。这绝对不是夸赞，如果宇宙间真的存在一个造物主，它早就应该着手铲除人类的存在了。如果我是造物主，我肯定会这么干的，绝对不夸张。虽然最糟糕的一切发生的时候离我的诞生还很遥远。但我天生就是一个异类、一个刺头儿、一个非主流、一个捣乱分子。就像是正确的反面，另一个不被预期的参照系。

当大家讨论得如火如荼时，虽然我很想尽一下我的义务，发表一下我对此的若干猜想，但我还是闭上了嘴，因为我不爱人类。

我想，如果我是当初留在地球的那些人类的后代，我肯定要考虑一下这些远道而来的同类到底所来为何？考虑到人类亘古不变的本性，也许沉默才是最好的回复。

如果他们知道了这些远道而来的同类并不是真的想要故地重游，也许只是想凭运气捡到一双柔软舒适的旧靴子。那时他们会做出何等的反应，我就更难以想象了。

至于我们亲爱的舰队，说实话，我能理解他们为什么在这一步停了下来。如果你的目的是无论如何都要和平而礼貌地劝说一双旧靴子的主人与你共享，那你就需要耐心而仔细地观察和劝诱。你当然不希望在抢夺的时候出了什么差错，导致一双旧靴子破到无法再穿，对不对？就算你发现这双埋在土里的旧靴子没有主人，挖它出来的时候你肯定也会小心一些的，对不对？

在这两个大的假设前提下，在新来的人员的参与和提议下，在保持安全距离的前提下（离金属壳足够的远，离太阳足够的近，虽然我们不需要这种初级的能源输入，但考虑到各种情况，还是有备无患比较好），他们加强了功率，持续对地球进行了大范围的、各种信号的全波段的输入。

在持续加强的能量波中，我观察到金属壳表面产生了阶段性，或者说周期性的波动，这一点也被其他人的观测结果先后印证了。在持续观察的过程中，我突然有了一个想法，一个假设，一个可能最终仍然无法证实但却是我认为极有可能的描述。

在例会的时候我提出了我的想法。虽然想要休假却不得，虽然一直怀揣着恨意，虽然是一个不合群的家伙，可我毕竟是作为一个有着职业道德的工程师前来的。

有别于他们是与否的设想，我认为地球上的人类仍旧存在，但可能处于一种休眠状态，而且我认为我们这种持续的信号输入对于他们来说反而是一种能量补给。因为很明显这种毫无缝隙的金属壳设计（如果它是被有意设计出来的，或者说即便并非人为意志所为，而是人工智能高度发展的结果）最初的目的肯定是无差别地反射或者筛选吸收全部的能量，这就包括全光谱各种波长的射线电波或者光波等的能量。可能对我们来说这种通信的能量等级并不高，甚至不足以启动我们的探测器，但对于目前的他们来说，很可能足以补充足够的能量，甚至唤醒他们。

但前提是我们是否需要继续这样的尝试。

在这种假设下，我们之前按兵不动就是非常明智的。他们并不是不愿意回复或者有意沉默，他们只是因为某种原因而休眠了。换句话说，在某种艰难模式下，他们选择了最节能运行的方式，仅此而已。

"但也有另一种可能，"有人提出了另一种假设，"如果这种形态是他们适应了环境之后造就的，那么他们很可能只是在准备反击之前尽可能地多吸收可以吸收的能量。他们不愿意回答，不过是因为回答也需要消耗能量。"

都有可能，我承认，我的确是先考虑到这一层可能性才考虑到另一种相反的较温和的可能性。我甚至觉得，如果此刻包裹在那金属壳之中的是我，也许我也只会做这样的准备，沉默，积蓄力量，等待时机，准备反击。

如果他们仍旧存在，如果是他们设计并发起了这种全金属壳的保护，那他们一定处于某种非常的生存状态。

　　我很难说那是一种什么样的状态，也很难给出清晰的想象，但我怀疑也许此刻他们依然要面对某种严峻的危机。

　　抛弃地球而离去的人们，完全没想过那里会变成什么样的地方吧。而留在那里的人们，又是在怎样的挣扎中活下去的呢？

　　有时候目的和结果可能是两种完全不同的存在。当你选择了某种目标，为了达到某种目的，实施了某种行动，在某个不合适的时段，经历了某些不曾预料的事，很有可能这种行为会导致另一种完全相反的结果。人类的历史无数次证明了这种悖论，虽然人类的故事总是以另一种相反的角度讲述，不过那只是人类的大脑想要相信的。

　　我要再想想，我觉得这里有什么东西不太对。

　　让我来重新整理一下思路。地球上的那些人类，他们没有离开，但并不代表他们不想离开，尤其是当境况糟糕到一定程度时（让我们直面这个问题吧：当我们的前辈离开地球的时候，地球的境况已经糟糕到了极点，我们留给他们的已经是一个无以复加的境地了。所以他们面临的一切只会更糟糕，而不会更好。当太阳发生改变时，他们将需要彻底的改变）。

　　当太阳的质量变化率加快时（如果这是原因的话，虽然我猜大概率是这样的），当他们不得不做点什么的时候，他们一定能够想到这样一种手段来加强能源的攫取。很简单，当人们面临这种不得不处理的绝境时，要么直面，要么回头，就像我们的祖先曾经做的那样，不想面对大可以逃离，远远地逃离。

　　所以让我们假设他们没有离开，而是选择了面对。这很可能是因为他们无法离开，比如说技术水平达不到，或者能量储备明显不足。当然前一种假设的前提和他们设计并制造了全金属外壳的假设是冲突的，但如果以后者为准，很显然他们的技术水平至少是在及格线上的（想想全金属外壳是怎么处理我们先后送出的那两台小可怜的）。那么继续推论下去就意味着，他们仅有的能量可能只剩下地壳内部的那些能量了。那些缓慢释放的热量只能供他们活下去，以致他们要靠着严丝合缝的金属壳来减少能量的损耗，在真空中保护自己。如果这种假设成立的话，那么目前的地球恐怕处于一种极其微妙的平衡，而且从这个假设的前提来观察他们目前这种防御即攻击的姿态，很可能这层金属壳就是他们唯一的保护。如果这种推断成立，那么当他们把全部的力量都放在行星的表面，这恐怕意味着要么生存，要么毁灭，没有第三条路。

因为平衡一旦被破坏，一旦金属壳损坏，他们就将面临灭顶之灾。

我的推论对于地球上的生命恐怕太过残忍和可怕，所以我宁愿自己是错的。

大家需要通过讨论决定下一步要怎么办。如果这里曾经是地球，那么现在也仍是地球。于是会议的结论就是我们暂时还不想剥开它。

因为情况无非是两种：如果这一切都是人为的，或者说是有意的，那么它的处境本身已经十分艰难，那我们显然不需要它（一双破损如此严重的旧靴子），更不必进一步做点什么。

如果这一切并非有意制造，而是宇宙间其他的力量所导致的，比如太阳质量突然骤减，比如地外剧烈的撞击和爆发，那么此时此刻金属壳内部所包裹的地球必然不存在有机生命。那么也许我们值得一试：剥开它，也许会得到一双尚未成形，不能称之为新靴子的靴子。无论如何，这可比旧靴子好多了，这也比他们来之前所期待的更好，甚至不用处理地球上遗留人类的历史问题。如果真的是这样，那么宇宙替人类解决了一切问题，铺平了所有的道路。换句话说，人类的确就是宇宙的宠儿。

　　大家决定暂时按兵不动，等待天文学家和宇宙物理学家们的进一步汇报。他们正在努力分析太阳质量变化的真实曲线和速率，以及过去究竟发生了什么。我们一致认为，他们需要尽快得出准确的、可以指导我们下一步行动的结论。

　　但就在等待期间，一件我们谁也没有预料到的事情发生了。

　　事情发生的时候我正在观察地球，我不得不承认，我的确对地球非常地好奇和着迷：在其他人都已经入睡的时候我还在聚精会神地观察地球，我甚至都不是值班的那一个。

　　但我想我绝对不后悔，因为那绝对是千载难逢的一刻。而那一刻我会永远铭记在心。

　　现在，让我来描述一下当时所发生的事情，即便所有的人都可以观察记录的回放，可目击那一刻的感觉还是截然不同的。

　　在那一刻，地球表面的金属壳发生了某种肉眼可见的改变，就好像它是活着的存在一样，那间歇性的波纹或者律动的频率突然加大，就好像呼吸一样，或者说，就好像那个球体中孕育着一个生命，而那个生命醒来了，在翻身，在打滚，在伸胳膊，在踢腿。然后在紧接下来的那个瞬间，那层金属壳突然打开了一条缝，就像是传说中的日食那样，只不过速度更快。起初，我还不明白发生了什么。愚蠢的人类啊，总是自以为是，以为自己可以预判一切。

　　我只记得那层金属壳逐渐消失，露出原本被包裹的地球，犹如日食中被黑暗吞噬的太阳，最后只剩下一个环，或者一个金钩，或者背面的半个壳体。那一刻谁知道呢？从肉眼的角度很难说清楚。

　　然后很快的（这一切发生得都很快，比传说中的日食月食要快多了），当那个金环越来越细，眼看就要消失的时候，我听到（或者说感受到）一个巨大的冲击。那时舰船上所有的报警器都在尖锐地鸣响（那是最高等级的报警），不过就算它们都失效了，我也能感知到强烈的震动，因为从舰船到舰船上的每一个人、每一件物品，都在同时剧烈地震颤着。刚才有什么东西携带着巨大的能量，瞬间穿过了我们，不知去向了何方。而我身体里的每一个细胞都接收到了那股巨大能量带来的震颤。

接下来人们经过观测和检查补充了我不曾看到的部分。

地球的金属壳的确已经被打开了，虽然不是我们亲自动手。它目前的状态甚至可以称得上是很不错。经过探测和检查，目前的大气层中有着浓密的二氧化碳、水蒸气，还有甲烷、硫化氢等火山爆发的产物。看看那些气体成分的累积量，很明显从地外人类离开之后，地球也一直都没有停止过它自身的运动，但由于金属壳的撤离（这一部分我们仍在追踪），地球表面的温度开始降低，地球上出现了持续的降雨。雨水溶解了部分二氧化碳，呈现出微弱的酸性，酸雨冲刷着大地，也就是说，很久很久以后，地球上很久很久以前曾经发生过的一切又再一次地开始重演了。

简而言之，打开以后的金属壳为我们呈现的是一个幼年期的地球。

但金属壳本身分为了两部分。一部分坠落到了地球上，很可能都在滑落大气层的过程中被烧毁了；而另一部分，这就是我们最难以理解的部分了。

另一部分被射出去了。

用简单通俗的话来说，一部分金属壳在变形和重新聚合之后，变成了一把细细的金属圆弓；而另一部分聚合为一体，像一颗弹丸。金属圆弓在地球轨道上空打开，将金属弹丸那部分弹射了出去。

我们在舰船上所感受到的冲击就是由于当时弹射出去的那颗巨大的弹丸距离我们过近、速度又过快所导致的。

虽然有稳定器和保护罩，但我们还是感受到了它的经过。事后舰队上的观测人员甚至绘出了它的轨迹。

舰队已经派出了伪装过后的观测器（简而言之，就是更高等级的战斗队）对它进行追踪。很显然以我们目前的观测器的能力，无法追赶质量和密度如此之大、初速度又如此之快的超常规发射。虽然决定已然做出，行动已然执行，但我个人感觉这也许并不是一个好的选择。

不过即便是将目前所得到的全部信息拼凑在一起，也无法得出明确的结论，更不要说天文学家又给了我们致命一击。

太阳的质量衰减增速是突然发生的，虽然目前仍不清楚是人为还是地外因素。舰船上的人们都困惑于地球上究竟发生了什么。按照我们最初的推论，如果这一切是突然发生的，那么剩下的人类无论是否来得及转移，在这一切发生之后地球上已经不可能存在生命。

至少目前所观测到的一切都清楚地表明了这颗星球并不适合人类的生存。

这里明显地回复到了星球上最初的状态。在金属壳的包裹下，在漫长的岁月中，火山持续地爆发，就好像……就好像一个反向制作的戴森球。它吸取了宇宙中所有能吸取的能量，供给球内的环境，就像是一个封闭的培养皿。

那么金属壳到底是谁制造，谁在控制，它又为什么拒绝和我们交流，而且在最后一刻离开？

这些谁能解答？人类学家表示这一切都不符合人类社会的行为准则，尤其是建立在我们离开时地球的文明基准。他们所认同的唯一解释，是人类已经灭绝，硅基智能在进化中改善了能量板，自发地连接为一体。而当人类文明降临地球的时候，他们感知到舰队所拥有的压倒性的优势，感知到了将被毁灭的命运，所以采取的一种逃生策略。

当然在这种前提下还有一种可能的解释：人类的确制造并且建造了这层金属壳，设想它也许能在太阳急剧膨胀的时刻保护自己。但不幸的是，一切并没有成功，太阳的爆炸和膨胀只是在很短暂的过程中重塑了这层金属壳。

我们的战斗队仍在持续追赶那枚弹射逃跑的"流弹"，他们似乎梦想着能够捕获它，但考虑到它惊人的初速度，又考虑到它那令战斗队相形见绌的瞬间加速能力（我甚至愿意考虑他们最大负荷时的能力），我实在怀疑他们的任务能执行到哪一步。他们只能看到一颗流星划过天空，就像是很久以前地球上的人类那样，却不知道它究竟去了哪里。

在会议的总结和报告阶段我没有发表任何意见，事态的走向超出了所有人的想象和猜测。但从某种程度来说，和我的推测相差不远。舰队的到来打破了那种微妙的平衡，虽然舰队与金属壳的对峙并不是地球的本意。

他们仍在征求我的意见，事实上他们平等地征求每一个人的意见，但我什么也没有说。

我没有告诉他们，在我看来，人类也许并没有灭绝。当境况即将恶化，他们又不能或者不愿离开地球的时候，他们也许选择了上传意识，以另一种形式和地球共处。他们就在那些金属壳里，保护着地球，也保护着自己。他们仍旧存在，仍旧和地球在一起，一起进化，一起适应着星系的每一点微小的改变。

如果没有我们的到来，也许他们会孵化出一个更美好的地球，他们会以原本的或者另一种的形态来迎接那个再次出生的地球。

只可惜我们的到来打断了这场艰辛的孕育。

这就完美地解释了最后的弹射为什么会发生——那是一种彻底的拒绝和逃离。也许只有人类才会恐惧人类，尤其是当他们知道我们从何处而来、我们是谁的时候。这就是为什么他们无视了所有的交流信号——当你目睹过人类所有的历史之后，你不能不对人类这种存在本身心生警惕，不能不保持戒心。

而当他们明显开始怀疑地外人类的动机和目的时，当他们拆解或者消化了探测器之后（很显然我现在还没有听到探测报告说二号恢复了通信或者搜索小队找到了二号的尸体），他们现在再一次面临当太阳发生剧变时自己所面临的选择。

离开还是面对？

虽然不知道如何决策，但他们显然感知到了巨大的威胁和能量的差距。

这一次，他们做出了和上一次截然相反的另一种选择。一种被逼迫下的选择，他们离开了地球。

我想，也许是因为他们不信任我们，也许是因为力量的悬殊，也许是因为他们感受到了我们和他们之间的差异——失去了肉体的束缚，他们已经蜕变成为另一种存在。他们也许感受到了另一种召唤，时机已然到来，他们需要抛弃这颗新生的星球，去往更广阔的宇宙深处。在那里，他们可以不必遇到我们。

这些都只是猜测，虽然我不清楚具体发生了什么，但我觉得他们做得对。

远离舰队，远离地外人类。

而我甚至都不会将这些写入报告。希望当最终追踪失败时，舰队可以更容易地推卸责任。

放弃那颗弹射的流弹吧，让它自由地在宇宙中划过，它未惊扰任何人，也未惊扰任何的存在。

他们已经改变了。相比起我们这些地外人类而言，他们将拥有更多的可能，更美好的未来。

我回头，看着舷窗，那上面映着我的影子，那是一个在嘈杂的会议中异常沉默的工程师。她生活在地外人类之中，尽职尽责地制造和维护精密的设备，为所有的人类服务，与此同时，却又深深地痛恨着人类，痛恨他们曾经做过的一切，痛恨他们此刻仍在做的一切。

我看着舷窗外的宇宙，我想对那颗自由的流弹说，如果当初留下来的是我，那么我也一定会做出，也只能做出那样的选择。

绝命勇气号

身临绝境总会激发人类的无限潜能，大家都喜欢这么说。

在补给站里吹牛的水手和机械师也总喜欢讲述诸如此类的故事，好像只要面临那些千钧一发的情形，人们就会变得力大无穷、神志清明、思路敏捷、有如神助。总而言之，奇迹一定会在这种时刻发生。

作为一名保险审查员，乔乔对这个问题是这么看的：这些全都是放狗屁！

很简单，奇迹之所以是奇迹，就是因为太过罕见。遍地都能捡到的，那不是宇宙的黄金，那是太空垃圾的碎片。

工作以来，她核查过太多起事故。像那种系统会审核通过，认为没有问题的案子，最后都会交给他们这些保险审查员人工核查。这些案子大概分几种，第一种案子看起来就像是人们常说的那种奇迹，而且从法律，从流程，从提交的各种材料来看都没有任何问题。这种案子其实并不太多，但经过仔细检查，最后绝大部分都能找到不对劲的地方（只有人类能通过那其中的微妙之处找到线索，最后通过各种曲折或者不直接的方式证明当事人在骗保）。

第二种案子就是那些典型的、也是绝大多数的案子。那些没有被激发出潜能的人全都遇难了，你让死人怎么讲述那些惊险刺激的冒险？死人只能跟金属飞船的残骸一起在宇宙里漂浮，永不分离。这种案子肯定会被核查通过，最后顺利进入理赔阶段。

只要活下来的，基本是骗保的。

在这一行干久了，她也得不出别的结论。

至于第三种，案件中的当事人仍旧活着，最后发现并不是骗保（那是非常非常罕见的）。

罕见到什么程度呢？她想，至少她经手过这么多案子，有且只有勇气号这一起吧。

勇气号的事，无论从哪个角度看，都像是一个真正的奇迹。一艘老旧的货运太空飞船在返航的时候遭遇意外导致偏航，最后燃料耗尽掉进黑洞。

很多人喜欢从一些另类的角度讲述这个故事，但乔乔从来没有跟任何人讲述过她所知道的全部。

因为她不愿意称勇气号的事是一个奇迹，也不愿猎奇般地描述那些已经被讲述了无数遍的细节——尽管这个案子令她如此难忘，以致当她审查其他的案子时，甚至和朋友在餐厅吃饭，看着窗外经过的行人，或者在码头上看着巨大的船体靠近，等待登船离开，也忍不住走神，会想起关于勇气号的一切。

其实勇气号本身没什么特别的。

勇气号是一艘巨大的货运太空飞船，型号比较老旧，服役年限也很长。这在货运公司很正常，一个拥有若干固定资产的公司，绝不可能因为一个资产过了折旧年限就轻易将它废弃。况且这艘船每年都顺利地经过了年审，每年都安然无恙地行驶在它的航线上。实际上，经过检查，它也的确被认为是一艘符合最低行驶要求的货运太空飞船。

勇气号隶属于一个名叫"好运"的货运公司，这家货运公司的业务范围很广，客户群体也很大，基本上在公司完美的安排和计划下，货运船基本没有空载的航段，或者说，空载率控制得很好，换句话说，公司的盈利状况很不错。

星际间的货运公司，尤其是这种长途货运公司，一般都会投保，好运公司也不例外。宇宙广阔，路途漫漫，各种因素都会导致可控性和可靠性的下降，当若干偶然叠加在一起，意外的发生就将是必然的。只是发生在哪一刻？发生在什么地点？又发生在哪一艘船上？在这些相关要素上，存在着一定的偶然性。

大部分的航线都或多或少有些不可控的损失，绝大部分案子系统本身就可以完全自主地处理，不需要审核员的介入。勇气号的案子经过系统的判定到她手头复查的时候，系统给出的判定是：完全符合赔付条件，没有发现潜在风险。这就是人工复查存在的意义——控制公司的支出成本。

她记得接手后她首先查看的就是事故发生的背景。这是一次常规运送后的返回路线，船上也载了货。但不幸的是，飞船在归途中遭遇了密集的彗星群，在程序设定的躲避路线下，无意中过度接近了一个星图中已知的静态黑洞。虽然还没有穿过事件视界，但飞船本身已经无法达到足够的加速度和速度，无法挣脱黑洞对飞船的巨大引力。最后飞船坠入黑洞，故好运公司要求对此立案理赔。

勇气号的案子看起来非常简单明了，因此它的传播度非常广。

有几个因素共同促成了勇气号本次事故的发生，这也是系统和审核员都会关注的地方。

第一，飞船所购买的星图中（其实是好运公司统一的购买行为）黑洞的坐标有一定误差，但正常来说，飞船自动行驶的规划本身对此类星体就有一定的规避范围，所以星图本身不高的精度并不构成骗保的必要条件。

第二，本次彗星群的密集经过纯属一次意外，而回程运输的货物属于临时加单，装载和运输时间都是客户控制的，在回程的路上刚好遭遇彗星群很难说是骗保计划的一部分。

第三，好运公司的路线都是系统自动规划的，在不同要求的运送等级下，它会采用不同的运输方式。回程的货物单价相对较低，一般只是为了避免空载，所以一般来说，这种回程路线的规划目标是最大可能地利用沿途各个巨大星体的引力——就像曾经的大航海时代利用洋流那样——尽可能地减少燃料消耗。这套规划方式一直以来都没变过，运行得很好。作为好运公司的长期合作伙伴，他们对此也很清楚。所以勇气号本应该像之前完成的无数次运输那样，风平浪静地途经那个沉寂的静态黑洞，经过漫长的旅途，最后顺利平安地抵达港口。

在取得了好运公司的授权后，审查系统也得以全面检查好运公司的线路规划系统，由此得出的结论是勇气号的坠落并没有骗保的嫌疑。

系统的分析认为，勇气号这一次因为失误坠落黑洞是好运公司本身低价运行策略的一部分以及一系列意外的叠加导致的偶然但又必然的结果，保险公司应该同意这一案件的索赔要求，这对保险公司来说是正常的支出。

一艘即将面临生命周期结束的货运太空飞船——也就是在它快要报废的时候，在回程拉了一船低价货物，遭遇事故，坠入黑洞。好运公司就货船和货物本身提出的赔付要求看似过分，但就它长年支付的保费来看，其实也算是正常的要求，不是吗？

但勇气号的问题在于，这艘本应无人的货船上藏了一个人。

在事故发生后，她拼命地发出各种求救信号，向好运公司、向任何可以接收到求救信号的船都连续发出了紧急的求救信号。而为了拯救她，在勇气号坠入黑洞前，发生了一系列意料之外的事情。

乔乔只是一名保险审核员，她不想对任何人做出评判，但这个勇气号上的人，这个偷渡客（很多人这么称呼她），给乔乔留下了极其深刻的印象。

作为勇气号理赔案的审核员，乔乔当面质询过这名偷渡客，对她们之间的谈话也做了详细的记录。

后来乔乔也多次翻阅过当时的谈话记录，承认没有找到任何疑点。

现将当时的谈话摘录如下：

乔乔：你很清楚自己的行为吧——未经好运公司的许可，私下搭乘了好运公司名下的一艘航空货船？

偷渡客：没错，我承认，如果好运公司为此起诉我，我也完全能够理解。

乔乔：那么我想确认，你不是第一次搭乘好运公司的货船吧？

偷渡客：的确不止一次，有那么几次了。

乔乔：请你讲讲飞船接近静态黑洞的经过。

偷渡客：飞船返航时设置了自动航线，彗星群经过的时候我还观察了一阵，纯粹是因为好奇，但等我发现不太对的时候，它已经偏航得很厉害，非常接近黑洞了。飞船当时也发出了警报，甚至启动了备用的发动机——因为飞船必须保持较高的动力状态，达到一定的加速度，才能避免滑入黑洞。

乔乔：好的，这和我们事后的调查结果是一致的。然后请讲一讲你接下来所做的事情，请尽量详细，因为这很重要。

偷渡客：我知道。我也知道这艘船上的一切都已经完全自动化了，航线及航线的规划、事故的应对，这是好运公司为了节省成本做出的决策。飞船的系统在规避彗星群的撞击风险和接近黑洞之间选择了后者，但粗略的星图在这种时刻显露出了致命的后果。如果我不在这艘船上，其实也没什么，好运公司只不过失去了一艘旧船，还有一船不怎么值钱的货，但至少他们可以顺利得到保险公司的赔偿。这一切都包含在之前的运营成本里，计算过的商业保险，计算过的燃料分配，计算过的维修成本，计算过的运输线路，这些都是权衡过利弊的合理分配和设计。利益点和风险点的均衡，完美地保证了盈利，也完美地覆盖了微小风险将会带来的巨大损失。

但问题是，被黑洞吸引的货船上，还有一个本不应该出现在货船的我，尽管是非法的，但我不想死，至少不想像这样死在这艘船上。这就是为什么我连续发出了非常多的求救信号。我已经通过所有能搜索到的频道和波段发送求救信号了，如果有人恰好在附近，如果有人愿意伸出援手，那我也许还能活下去。

乔乔：我也看了一下记录，你最初第一条应该是发给好运公司的，但他们没有回应。然后你又连续发送了多条信号，最后甚至利用了公开频道进行大范围的求救。

偷渡客：我也是发出求救信号以后才想到的，对于好运公司来说，救援成本恐怕远远大于飞船和它运载的货物价值，那么一旦出了事故，直接抛弃就好了，就这么简单。说实话，如果不是考虑过了各种手段都无法自救，我也不想主动暴露自己非法搭乘他们货船的事实。我甚至想过能否将飞船炸成两段，利用爆炸的能量将前半段推出轨道，我好借此逃生。如果是其他类型的飞船，我可能就真的这么做了，可是这艘货船最初就不是为了逃命设计的，它最初的设计理念是以最节能的状态运送更多的货物。它的能量舱均匀地分布在货仓的上侧，这是为了方便平衡货仓载重。如果我把能量向某个特定的仓位转移，很可能导致飞船在轨道上无法平衡，这是非常可怕的事情。而我要将飞船保持在轨道上，就不得不一直消耗能量以保持加速度，否则飞船就会逐渐呈螺旋状往下掉落。一旦其中掉入事件视界，那么一切就不可挽回了。可所有的发动机全部发动才勉强达到保持目前轨道高度所需要的加速度，一旦一台发动机损坏或者发生故障，或者能量消耗到一定程度，就无法保证全部的发动机满负荷运转，到了那时，加速度带来的冲力就会小于黑洞对飞船的引力，那一切简直不可想象。所以除了求救，我想不到别的办法。

乔乔：我可以跟你解释一下好运公司在收到你的求救信号以后做了什么。飞船的通信线路都是在交通运输局有备案和记录的，所以他们不能否认你的求救。他们首先联系了公司的律师，然后再联系交通运输局，要求确认此类意外的处理方式。在那之前，他们收到了你的求救信号但是却并没有回复。

偷渡客：哦，怪不得他们没有回复我。当时的情况太危急了，我知道不能指望他们，我很快又发出了其他的求救信号。因为时间紧迫，真的一秒钟都不能耽误，我希望那些有意愿的施救者能够尽快并且清晰地了解我所身处的危机，我提供并解释了目前飞船的加速度和速度，经过计算矫正过后的新的黑洞坐标图，以及仅剩的燃料可以支撑的估算时间——前提是发动机都还完好。当然，因为没有第一时间收到好运公司的应答，所以我想，如果我真的那么倒霉，碰不上其他的救援方，那我也不想给好运公司任何拖延救援的借口。毕竟我很可能跌入黑洞，再也出不来啊。

乔乔：我个人完全理解你的做法。但是说实话，好运公司的确没有营救你的义务，与其担心背负道德的谴责，他们更需要考虑的是，公司根本没有类似情况的营救预算。不过你还是很幸运的，在好运公司的人赶到之前，有另一艘船赶到了事故现场。我在报告里将它称为事故的第二阶段，我想请你描述一下这个阶段。

偷渡客：好吧。我承认我为了活命利用公共频道发送了大量的求救信号，但我还能做点什么自救呢？在轨道上保持这个加速度已经在持续消耗能量了，不需要想象也能知道，如果飞船能量消耗殆尽而还没有人及时赶到，我就只能强行弹射离开货船了。可一旦离开货船，在黑洞旁边的真空中，我究竟能活多久？我身上将会发生什么？这些都是显而易见的。我无法预知救援将会在何时赶到，也许我会在掉入黑洞之前先在真空中被冻死或者饿死。

乔乔：非常的合理，我对此没有质疑，请继续讲述第二阶段吧。

偷渡客：在我发出求救信号之后没多久，有一艘体积较小的太空飞船接近了我。他们的速度很快，看上去不属于任何组织，但他们和我建立了通信，并且告诉我，他们会送出一部分牵引绳营救我，但我首先需要选择一个价值较大的货仓，然后我需要进入货仓，他们会通过一定的技术手段将我和那个特定的货仓拖拽出轨道。

乔乔：这听起来像是劫掠者的救援。

偷渡客：是的，而且明显是趁火打劫。但在那种情况下，有总比没有强。他们说会把我放到最近的补给站，至于怎么放他们没说，但至少这是一个相对明确的方案，我当时就决定接受这个建议。我是这么考虑的，虽然回程的货物一般价值都比较低，但是我肯定不会告诉他们这件事的。如果我获救后他们发现了这批货不值什么钱，等那时候我再想其他办法，但在此之前，我明智地闭紧了嘴巴。

乔乔：你认为货船里那些货仓的价值不会让他们满意，所以你误导了他们，然后打算走一步看一步？

偷渡客：也可以这么认为。他们以为我是船上的工作人员，对货物情况比较清楚。他们告诉我，等我告知他们具体的位置和标号以后，他们就会把牵引绳射到对应的那个仓体的四角，而我将在货船上"卸载"该货仓，方便他们将其拖离船体。可是等我穿好救生装置，赶往那个选定的货仓时，发生了另一个意外。

乔乔：我在报告中将接下来的事情定义为事故的第三阶段。不过在我看来，这部分严格来说并不能算是意外，毕竟你发出了大量的求救信号。

偷渡客：在那种情况下，哪怕是欠下天价账单，哪怕是被海盗抓走做苦工或者割器官，哪怕是被警察当作嫌疑犯抓起来，我也要发啊。其实我还蛮庆幸的，勇气号本身的频道通信都是记账式的，都是好运公司后付费的。不然发不出求救信号那就真的死定了。

乔乔：那你应该庆幸，你遇到的海盗船并不喜欢偷盗人体器官，你遇到的警察也不是抓偷渡客的。现在，请你讲述一下第三阶段的部分。

偷渡客：这次赶来的是巡逻队。说实话我虽然很感动，却也觉得他们来得很不是时候，所以在接到他们的应答信息时，我还犹豫了一下要不要回复。后来我还是回复了，我说有一艘拖拽船经过，正在试图通过拖拽货仓解救我，我说接下去我就无法回复了，我要进入货仓，很快就会与飞船解体。之后的事情我也没有目睹，大部分都是后来听说的。比如说巡逻队赶来以后发现这艘所谓的拖拽船其实是他们在搜捕的目标之一，他们要求对方自动弃船，接受抓捕，但海盗船不同意，结果双方发生火拼，交火时海盗船被击中，牵引系统发生问题，将海盗船反向牵引到了货船侧。

乔乔：对了，这里我想打断一下，这些事情发生的时候，你确定你已经解列了那个货仓，你本人也已经进入到了那个货仓之中，并且和外界失去了联系，是吗？

偷渡客：是的，所以我并不知道外面发生了什么，这些都是后来他们告诉我的。

乔乔：你确定你告诉他们的货仓号是他们操作牵引绳固定的那个货仓吗？

偷渡客：发生了那么多意外的事情，本来我也不确定。可我看后来流出的记录，货仓号和位置应该都是没错的。巡逻船的攻击甚至影响到了牵引绳，但万幸的是牵引绳没有断裂或者破损。

乔乔：有一点我不明白，如果你已经解列或者是脱扣了那个货仓，为什么海盗船会被反向牵引到货船侧？

偷渡客：其实很简单，您钓过鱼吗？

乔乔：没有。

偷渡客：好吧，其实货船正常在码头装卸货仓都是不需要牵引绳的，码头有专用的装货和卸货的设备，也有常年开启的引力场。但货船和拖拽船本身都会配备牵引绳，这是有原因的。当然，海盗船的牵引绳肯定不太一样，不过我想基本上是差不多的。牵引绳主要是在航行途中、在真空中使用的，是在不正常的情况下使用的。比如当货船出了问题需要调整时使用，为了以防万一。你也知道的，万一拖拽船有问题的话货仓就会飘浮在太空中，到时候回收就是一个大麻烦。损失还是小事，无固定的飘浮，说不定还会对货船本身造成损坏。移位的货仓也不能随便抛弃，这种非常规的抛掷也会被交通局查。所以通常来说货仓的解列扣都是有一个反向力的，正常的拖拽是单向的，但如果拖拽过程中发生了抖动或者产生了不正常的作用力，那么货仓本身会在这个设计下反扣回船舱，这样能保证货船在异常的条件下避免某些不必要的损失，毕竟一旦失误，打捞也需要费用支出。但如果确认没有失误，货船只需要再执行一次脱扣程序就可以了，不是吗？

乔乔：照你这么说，这个设计很好，也很可靠。

偷渡客：通常来说都运行得很好，没什么问题。但这些都没有考虑到在货船和拖拽船附近有一个巨大的静态黑洞的可能性，毕竟这种事在实际航程中发生的概率太小了。当巡逻船发起攻击时，海盗船正在全力拖拽货仓。被击中时船身抖动，通过正处于拉紧状态的牵引绳传导到了货仓上，触发了货仓反扣的机关。而当反扣发生时，又对海盗船产生了一个拉紧的力，在静态黑洞旁，只需要一点点额外的力，就可以打破最大动力达到的加速度平衡，甚至都不需要损耗动力。于是，可怜的海盗船就这样陷入了和勇气号一样的境地，它落在了勇气号的轨道上，离那个巨大的静态黑洞只有咫尺之遥。听说当时海盗船和巡逻船上的家伙们都吓坏了。

乔乔：吓没吓坏我不太清楚，这得问心理疏导师了。我只是一名保险审查员，我只知道巡逻船和好运公司不同，他们有义务救人，无论对方是海盗还是偷渡者。对了，你之前曾经是好运公司的员工，是吗？

偷渡客：没错。的确是这样，但我被他们裁掉了，无处可去，连房租都付不起。我也尝试过很多别的办法，但实在太难了。为好运公司工作的这段时间真的令我身心俱疲，所以我想索性休息一阵。但还有哪里更熟悉，更安全呢？所以我就搬到了勇气号上。

乔乔：这也是我想要知道的。你这样的回答的确可以解释很多事情，不过说起来，我还以为你跟好运公司是和平解约的。

偷渡客：如果我不跟好运公司和平解约，我还能和平地为好运公司继续工作吗？答案是不能。所以，你懂得的。

乔乔：那么，我可以这样理解吗，你对好运公司，在内心深处，是怀有一定怨恨的？

偷渡客：……我大概能猜到你接下来的询问方向了，你是在怀疑我吗？怀疑这一系列的事故都是我导致的，是吗？

乔乔：我的确有这样的猜测，但我是一名保险审查员，我要考虑各方面的可能性，这只是其中微不足道的一个小小的可能性。

偷渡客：那么，你接下来还想要问什么？毕竟我后来一直待在货仓里，直到巡逻船调来另一艘拖拽船，拽出了我所在的货仓。

还有海盗船，直到我们都被成功营救，直到勇气号的燃料到达那个限值，再也无法到达保持轨道的加速度，终于开始坠入黑洞，直到那一刻，好运公司的救援都没有到。

乔乔：我这边得到的信息是这样，因为你并非好运公司法定的船上载员，所以他们对你不负有救援责任，但他们还是联系了一些公益类的救援机构，只是由于距离和人员安排的问题，都没有能赶过来，但总体来说，他们的做法没有太大的问题。

偷渡客：没有太大的问题，你的口气听起来很像好运公司的律师。

乔乔：看来你已经见过他了。

偷渡客：不只是一个律师，简直来了一个律师军团。

乔乔：鉴于你的非法行为，很不幸，这个步骤恐怕是无法避免的。

偷渡客：那么你还想问什么？我会在法律规定的范围内回答的。法律规定的范围之外的，很不幸，我不想回答，哪怕我能回答。

乔乔：我很好奇，你希望好运公司获得保险公司的赔偿还是不希望？

偷渡客：我？

乔乔：对，你。

偷渡客：我要怎么回答你呢？反正无论我希望与否，这种赔偿你们都必定支付。

乔乔：为什么这么说？

偷渡客：好运公司的路线系统对运输线路的规划都是经过精准成本控制后的结果，所有的线路精准地利用了巨大质量星体的引力和潮汐力，以及精心计算的初速度和加速度，尽可能地减少燃料的消耗和携带，尽可能地降低飞行成本和维修成本。同理，这也就是为什么好运公司不会接入最新的宇宙小行星监测系统，也绝不会在第一时间更新到最新的星图版本的原因，因为这些都要支付额外的费用，这对好运公司来说是一笔巨大的支出。用巨大的行星带及黑洞来估算形成引力已然足够，意外发生的概率可以忽略不计，一旦发生，损失便可以用保险来覆盖。

对于公司来说，这么一艘太空货运飞船，所有额外的保护都是不必要的投入，它首要的任务就是躲避碰撞，保证货物安全，然后在保证安全距离的条件下，自动航线逻辑会重新计算干扰和偏转，重新估算和调整新的航线。就连飞船携带的燃料和能量比例，也仅仅满足最低要求，而且这还是为了应付保险和交通部门的核查。

如果不是因为这一整套航行体系的设计和底层逻辑，这艘货船就不必落到这种地步。虽然型号老旧，可只要精心维护，它还能在这条航线上战斗很多年。可对于好运公司来说，这次意外的损失反而会令公司盈利。你能想象吧？即便损失了一艘货船，他们也是盈利的。

好运公司做了一切合法的努力，所以事情的结果非常明显——他们计算过保费和成本支出哪个更合算，如果这种意外的不幸真的发生了，保险公司也只能规矩地进行理赔，就这么简单。

乔乔：……那么你呢？

偷渡客：我？

乔乔：好运公司对你提起了诉讼，你觉得值得吗？

偷渡客：如果你是指我活着从黑洞边缘回到人间，那我觉得值得；如果你是说只为了省房租住在勇气号上，我觉得可能的确不是很值得。不过小时候我认识的老人们很喜欢摸我的头，说我是个有福气的孩子。我相信能在黑洞边缘死里逃生的人，一定是有福气的，不是吗？

乔乔：很多人管这种经历叫作奇迹。

那次当面询问结束后，勇气号的余波却远没有结束，虽然当时所有的人都觉得这件事结束了。

当法律程序走完了之后，法院对当时巡逻船如用作证物的几个货仓（货船本身已经坠入了黑洞，无可挽回）进行了检查、定价，以及拍卖。这一切在保险公司、巡逻船所在的警卫队的见证下共同进行。结果发现几个货仓里大部分是需要二次处理的废弃物，但除此之外，还有几千个睡眠舱，里面都是老年人。施救的时候已经有一部分睡眠舱失效，故导致了部分老人的死亡。

这个意外的发现震惊了所有人。随后进一步的调查披露，人们发现好运公司一直在利用计算好的航线来向这个巨大的静态黑洞倾倒法律法规明确规定需要二次处理的危险废弃物垃圾，但目前还没有证据证明本次事故及相关的老年人事件与好运公司有直接的关系。

在缴纳了巨额罚款之后，好运公司随即对相关废弃物的发运方提起了诉讼，目前整件事情仍在调查中。

乔乔仍在关注那个偷渡客，她将其称为 K。

乔乔发现，在那批老人获救之后，K 曾经探访过其中的几个。

乔乔也曾听说，K 曾经在好运公司的系统内多次提出关于货船运输物品明细不清晰、不规范的问题，这也许跟后来发生的"和平解约"有密切的联系，但如今这一切都已经查无实据了。

可是，乔乔也知道，如果自己拿这些问题去问 K，或者其他一些更无关紧要的、似乎没有绝对答案的问题去问 K：为什么对于这条路线上的一切那么的熟悉？为什么能够那么沉着地应对？为什么在事发时第一时间调整了飞船的航向和速度，使飞船尽可能地在避免消耗能量的过程中以恰当的速度围绕着这个星图上早已标记出来的黑洞飞行，甚至在整件事情发生的过程中船体没有受到任何损伤，甚至都没有尝试过解体货船？为什么那艘在恰好时机出现的海盗船上的海盗们会在金盆洗手好些年以后突然出现，甚至引起了巡逻船的注意？为什么会有买家联系保险公司，要求购买那几个货仓的"货物"？为什么之前就存在的老人失踪问题并未引起过公众如此之大的关注？

乔乔相信在度过诉讼期之前，很多问题 K 不会，也不能回答她。

乔乔没有再去找她。

乔乔只是看着那份长长的系统报告，想着那个在黑洞旁边独自一人坐在自动航行的货船中的女孩，想着那些在货仓中沉睡的老人，想着那艘海盗船上的海盗们。

这个世界，总有些人会因为某些事产生联结。

就好像这件事情过去了很久以后，她还会时不时地想起勇气号，想起那个当年坐在她对面、接受她谈话询问的偷渡客。

关于勇气号的案子，因为目前仅有的几个货仓中的物品并没有被正确、清晰地列出废弃物的相关信息，所以保险公司对于这笔保单中的这一部分进行了拒赔。而那些被意外发现的睡眠舱，则是另一场调查和诉讼的开始。

至于其他的，乔乔想，勇气号已经永远地坠入了黑洞深处，偷渡客也已经从黑洞边缘活着回来了。

可勇气号的故事，其实尚未结束。

人与梦

从夏天开始出走

她们终于翻过了那座连绵的山脉。

在她们的身后，山谷中巨大的轰鸣声仍未停息，像一头跌落陷阱的困兽，咆哮着，挣扎着，那震动响彻天地。

她不敢回头，甚至不敢朝两边看。她拼命地看着前面的路，尽管草原上并没有什么路。

在她们逃亡的方向，远远地，一点点地，露出了那个湖的模样。

在恐惧和死亡的追赶下，在精疲力竭之前，在清澄的天空之下，那个湖像是一颗硕大的蓝宝石，在灰绿色的大地上闪闪发亮，梦一样地躺在那里，好像一伸手就可以碰到。

事实上，那个湖离她们还很远。但那时她觉得它是那么的近，近在咫尺。

那时她想，那一定就是她要找的那个湖，所有故事里的那个湖。翻过雪山，穿过草原，就会看到那个传说中的湖。只要找到那个湖，她就能够回到之前，回到过去，回到事情还不曾发生的时候，回到曾经的某一点。

虽然她还不知道要怎么做才能够真正地回到过去，但她心中充满了期望。

人只要活着，总会有办法的。

终于，一切的苦难都要结束了，还有她漫长的旅途，那些无休止的思念，那些像海和戈壁一样没有尽头的孤独。

她会见到她想见到的人，而这一次，她再也不会失去他们。

她想。

一

在那之前，她从未想过，在那年的夏天她会离开家，走得这么远。

那年的夏天并不怎么热（其实戈壁滩上的小镇，最热的时候也就那样），她还记得那时候在放暑假。那是个平常而惬意的夏天，跟其他的夏天没什么不同。那也是一个寻常的下午，整个小镇都是那么的安静（因为小镇上本来也没有多少人。但那也是她离开后才明白的，她出生和长大的地方其实是个很小很小的地方，所有的人都相互认识，小小的镇子半天就可以走个来回），天空清澈得像是一块巨大的玻璃，太阳高高地挂在那里，偶尔有絮状的云片掠过，地面就会飞过一片轻薄的影子。因为小镇上的风总是很大，所以当它卷着云絮掠过安静的小镇时，所有站在阳光底下的人都会看到云在地面上经过的痕迹。

她还记得那天下午都发生了什么。她拿着放大镜蹲在院子里玩，地上的蚂蚁忙着爬来爬去，完全不知道那些丰盛的食物只是一个不幸的诱饵，而它们的命运完全取决于她彼时手腕的角度和高低，以及放大镜聚焦瞄准的精确性。

就在她专心致志地烤蚂蚁时，她家的门被人敲响了。敲门声很轻也很克制，敲一敲，停一停，然后再继续敲下去，就好像一定要等到门打开不可。她想装作家里没人的样子，可那个人一直在敲，就好像不知道累也不知道放弃，于是她隔着门问道，谁呀？

后来她想，她不问那一声就好了。

她被来敲门的苏阿姨领走了，还在苏阿姨家里住了好几天。他们先是说她的爸爸妈妈去外地开会去了，然后过了一天又说她父母出事住院了。两个人大概是商量好了，无论如何都不肯告诉她实情，但最后她还是知道了事情的大致经过。在这个小镇上，没有什么是密不透风的，尤其是这么大的事。

事情简单而又可怕，只不过镇上之前从来没发生过。

就在那天下午，就在她拿着放大镜蹲在院子里烤蚂蚁的那个下午，她爸爸妈妈工作的医院的保卫科科长拿着一把枪冲进了医院的二楼。他打光了枪里所有的子弹，有七个人被当场打死或者伤重不治而死，还有几个受伤的人至今仍躺在住院部。由于枪击发生时的情形太过混乱，所有在医院那栋楼里的人都想要逃走，有慌不择路跳窗的，还有跑楼梯或者说从楼梯上滚下去的。那些跑得慢的就被打死在楼梯上，那些从死掉的或者受伤的人的身体里淌出来的血简直无穷无尽，把那段木头做的楼梯都浸黑了，据说后来擦了好多遍都不行，上面还有黑红色的痕迹。

听说被打死的人里面就有那个保卫科科长的老婆和情夫（事后大家都那么传，虽然她还小但也懂得那个词的含义。可她不知道那些传来传去的话到底是真是假。人都已经死掉了，谁知道真相究竟是怎样的）。

在那七个人里，一同死掉的还有她的爸爸妈妈。其实只有妈妈的科室在二楼，爸爸本来在后面的住院楼，爸爸当时应该是去找妈妈的。只是一切就这么的不凑巧。

　　大人们一直在背着她窃窃私语。自从出了事后，她就一直住在苏阿姨家里，没去过医院，也没回过家，所以也不知道他们说的是真是假。

　　那是一个很小的小镇，是因为铁路和矿产的运输所以骤然发展起来的地方，是在戈壁滩上凭空建造出来的，镇子上所有的人加起来也不过几千人。人们相互之间都认识，有着交错重叠的关系，都过着平淡的生活，谁也没想到他们中的一个人会在大白天拿枪射向其他的人。

　　其实在很多事情上大人都想瞒着小孩子，但这怎么可能呢？纸是包不住火的，该知道的总会被知道的。只不过有些人知道得晚一些，有些人知道得早一些。

　　她决定要离家出走的那一天，爸爸妈妈的葬礼还没办，那些死去的人的遗体还整整齐齐地摆在医院的太平间里。事发当天，医院还有一些当班的人受了轻伤，比如有一个急于逃命的大夫从木质楼梯上摔了下来，但幸好不是重伤。那个持枪杀人的保卫科科长已经被抓起来了，听说他很爽快地认了罪，还要求立刻枪毙自己。公安局只好把他保护起来，因为受害者的家属情绪激动，围着门口要求立刻对他执行死刑。小镇实在太小，警察和受害人的家属都有各种绕不开的关系，他们不能真的动用武力，也很难保证他不出意外。

　　这些全都是她偷听那些大人们聊天时听到的，不只是苏阿姨和杨叔叔说的那些，他们说的时候还是很小声，很注意，因为很怕她听到。可总还有其他的大人，他们在菜市场，在街上，在杂货店，在医院门口，甚至在家门口或者在窗户后面碰到了就聊了起来。大人总以为自己说话的时候小孩子听不到，其实她们全都听到了。

明明是那么大的一件事情，平静的小镇上一下子死掉了七个人，要知道小镇上总共也没有很多人。可慢慢地这件事好像也就那么过去了，彻底结束了。大家还是继续生活着，好像没有什么变化。当然了，除了失去亲人的那些人。他们的人生完完全全地被改变了，可他们也还是继续地生活着，因为除了这样，他们还能怎样呢？

苏阿姨和她妈妈关系很好，所以出了事才会主动去接她回家，怕她想不开，怕她不能接受现实。但她好像接受得很快，表现得也很平静，苏阿姨甚至感到害怕，跟她说，傻孩子，别憋着，想哭就哭吧，别憋出毛病来了。可她还是没哭。其实她也不知道是为什么，她总感觉这一切都像是假的一样，她心里其实并不相信他们告诉她的一切，她总觉得这不过是一场梦，是一个游戏，等梦醒了，等游戏结束后，一切都会恢复原状。

到了第三天，她跟苏阿姨说她想回家睡，可苏阿姨担心她夜里会做噩梦，不愿意她回去住。她说，那我回去拿点东西，上次走得急，有些东西忘了拿。苏阿姨只好让她回去了。那是白天的时候，中午刚吃完饭不久，他们准备睡一会儿再去上班。苏阿姨不放心她一个人回去，想要跟她一起，大概是怕她触景生情，可她说，要是阿姨在旁边的话，我就哭不出来了。

她其实不是这个意思，她只是想一个人回去。不为什么，就是想一个人在那个家里待上那么一会儿。那时候她心里没有别的想法，更不要说离家出走了。她只是觉得这一切跟做梦一样，她不明白为什么这个梦这么长。她想，也许等她回到家，回到那个小小的院子里，一切就都会恢复正常，爸爸妈妈也会在下班的时候准时回来，检查她的作业，然后开始做饭，在那之前她会把米淘好，放在锅里煮上——那是她放假在家的时候唯一需要做的家务。但是所有的这些她跟谁都没讲，在梦里你不需要讲话，要醒的时候你自然就会醒来的。

苏阿姨没再坚持，所以她就一个人回去了。

她走到那条并不怎么宽的马路上，沿着马路就可以回家了。因为这个小镇很小，苏阿姨家和她们家的距离其实也不远。她一直记得水泥马路上那些相互垂直的细线，一大块一大块的水泥，每隔一段都会被划开的马路就像是水田一样。他们家就在水泥马路的一侧，正对着另一排房子的后窗，小镇的房子就是这样一排排地建造的，在建造之前也是这样有序地被规划出来的，就像是积木。

她就像平常一样走到了自己家门前，脖子上还挂着家门的钥匙。当时苏阿姨敲开他家的门后说了一些含糊其词的话，她其实根本没怎么听懂，只是简单地收拾了一下就被带走。临走的时候，她下意识地把家里的钥匙挂在了脖子上，但那时候，她的大脑一片空白。

她打开门，回到家里。那天下午搬出来的小板凳还摆在院子里，她走的时候忘了收。家里空无一人，平静得就像是一切未发生之前的那个下午。日历还停在那一页，电视机也很安静——因为那天下午它根本就没被打开过，房门也紧紧地关着，就好像她才刚离开。她在家里走了一圈又一圈，到处都空荡荡的，明明什么都在，可就感觉好像少了很多东西，简直都不像是家了。

写字台上压着的玻璃板上落了一层灰，花盆里的土都干了，花的叶子也有些蔫巴，锅里的米发出了奇怪的味道，她统统都倒掉了，还破天荒地刷了锅。

然后她不知道该怎么办了。屋子里那么的安静、幽暗，她实在没办法待在房间里，打开全部的灯也不行。她心里总是惶惶的，就好像打扰了什么。她想，做梦也会有这种感觉吗？

　　她胆怯地退了出去，独自站在那个小小的院子里，陀螺般地转来转去，一时间想不起来自己要做什么，最后还是坐在了那张小板凳上。

　　四下里还是那么的安静，风还是那样呼啦啦地吹着云，就好像一切都不曾发生，就好像随时会有人走到门前，轻轻地敲她的门。

　　是在那时候，她突然想起来那个传说。

　　所有人都听说过那个传说：翻过雪山，走过草原，就会看到一个大湖。在各种各样的故事里，人们只要找到了那个湖，就可以回到过去，回到那些令他痛苦或者后悔的事情还没有发生的时候。不过那些故事无论是说起来还是听起来都不像是真的。

　　她站了起来，找到她上学背的书包，把所有的书和本子都掏了出来，开始往里面塞很多的方便面，还有一袋茶叶蛋——那是妈妈前几天刚煮好的。她还放了一袋鱼皮花生进去，那是她仅有的一袋零食了，妈妈不喜欢小孩子吃太多的零食。她还拿了清凉油和一盒仁丹——因为她记得春游时妈妈会这么做，然后就这样背着背包出发了。

　　她不知道那个雪山湖具体要怎么走，她只知道大概是朝着太阳落下去的方向走（至少在有些故事里他们是这么说的，这时候她庆幸自己至少还记得一些关键的信息）。她也不知道要走多远，不知道要走多久。她只知道如果能走到那个湖，也许就能回到那桩血案发生之前的时刻，在那之前，她的爸爸妈妈还好端端地活着。

　　她想要回到那一刻之前，就像故事里的那些人一样，但她会比他们做得更好，因为她一直很聪明，所有的人都这么夸过她，她觉得自己一定可以。

只要她能做到，那她就不再是那个父母双亡的可怜孩子了。苏阿姨不用再帮她做别在胸前的白花，也不用帮她缝戴在手臂上的黑箍。而所有那些她认识的、喊过叔叔阿姨伯伯的人们，就不会再来可怜她，同情她，拍拍她的肩膀，摸摸她的头，问她是不是还好，问她是不是需要什么。不过短短的几天，她已经受够了这种生活和那些不必要的关怀。

一切都会恢复到原本的样子。

在离开之前，她又想到一件事。她从柜子里找出妈妈的剪子来，把自己长长的头发剪掉了。她对着镜子吸气，镜子里的她看上去像是个小男孩，她对着镜子，也对着已经发生的过去，默默地说道，爸爸妈妈，等着我。

好像在发誓，又好像是在为自己打气。

二

"我想要去矿场那个方向。"

她站在小小的火车站里这样对列车员说道。她不知道这么说对不对，可她也不知道还能怎么说。

列车员惊讶地看着她，不明白她为什么要去矿场。这里太小了，所以镇上的每个人都认识所有其他的人。列车员很清楚发生在她身上的事，所以对她的口气也跟对别的小孩不一样，温柔得简直让人头皮发麻："去那儿干吗呀？"

"我要去那个雪山后面的湖，我不知道怎么去，我要去问问那些人。"小镇上的人们都知道，矿场上有很多人就是从太阳落下去的那个方向过来的，那边是过去的方向，他们从那边一路走过来，到这里讨生活。

列车员大吃一惊，大概以为她在说气话："你不能去呀。"

"我有钱，可以买票。"她有零花钱，她没有撒谎。

"那只是传说呀，谁都不知道那个湖是什么样的，没人真的去过那个湖。"列车员郑重其事地说道，又怕她不明白，还蹲下来耐心地给她解释道，"傻孩子，那个湖很远很远，你找不到的。再说了，退一万步讲，就算你真的找到了那个湖，那也只是个传说，是骗小孩儿的。怎么可能回到过去，回到一切还没发生之前的时候？怎么可能？如果真要那么简单的话，那谁都会去的，哪儿有那么简单呀。"

"可是矿场的那些人都是从过去来的啊，大家都这么说，不是吗？"她不明白。

她曾经听爸爸妈妈在饭桌上说起过那些人。他们从太阳落下去的方向来到这里。他们那里闹着饥荒，每个人都饿得厉害，实在活不下去的时候，只能到别处去讨饭吃。他们中的有些人会走很远很远的路，走到他们这里来。

在小镇和矿场之间有专用火车通行，那条铁路会通过一条干涸的、废弃已久的河谷，那上面架着一座钢桥。那些人会沿着那条深深的河谷走过来，爬上河谷，在那座钢桥旁等待着。起先他们会沿着铁轨往前走，走得很远很远，一直走到矿山或者小镇上。但后来他们对这里的情况更了解了，他们会等在那座铁桥旁，当那列火车经过时，他们就会飞快地扒上火车，钻进车厢里，坐在地板上、过道里，那时候车厢里就会挤得像是拉煤的车一样。他们就这样成群结队地坐火车过来，一直坐到矿山那一站，或者相反的方向——那就是小镇。到了矿山或者小镇，就会有人救济他们，给他们饭吃，给他们治病，年纪小的送去孤儿院，成年的或者那些说自己已经成年了的孩子（他们不像小镇上的人，他们都没有什么身份证明，而且他们总是说自己都是大人了，能挣钱了，他们要做工，要挣口粮，要吃得饱饱的，因为他们饿怕了）都会被送到矿场医院先养好一阵子，因为饿得太久的人身体已经不正常了，要养好才能继续上学或者工作。

矿场的大部分矿工都是从那个地方过来的。他们到了这里就不会再回去了。就算吃饱了回去，那边还是饥荒，人每天都要吃饭，不吃饭就会饿死。如果在这里待惯了，他们也不想再回去了。偶尔有些人想要回去，想着在这边待了那么久，那边大概也熬过了饥荒吧？也有这样的人回去的，可最后还是全都回来了。

"他们不一样，他们那里太穷了，"列车员说，"他们是活不下去才过来的，如果不是要饿死了，他们为什么要冒那么大的风险过来？你跟他们又不一样，大家都会照顾你的啊！你不能去！"

她不觉得她的境况有什么不同。她的爸爸妈妈被杀死了，可他们不应该死掉的。如果这个世界上真的有那么一个地方，只要找到就可以回到过去，回到她爸爸妈妈还活着的时候，那她无论如何都要做到。

所以她回答得很平静："那些人可以过来，为什么我就不能过去？那么多人讲过那个传说，肯定是有道理的。我要试试看。如果你不让我上车，我就钻到车底下去。我总有办法上车的。"

列车员一时语塞，半晌之后才说："你的事我知道。谁都不希望遇上那种事，可事情已经发生了，又有什么办法？你不要犯傻，赶快回家吧。就算那是真的，如果你往那边走，等你再回来的时候，可能你认识的人都已经变老，甚至都不在人世了。你没听那些矿场上的人怎么说吗？那时候你可就什么都没了。人怎么可能回到过去呢？生活还要继续，你这么冲动，以后一定会后悔的。"

"也许你说得对，可不试试又怎么知道呢？"她说，"反正我什么都没有了。"

她说了这句话，列车员就没法再拦她了。让她上车之前，列车员大概还是不死心，想要再劝她一下，说："他们来的地方好像一直都在闹饥荒，你到了那里要怎么往前走呢？听说再往前就要坐牛车了。你要是找不到人送你呢？"

她坚持道："大家不是都这么说吗？只要活着，总会有办法的。"

列车员没了办法，只好说："你得答应我，先去矿场，你要跟那些从过去来的人好好聊聊，仔细听听他们说的话，为什么他们都不敢回去。答应我，在每一次做决定之前，一定要好好地想想。就算是为了爸爸妈妈，你做决定之前也要谨慎，好不好？"

"好，我知道了。"她说，列车员把她送上了车，然后从外面关上了车门。

她像个小大人那样上了车，安静地坐在座位上，她想着列车员警告她的话：如果她朝着过去的方向走，然后又回来的话，在这个小镇上的人都会变老，甚至死去。听起来很合理，可是，这不是更加证明了时间的流动是有方向的吗？

所以她想那个湖一定是真的，一定在世界的哪个地方等着她。

她又想了想，她不打算去矿场，她打算在小镇和矿场中间的某个地方下车，因为她猜列车员肯定会通知矿场的车站，让他们把她安全地送回来。

她肯定要去找那些从过去来的人好好地聊聊，问他们关于那个湖的事，问他们关于那里和这里的时间的问题，问他们再往更前面去到底是哪里。

只要她找到了那个世界尽头的湖，她就会知道接下来该怎么做了。

故事一般都是这样继续的。

三

她曾在梦里坐过无数次的火车，哐当哐当的，绿色的列车带着她走向很远很远的地方，带她去看她以前从未见过，只在书里和电视里看见过的东西，比如说大海，比如说更远处的城市。

但这是她头一次真正地坐在火车上。这一趟火车不是绿色的，它看起来是那么脏，那么旧，和其他站里的车都不一样。

去往前一站的车厢里空空的，几乎没有人，这趟车没有列车员，就像是被人遗忘了一样。

火车开动时会响起长长的汽笛声。小镇是那么小，她家就在火车站旁边，晚上睡觉也好，早上起床也好，都伴着火车悠长的汽笛声。火车朝着矿山的方向开去，她坐在车窗旁，看向窗外，好奇地张望着沿途的风景。她也会看向远处太阳落下去的方向，那里是过去的方向，他们都说那个方向就是去往那个湖的方向，一切都是从那里开始的。那里就是真正的过去。

可从开动的列车上往那边看去，只有看不到尽头的地平线，在地平线的方向上，那里的时间到底是如何流动的呢？

她安安静静地坐在车厢里，列车明明在向前开动，可窗外的一切仿佛一幅凝固的景象，戈壁、远处的地平线、晴朗无云的天空丝毫感受不到时间的流动。

过去是什么样子的呢？她没见过。虽然大人们有时候会说起那些矿工和矿工过来的地方，可她还是想象不出时间流过来之前的地方是什么样子的。她上车之前，列车员特意写了一张纸条给她，还盖了章，嘱咐她随身携带："如果不行就回来，拿这个找站长，就算以后换了人也应该好使。"

她在火车上闲着没事做，就把那张纸条捻得很细很细，像个小纸棍一样，然后插在了她的印章筒里面。那是妈妈带她去书店给她专门刻的印章，她每买一本书都会在内页上印上自己的名章。

她随身带着这个印章，因为她不知道还有什么其他的可以证明自己的东西。她想，无论走多远，无论走多久，她还是那个小小印章的主人，不为向别人证明，就为了自己。

不过那时候她不知道，那条路远比她以为和想象的还要长，还要艰辛。

火车在过桥的时候减缓了速度，那是很慢很慢的行驶速度，就像是进站时停车前的那种。她在车窗看到了那些衣衫褴褛的人是怎么从干涸的河谷上爬上来，又是如何爬上了缓慢行驶的火车的车厢连接处。他们是那么僵硬和笨拙，就好像从来没有见过这样的东西，可被吓着的同时，却还是飞蛾扑火一样地爬上来。

一个接着一个，大的小的，连拉带拽，从大大敞开的车窗里，从车厢和车厢之间的连接处，从被打开的车门上钻进来。但小点的孩子总是抢不过大一些的孩子或者大人，所以扒上车的总是年轻人和大孩子居多。挤不上去的人只能在桥边徘徊。火车已经离开了那座低矮而破旧的桥，她还能听到他们的叫声。

一旦扒上车来，他们就会哗啦啦地散开，就像是蜂群一样钻进每一个空空如也的车厢里，不知道在寻找着什么。

她很快就被他们发现了，这趟车上原本人就很少。他们紧紧地围着她，简直让她透不过气来，他们向她哀求，管她要吃的，就好像笃定她肯定有点什么一样。

他们都是一副饿得受不了的样子，眼里没什么光彩，可仅剩的一点光甚至让她害怕。

她把背包里的食物掏了出来，鼓起勇气推开那些年轻人和大孩子，把食物分给了一些哭哭啼啼的小孩子。分散到其他车厢的孩子就好像闻到了味道一样，一群群地涌过来，挤过来冲她要吃的，将这个车厢围得水泄不通。他们哭泣着，哀求着，肮脏的手在她的面前挥动着，她很快就把包里大部分的食物都分了出去，因为他们看起来都饿得不成样子了。她还要教他们怎么吃，怎么撕开袋子，取出方便面面块。

"或者在袋子里捏碎了干吃就行。"她教他们怎么吃。她还带他们去车厢中间接点水喝，不然太干了。她只给自己留了一点。

到了后来，她的确没什么可分的了，然后就后悔吃的带少了。他们看见她瘪下去的背包，大概也明白了，所以她听到他们用那种带着浓重口音的话相互安慰着，有些大孩子维持着秩序，告诉周围的人：再忍忍，等火车停了就有吃的了。

在车上等待的时候，她问他们，有没有听说过那个湖？如果要去那个湖的话要怎么走，有火车吗？

大家都面面相觑，好像不知道要怎么讲。其中有个吃完鸡蛋的小孩子告诉她，他们那里没有火车，他们到这里都是走了很远的路来的。

"就算你真能走到我们那里，再往太阳落山的那个方向走，就只能赶马车或者驴车去。那里太远太远了，有大雪山，人是走不过去的。"不过已经很多年没有人肯往那边走了。

"那边更苦，"他们七嘴八舌地说道，"到你们这里还能吃饱饭。"

她说她无论如何都要去那里，大家全都沉默着。最后，终于有一个小孩子说，"也许有个人愿意带你去，你去问问他。"

他们带着她穿过好几节车厢，看到有一个人懒洋洋地躺在三排座的座椅上，帽子扣在脸上，模模糊糊地哼着歌。他们小声地告诉她，就是这个人一次次地从这里回去，带他们沿着干涸的河谷走到桥下面，教他们怎么攀上火车，告诉他们火车停下来以后他们就会有东西吃，有新被子盖。

他们告诉她，他本来是和他们一样大的，可他来这边太多次了，结果他就变成大人了。

小孩子们都有些敬畏地看着他。他躺在那里，就好像睡着了一样，车窗外，能听到车轮撞击铁轨的声音，咣哧咣哧的。

有个大点的男孩推了他一下，好像是喊着他的名字，不过她听不懂。旁边小孩子笑嘻嘻地叫着他懒汉，让他起来，说有人找他，这句她倒是听懂了。虽然他们的口音都很重，可慢慢说的话，其实跟小镇上有些带口音的人说话是相似的，她连猜带蒙地能听明白。

他拿掉帽子坐了起来，睡眼惺忪地看着他们："咋？停车了吗？么事，怕啥尼，车停下了等哈就好了，早晚要开起来的。"小孩子们热热闹闹地把他围起来，七嘴八舌，添油加醋地把她说的话转述一番。

领头的那个小孩子指着她对那个懒汉说："她想要去找那个湖哩，还想找人带她去，她给了我们好多吃的哩。你去么！"

那个懒汉靠在车厢上，眼皮都不抬一下，哼哼哧哧地说道："啥湖，那就是老人们说给娃娃们听故事的！还带着去哩？咋带？驴呀马呀都饿着肚子哩，去个球？才不干哩！"

小孩子们都围在一旁看热闹，那个领路的小孩子胆子大，似乎跟他也熟络，怂恿他："你怕啥哩？去么！你带她去一趟，再回来，兴许就跟我们一样大咧！"

那懒汉突然就不吭声了。

她不喜欢对方那种勉强的劲儿，于是就说："我不用你带。我就是想，没通火车的话，也没有马车驴车，我一个人能走过去吗？也是要沿着那个河沟走吗？"她只是想知道路，知道该怎么走。

那个懒汉坐起了身，睁大了眼望着她："你这个娃娃，奇怪得很，你要咋走过去么？"

"没有火车，也没有马车，那只能走过去了。你们不是也走过来了？"她说。

旁边有个小孩子胆怯地说："那可远着哩，一个人哪里走得过去！我们也是结伴才敢过来的，不然半路上就饿死了，叫狼叼走了。"

懒汉问她："你家里人哩？你这个娃娃，难道么人管么？"

她说："我的家里人都死掉了，所以我要去那个地方。"

懒汉怔了半晌，然后说："你这个娃娃……"

"咋！"她学着他的口气。

懒汉不说话了。那时候车窗外远远地已经能看到矿场了，小孩子们纷纷挤到车窗旁，饥渴地张望着那个他们即将抵达的地方。他们早就听说那里有饭吃，有热水喝，还有热炕和新被子。

懒汉趁他们不注意，轻轻地咳嗽了一声。她把目光转向他，感觉到他似乎想说点什么。

"那里……远着哩……"懒汉悄声地问她，"你会骑摩托车不？"

她想要摇头，却抿住了唇。她察觉到了一丝机会，本能地想要抓紧，所以她说："我会。"她会骑妈妈的自行车，摩托车也是两个轮子，算起来也差不多吧？

懒汉怀疑地看看她，然后吩咐她："等到了你不要声张，到了夜里，我带你去偷摩托车。"

她震惊地看着他："偷？"

"不偷咋弄哩？"懒汉瞥着她，"不然你还真一路走过去？"

懒汉打量着她，一脸瞧不起，笃定地说道："那路你可走不了。"

179

　　她没说话。在他眼里她不过是个孩子，而且她的确也没走过那条路，没去过那个地方，可她心里不服气极了。她想，我不用你教训！

　　他们两个都不作声了。她在他对面悄无声息地坐了一会儿，突然听到他肚子发出了长长的叽咕声。她什么也没说，从背包的夹层里取出一袋方便面，递给了那个懒汉。

　　懒汉虽然去过矿场好些次，却好像没见过方便面一样，所以她撕开了袋子再次递给他。

　　懒汉呼噜呼噜地把一袋子方便面全部吃完了，中间被呛住了好几次，最后还把袋子倒过来往嘴巴里倒，连那点渣渣都没放过。

　　吃干净之后，懒汉很不好意思，便主动跟她讲起话来："我七岁的时候，饿得实在受不住了，就沿着河往你们这边走，结果发现了这趟火车。后来我就扒了上去，结果到了矿场。"

　　她的心嗵的一声，抬起头来仔细地望他，好像想要从他脸上看出那种矿场上矿工的痕迹。

　　"他们把我安置在那边的孤儿院，让我吃得饱穿得暖，还让我去念书，可我总想回去。"他望着天，"我明明知道，这里能吃饱饭，回去了也是饿着，可我总是下不了决心……"

　　"为啥？"

　　懒汉听见了，却没有回答，只是说："好些年前，我们那里还有个娃娃也来了这边，来得久了，都已经老得没了牙，胡子白擦擦的，变成个老头子了。可他还是回去了，他说他死也要死在家里的地上。"然后他望着她，问，"他是不是个勺子（方言：傻子）？"

　　"那我也勺？"她学着他的口气，"我想去找那个湖，我是不是也勺？"

　　"勺。"懒汉笃定地说道。

她生气了。

可懒汉又说："我在这边过着这么好的日子，还想回去得很，我也匀。后来我实在想得受不住，我就回去了。娃娃们还是娃娃，我却大了一截。"懒汉指着自己的脸说："我比你还匀呢。又有什么办法？"

火车已经到了矿场，她本来没打算在这里下车的，但现在她改变了主意，打算听他的。懒汉带着她从车窗里翻出去，跟人群远远地拉开了距离，在矿场周围游荡着。矿场其实很大，有食堂、小卖部、书店、篮球场、电影院、小公园，还有歌舞厅，比小镇上还要繁华。

他说要等天黑了才好偷车，所以她在书店里站着看书，顺便等他。他离开的时候带走了她空空如也的书包，让她在那里等着。书店关门以后，她在小公园里坐着等他。天黑了，他真的骑着摩托车来找她，结果等他看到她还在那里老老实实地等着，却一脸的意外。他停在她的面前，她的书包被塞得满满的，挂在他的摩托车车头，打开一看，里面全都是吃的，她怀疑那些也都是他偷来的。

他反复地问她是不是真的铁了心要走。他说："你要是走了，可就难回来了，再往前走没有人送你，没有车，没有马，没有驴，你要走很远很远，也许真会死在路上也不一定，你真要走吗？"

月光下，她望着他，原本心里含混模糊的念头终于清晰起来：她的确到了另一个地方，真的离开了她出生长大的小镇。如果她死在路上的话，如果她找不到那个湖的话，也许她就真的什么都没有了。

她打了个寒噤。月光还是那么淡淡的，那么漫不经心，却好像跟以前不一样了。

"后悔了就别去了，明天坐火车回去，没人会笑话你，真的，你已经很勇敢了。"他的口气很认真，像是那些矿上大人的口气，连他的口音都消失在了月光之下。

她闭上眼，想起太平间里躺着的那些人，然后她睁开眼，抓住了摩托车的后座，她说："我不回去。"

他抱她上去，然后自己也骑了上去。月光下，他们像喝醉酒一般地摇晃着，离开了矿场。

月光下，她回头望着，那个依托着矿山而生长出来的戈壁小镇，像是大海中的孤岛。

那是她头一个离家的夜晚。

那之后，她的生活已经支离破碎，就像是水盆里的月影，乍一看还是完整的，可想要打捞出来细看时，却发现什么也没剩下。

四

她记得自己坐在摩托车上，在他背上醒了又睡过去，睡过去又醒来。

他们回到了他长大的那个村子，找到了村头的那棵歪脖子大杨树。杨树的皮都已经被饥饿的人剥光了，树底下有块大青石，已经光滑得像是明镜一般。他告诉她："大青石这一头指着的路就是往前走的路。"

他指给她看往前走的路，"其实就是那条河流过来的方向啊。"他警告她，"你真的要去吗？再往前走谁也没去过，听说那边啥都没有。你现在后悔还来得及，我还能带你回去。"

她说："我要去，找不到我绝不回去。"

他噎了一声，说："摩托车我还要骑回去呢，不会给你的。"

"我不要。"她摇着头，"我可以走过去，以前我们秋游的时候徒步沿着铁道线走过，我可以的。"

他看着她，脸上的神情很难描述，就好像觉得她太天真，却又有点羡慕。"那你先在这里躺躺吧，路上没有吃的，你省省力气。"

然后他不知去了哪里。许久之后，他牵着一头小毛驴回来了，站在那棵歪脖子大杨树底下喊她。她因为太困，早已经枕在书包上睡着了。幸亏是夏天，清晨的时候还没有那么冷。

"这也是偷的？"她小声地问道。

他笑了："有吃的也能换。"

她摇头，这一头驴得拿多少吃的来换呀？就算她的背包还是满的那也换不起。

他说："那头驴是队里的，等等你可以骑着驴走，我告诉你走哪条路。"

她不再多嘴了，乖乖地坐倒在地上。歪脖子大杨树安静地立在他们旁边，替他们遮蔽着无边无际的黑暗。这个世界那么的安静，就好像什么事情都不曾发生过。

他把她送到河边就回去了。他告诉她沿着河边走就是了，让她一直走到能看到人烟的地方，到了那里再问路。其实再往前他们谁都没去过，但祖辈上都是那么传说的，也许有人去过吧，谁知道呢？所以如果她一定要去的话，那就沿着河走好了。

这条河道居然是有水的，虽然很浅很细，但仍然有水。

他说她运气好，这条河有枯有丰，若是遇着枯年，到了河道窄的地方，就像是风筝断了线，再也找不回来喽。

他还说如果她真的找到了那个湖，能不能回来告诉他一声。他说他也想要回到过去，回到他爸爸被打死，妈妈饿得不行，他自己偷偷跑掉之前的那一天。

但不等她回答他又自言自语地说道："要是你真的找到了那

个湖，回到了过去，你又咋告诉我呢？"他嘿嘿地自己笑了起来，"所以你最好还是别回来了。我不想再碰见你，我宁愿你找到那个湖，好好地在家陪着你的爹娘。"

那时候天已经微微亮了，月亮在发白的天空中亮光光的，无声地照着大地。河水安静地流淌着，水流的声音像是血在身体里流动的声音一样。大地上像是落了一层雪，又或者一层银，那种明亮和寂寥的感觉和白天完全不同。

她看着他，他让她快点走，然后还吓唬她，要是被发现了她就走不了了。

所以她就走了，可她总是忍不住回头看他。那头小毛驴很听话，沿着河走啊走，一直走出去很远了，她回头看时，已经分不清远处到底是他或者只是一棵胡杨树。

从那时起，她才不再回头。

她骑着驴沿着河边走走停停，其实从这时起，她才算是真正踏上了那条漫长而艰辛的道路。她和那头驴相依为伴，口渴的时候就喝河里的水；饿的时候驴吃地上的黄草，她吃背包里的干粮，噎得几乎咽不下去；困了就抱紧小毛驴的脖子闭会儿眼。

她就这么走啊走啊，到了最后又渴又饿，可还是看不到人烟。所以她还是一股脑儿地朝前走着，因为她也不敢朝别的方向走，这是一场无望的赌注，只有沿着河走还有那么一点希望。

除了河，无论朝哪个方向望去，都只有起伏不平的大地，只有远处雪山的轮廓。

她在大地上高高低低地往前走着，到了后来就什么都不知道了。

再醒来的时候，她躺在有些硬的床上（她从小就没睡过这么硬的床）。她身上穿着的外套都不在了，贴身的衣物却还在，身上盖着厚厚的棉被，摸起来像是很粗的棉布。屋子里摆着一张小木桌，桌旁坐着一个穿着奇特的女人。外面天光大亮，她正在那里缝一块羊皮。

她坐了起来，张嘴想要说话，可嗓子都哑了。

女人见她醒来，就放下手里的皮子，端来了一碗水，站在床头小心地把水喂给她喝。她饥渴地凑了过去，一下就把一碗水都喝掉了，结果缓了好半天才喘上一口气来。

女人把碗放在桌边，大声地朝着门外喊道："醒来了！"

她吓了一跳，忍不住朝门口看去。门帘一挑，进来一个须发花白的老汉，手里拿着一个烟杆，走到床边，问她："丫头，能说话不能？"

她迷惑地点点头。

"你从哪里来的？"老人拿了块干净的麻布帕子，给她擦嘴，"你走了很远的路啊。"

她抬起手，可屋子里看不到太阳的位置，她一时间竟不知道要指向哪里，便又放了下去。她说："我要去找那个湖，那个能回到过去的湖。"想了想，她又补充道，"我是沿着河走来的，从下游走过来的。"

老人吃了一惊，问道："你找那个湖是要做什么？"

女人也转过头来，看着他们。

她的嘴唇动了动，最后只是固执地说："我要去找那个湖。"

老人皱着眉头，道："小孩子家家的，懂得什么？那都是骗小孩子的胡话，你一个人去那里做什么？幸好你碰到我了，不然被狼吃了都没人知道！趁你命还在，早些回家去吧，好好养马放羊，种地耕田，不比什么都强？"

她忍了又忍，终于没忍住，眼泪涌了出来。回家，回哪个家？那个空荡荡的地方，早已经不是她的家了。她说："我的爸爸妈妈都死了，我没有家了，我要找到那个湖。找到那个湖，我就能回到过去，就能回到爸爸妈妈还活着的那一天。所以我要找到那个湖。"

老人意外地看着他，半晌才说："丫头，咋可能呀？那都是说书先生说来哄人的。人死了咋能复生？再咋样也回不到过去呀？我活了这把年纪，就没听说过有谁真的找见过那个湖。你这只能是竹篮打水一场空，你爹娘要是知道咋能答应？日子要踏踏实实地过，不要想那些不能成的事了！"

其实他们不明白。如果这几句话就能劝得动她，能拦得住她，那她就不会走到这里来，就不会遇到他们。没人能劝得动她，她是那么的执拗。

他望着那个女人，说："喂，你劝劝她！"

女人说："你救的，你管，我不管。"

他不高兴地嘟囔说："捡来一个两个全是这脾气！倔得简直跟你一个样。你管管，我管不了。"

那女人走了过来，揪着他的胡子说："我脾气怎么了？我脾气不这样，能等你这些年？"

老人连忙告饶道："你脾气好，实在是好得不得了，我说错话了！"

她不解地看着他们，她被他们两个弄得有些糊涂了。他看着七八十岁了，胡子一把，那个女人看起来比他小几十岁，但脸上也带着岁月的痕迹。他们两个年岁差得很大，可看着又不像是父女。

大概是因为她说要找那个湖，老人就不怎么说话了，不过一会儿就借口说要出去收拾狼皮，拿着烟袋就出去了。女人找来了干净衣裳给她穿，那明显是孩童的旧衣裳。那奇怪的装束她还不会穿，是女人帮她穿好系紧。

"为什么不让我去找那个湖？"她问那个女人。

只要一有空闲，女人就拿起粗针来缝羊皮，听见她问那个湖，就放下了手里的羊皮，问她："你看我男人比我大多少？"

原来他们真的是夫妻。她说："几十岁吧？"

女人指着她身后，说："我是从山那边过来的。"说着就带她走到了窗前，从那扇打开的窗朝外望去，窗外对着的就是连绵起伏的山脉。她大吃一惊。她在屋子里看不到太阳的方向，虽然她来时的路上走了太久，但她记得很清楚，雪山的方向，是在更远的河的上游处。

女人告诉她，传说中的那个湖就在那座山的后面。

她们部落里也流传过那个湖的传说，可是传说里那个回到了过去的男人还是没能改变一切，他的母亲还是被其他部落的人掠走，生下了他仇人的儿子，而他年幼的兄弟仍旧被一群马在草原上活活地踩死，而他最后还是成了草原上的可汗。

母亲们讲述这个故事，是为了警告那些无所畏惧的小孩子，人只会活一次，天神的旨意不容违抗，不要妄想得不到的东西，不要去找那个没有用的湖。

"我们那里不种田，都是大草原，草长得高的时候，连人都看不见。草原就像是母亲，养活了无数的牛马和人。我们的小孩子生下来就会骑马放牧。可草原上老是打仗，部族和部族之间总有血海深仇。人们老想着报仇，很少有安生日子。我们的老人总是被杀死，养的牛羊马匹，还有女人孩子总是被掳走。我就是被人掳走的，等我十五岁的时候，终于受够了给人洗马、睡在帐篷外面的日子。于是我偷了一匹马，逃到了这边来，然后就遇到了他。我们那边的人不敢到这边来，因为来了就回不去了，因为来了这里就会变老，变老就真的回不去了。在草原上，人就像狼，老了就只能等死。"

窗大大地打开着，远处的山总是在轰鸣，就像是个暴怒的巨人，它捶打着，跺着脚，嘶吼着，然后那高耸入云的山就仿佛往下塌了几分。那山就像是一条倒挂的龙，向着远处蜿蜒着。

"我自己都不知道跑了多久，连人带马倒在了河滩上，是他打狼的时候救了我，若是没有他，我也许就被狼吃了，所以我就跟了他。他年轻的时候是个军户，举过巨石，耍得动重刀，厉害得很。我们过了十来年的安稳日子，结果他们的皇上要动兵。他是军户，怎么敢不从，可他又舍不得，所以我就撺掇他往那一边逃，我让他躲一阵子再回来，那时候他就不年轻了，也不好当兵了，那时候我们就是这么想的，打仗总要死人的，谁知道他哪年能回来？人活着总比死了强。"

女人说话的时候很平静，那个十五岁的姑娘还在这具女人的身体里。那个打定了主意就不会变的姑娘，从茫茫的草原上逃离，不愿意再给人洗马、看帐篷，宁愿死在路上，宁愿喂狼，也要逃离。有些东西一直在那儿，一直都没变过。

"过了两年，仗突然就打完了，我日日夜夜地盼着他回来，然后他回来了，变得白发苍苍，变得像是另一个人。他望着我，我望着他，谁也不敢认谁，如果不是我把他拽住，他就走了。"

她想了半天才明白。就像列车员还有那个懒汉说的一样，或许他在那一边躲得太久，又或者他走得太远，等他回到故乡，他的伙伴还是他离开时的模样，没有长大多少，可他却已经变成大人了。

老人离开又回来，他已经老了，可他的妻子却还年轻。

女人指着那座连绵起伏的山脉，望着她，"你要去找那个湖，那就只能朝那边走，可你一旦走上那条路，再想回头，就回不去了，你能明白吗？如果不是走投无路，不要乱走。"

她没说话。

女人叹了口气，仍是低头去缝那块羊皮，不声不响地，缝完就出去做饭了。

老人好像出门了。女人在院子里打苎麻，打累了就坐在那里开始唱歌。歌的调子很好听，但唱的什么她听不懂。女人的声音悠长而婉转，让她想起院子里看到的那片天空，澄清而广阔，一览无余，毫无遮蔽。

她坐在高高的门槛上静静地听着，女人告诉她歌里唱的是什么：

我东边的哥哥呦，
你什么时候走的？
什么时候再回来？

冬天的雪，
都已经化了，
我东边的哥哥呦，
你却还未回来。

飞走的大雁呦，
都已经回来了，
我东边的哥哥呦，
你什么时候回来？

"喜欢吗？"女人问她。

她说喜欢，很喜欢，特别的好听。

女人笑了，告诉她："我小时候听人唱过，那时候都不记得她们唱的是什么。没想到那么多年过去了，我都不在那儿了，却想起来那些歌儿了。"

中午只有她们两个人吃饭，女人告诉她，男人去集上去了。傍晚老人回来了，带着果子、盐块、泥玩具，还有其他的新鲜玩意儿回来了。女人已经蒸上了饭，乳白色的烟从烟囱里升了起来，飘向半空中，然后消失不见。

老人再一次问起了她的父母，这一次她终于吐露了实情，但只是大概地讲了一下发生了什么。

老人叹了一口气，说："你实在是命苦，年纪轻轻就没了爹娘。"

她没说话。她觉得这些都会改变，她会找到那个湖，会再见到爸爸妈妈，所以曾经发生的一切都会消失。她是如此坚信着，以致没想过其他的可能。而女人刚才告诉她的事情反而越发地坚定了她的信念。

那天晚上吃过了饭，他抽了一杆烟，给她讲这里的事，讲他，还有他的妻子，讲他是怎么离开，又是怎么回来的。

他们祖祖辈辈都在这里生活，这里是很好很好的。

这里的冬天很冷，雪下得很厚，大的时候会高过膝盖。但是乡里人都说，雪下得大，来年就会有好收成，所以就算是严冬，大家也高兴。实在冷得厉害了，各家轮着杀羊，把羊腿吊起来切肉，带骨头的大块肉就烧羊汤，放上葱，滚烫着喝了下去，浑身发热，就不怕冷了。

杀羊的时候，七八里地外的亲戚都被请来吃肉。

所以冬天挺好的，一点儿也不难过。

　　这里的夏天也好，不是太热，太阳一落山就凉快了。这里可以种麦子，也可以种稻子，可以种果树，也可以种菜。这附近有一条大河，远处是祁连山，人们说，这河水是祁连山上融化的雪水。

　　清冽的河水在宽大的河沟里缓缓地流过，温柔地灌溉着两岸的农田，就像是一个沉默的农妇，默默地哺养着乡里的孩儿，呵护着，喂养着，从来不说什么。

　　就在那个时候，他捡到了那个女人，后来她成了他的老婆。他记得很清楚，因为那年的冬天特别冷，家门前的泥路都冻上了。那年的日头也比往年短，天黑得早，伸手不见五指。不知道是怎么了，那年冬天太冷了，黄羊吃不到草，饿死了许多，草滩上的狼饥不择食，所以到村子里来试试运气。

　　那一年，她骑着黑马从北边逃过来，倒在离河沟不远的地方，被困在风雪中。他发现的时候，她已经躲在马肚子里，被冻僵了。如果不是杀死了那匹马取暖，她恐怕早就死了。他把浑身是马血、冻得几乎僵硬的她扛了回去，把她救活，给她饭吃，给她水喝。

　　她的确活过来了。那时候的她很年轻，可脸颊都凹陷下去，看起来吃了不少苦。

　　他照顾着她，后来还杀了一只羊。倒不是专门为她杀的，因为照顾她，没顾上收拾羊圈，好几只羊被狼叼走，剩下的这只是因为太肥大，被咬了没死，狼丢下它就跑了。可狼牙上有毒，它也活不了了，还不如杀了吃。

　　等她好了以后，就留了下来。开始的时候她话不多，却很有把力气，下地干活，纺线做鞋，这些都学会了。后来女人跟他成了亲，有了孩子，肚子慢慢地鼓起来，慢慢地就会说他们的话了，但她只是偶尔才说起自己的家乡。她想的更多的，是什么时候放水，什么时候犁地，什么时候家里的牛生小牛，什么时候杀羊硝皮子。

如果不是要打仗，如果不是要逃兵役，他这辈子都不会离开这里。他的女人不想他去打仗，她在草原上见过太多的争战，男人就像是麦子一样被收割，能活着回来的人总是少数。女人想要带着孩子跟他走，但他不肯，谁知道出去会受什么罪？后来他们想出来这个法子，他自己走了，把心留在这老房子里，他独自一个人离开了。

他没日没夜地逃亡着，沿着河沟一路走——他们这边从来没有人沿着河沟朝下游走过。等他回来了她们都肯定还在，那时候他是那么想的。

但他走啊走啊，一直走到很远很远的地方，那里的人更少，地也更贫瘠，河水几乎枯竭，天也不怎么下雨，那里什么都没有，人们只能艰难地活着。不然又能怎么办呢？到了那种地方，什么都没有，还能怎么办呢？只能挣扎着活下去。

就是在那样的远方，他一天天地煎熬着，终于攒够了上路的粮食，人也老了，活着回到了自己出生的地方。

可这里的一切，几乎没什么改变。

老人吸了两口烟，然后才说："我也只是听说，没人知道真假。但人们都说，如果要找到那个湖，就要沿着这条河朝上游走。那就得先穿过那座山，去山那边。你怎么走得过去？我女人是从山那边过来的，她就是那边的人，当初我捡到她的时候，她差点儿没了命。你还小，一个人怎么走得过去？"

女人去后面的菜地摘菜去了。他在鞋底上磕着烟管，又跟她说道："你看看我，我今年七十了。你看我身子还硬朗，可我已经一只脚入土了。你要去找那个湖，那还不知道要走到哪里去呢！

日子长得很，女人要活下去，比男人容易点，也更苦。有些事你还小，还不懂。我怕我跟你说了你也不明白。等你回到这里，我肯定已经不在了，恐怕连我的女人都已经入了土。就算你当真找到了那个湖，可等你回去以后怎么办呐？你总要回去吧？等你回去以后，活着的人早已经过完了一辈子，你离开的地方早已经天翻地覆，沧海桑田了。丫头，我说的这些，你真的明白吗？你走得越远，就越回不去。你好好地想想，别去找那个什么湖了，还是养好身子，然后回家去吧。你路上的口粮我们给你备上，我送你一匹马，再让我那口子给你做几件挡风的皮袄，回去吧。"

她明白，其实在那棵歪脖子大杨树底下时她就已经明白了。可人就是这样，当你走出了那一步，你就会发现，就算你真的回了头，一切也都不一样了。

况且，她不能回头，哪怕有那么一点点的希望，她都不愿回头。一旦回头，她躺在太平间里的爸爸妈妈就会被送到焚化炉焚化，就会被装在一个小小的盒子里，她就再也见不到他们了。可她连他们最后一面都还没有见过，那天她只顾着在院子里玩蚂蚁，甚至都没想到去医院找他们，那样的话至少他们一家人还能死在一起。

她傻乎乎地，不知道那是她这辈子最后一次见到他们的机会了。

"我得去。"她坚持道。她不愿意去想以后的事，也不愿意去想回去的事。大人们总是说人生可以有很多选择，可在她看来，人生的选择无非就是那两种，接受，或者不接受。

"那你打算怎么翻过那座山？从来没人去过，你敢走？"老人问她。

"请您帮帮我。"她哀求道。

老人叹了口气，不再说什么。

只要翻过那座山，就离那个湖又近了些。

她趴在窗台，入迷地看着那山。那山八百里绵延不绝，想要翻过山去，如何能够呢？

晚上吃完饭，她听到他们在院子里悄悄地说话。

老人说："女娃娃怪可怜的，我去送送她好不好？"

"人是你救的，你愿意送就送。"女人没说好，也没说不好，她平淡的口气里听不出什么来。

老人静了半晌，突然又说："那，我要是回不来了，你就改嫁吧，你看你还小呢，这里你也住这么久了，谁不认识呢？到时候找个好人家，别为我守活寡了。"

女人突然发了火，柴刀被重重地扔在地上，吓了她一跳。

老人大约也是没想到，小声地问："咋了？"

女人咬着牙骂道："老东西，我就知道你活腻歪了！你再啰唆那些丑话，我就给你一刀，让你黄泉底下等我去。"

老人呵呵地笑，说："这怎么能怪我呢？当初是你非要我去躲的嘛。"

女人不作声了，院子里出奇的安静，过了半天却突然号啕大哭起来，就像是个委屈的孩子。

老人咳了起来，有些手忙脚乱："这么多年了，说句玩笑话，你怎么就当真了？我又没有怪你。"

"我都没有怪你走那么久，你还敢怪我！"女人哭得累了，突然轻声地喃喃道，"我知道，都是因为我当年从草原上逃走了，所以天神就惩罚了我，害我们夫妻分离，变成这样！"

女人说出这样的话，老人也急了，说："你不逃走，早就死在那里了！"

她站在门边，听着他们说话，就好像在家里听着爸爸妈妈压低了声音吵架一样。她的鼻子突然发起酸来，揉了揉眼睛，想要忘记心里翻涌而出的那些情绪。

只要能找到那个湖，所有的眼泪和痛苦，就没有白费。

那天晚上她躺在那张热炕上，屋子里还旺旺地烧着火盆，厚实的棉被沉得厉害。她迷迷糊糊地睡着了，梦到周末的清晨爸爸妈妈着急要带她出去玩，可她却总是丢三落四的，不是少穿了一只袜子，就是背包里忘带了什么。

所以早晨醒来的时候，她是那么怨恨，那么地不愿醒来。

如果可以一直在梦里就好了，不用走很远的路，他们就在她的身旁。

出发之前，老人再三地问她，能不能留下来。老人说，实在不愿意回去，也可以在这里住两年再走，他们愿意养活她，反正多口人也不多多少。她一直摇头，不停地摇头。要走的时候，他们一起出来送她。他们牵了两匹马，马背上驮着鼓鼓囊囊的东西，还把她的驴子也牵了出来。小毛驴精神很好，看得出来吃饱喝足了。女人裹住了头，老人穿着新缝好的皮袄，不知道是不是女人之前在缝的那一件。她自己也穿着一件很合身的旧皮袄，是女人清早找出来给她放在炕上的。

"我们都去送你。"老人说，"她想回去拜拜她们的天神，顺便带你翻那座山，送你过去。不过我们得慢点走，这可急不得。"

她感激得都不知道说什么好了，只能傻乎乎地点着头。

女人看着马背上驮着的东西，脸上露出快活的神情，像是年轻的少女。那是给天神的祭品，女人告诉她，用来祈求天神保佑他们。"你，我，还有他，"女人用手指点着数，笑吟吟地，"保佑我们三个都好好的。"

她只知道用力地点头。

那座山总是在那里，带着雪，看着那么近，那么地清晰。

一路上，女人时不时地唱着歌。她有时候骑在毛驴的身上，有时候坐在女人的怀里，随着马儿的跑动而轻轻地摇晃着。

老人偶尔呼喝两声，声音在空旷的草滩上回荡着，听起来那么的不真切。

她想起清晨的梦，谁知道此刻是不是梦呢？

那连绵的山，安静地躺在那里，等待着，也许传说中的巨人盘古仍旧活着，它瘫倒在这里，一呼一吸之间，便生成了风。

它一定很愤怒吧，无法离开，被困在这里，什么都无法改变，就像是老人一样。

为什么远处是那样，这里是这样，而另一边又是另一副完全陌生的样子啊。人们啊，羊群般地四散在这苍茫天空之下，却过着各式各样的日子，有悲苦，有欢乐，分隔他们的，只有时间和空间而已。

他们都曾经以为他们一辈子都不会离开自己的家，像父辈和祖辈那样，像这座山一样，窝在这里，不必挪动分毫。可总是有各式各样的原因，逼迫人们四散流离，离开自己生长的地方。有些人离开了，便不再回来，有些人却无论如何都要回来，他们宁愿死在这片土地上。

风仍在呜呜地吹着，就像是巨人永不平息的愤怒。

她想，她也是不愿离开的，可她没法子。等她找到那个湖之后，她就能回去了，能够再次见到她的爸爸妈妈。

那时候一切就都好了。

五

一切都始于微末，征兆原本就在那里，只是事后回想起来才会恍然大悟。她远远就听到山的声响，但女人和老人却不觉有异。他们几十年听惯了这声响，不知道什么时候起就远远地如滚雷一般传来，不曾停。

可他们早就该明白，他们这边也许已经过了几十年，可在湖那边，在山里，在水流过来的方向，也许只是短暂的半天而已。越往前走，一切就越慢，越早，她也是后来才发现，才明白的。

他们走的是最平缓的山路，那时候已经是夏天了，可山上还有积雪。山里郁郁葱葱，苍翠欲滴。山谷中有河水潺潺流动，林中有鼠兔，有花果，有鸟雀，仿佛世外仙境一般。

谁也没料到这一切是如何开始的，山谷之中突然有响动，原本轻微，后来变大，犹如滚雷一般。再后来那声响轰然大作，山峦霎时间爆裂，山石滚落，跌入谷中，然后消失不见。

一切都来得太快。马儿慌得嘶鸣，不管不顾地逃窜着，女人的马上背着许多东西，又捆得紧，眼看四蹄打滑，就要跌下山，老人一把将女人拽上自己的马。她原本坐在老人的马上，慌乱之中不知如何是好，只顾着抓住女人的后背不放。她的小毛驴紧跟在老人的马后面，可很快就被掉落的石头砸落涧底。女人撕心裂肺地叫着，回头想要拉开她下马，可她突然有了极大的力气，紧紧地抓住女人不放。这辈子她从来没有这么使劲儿过。

大山震动得厉害，山石啪啪地剥落着，天地仿佛被什么拉扯着，挤压着，然后承受不住，大地开裂，高山轰然坍塌。

她只能感到马背的颠簸，感到那只惊恐的动物在疯狂地逃亡，感到风在她身边狂烈地刮过，感到山的塌陷和碎裂，感到一切都将毁灭。她心神俱碎，抱紧了那个女人。她想着，我要死了，死在这里了！

身后的山脉仍在剧烈地震动，就像是一条巨大的龙从天上掉落下来，被扭转，被拉拽，然后坍塌下去。山的裂口扩大着，挤压着，山体被巨大的裂口碾碎。天塌地陷，一切都在分崩离析的边缘。

直到她远远地看到了那个湖。
在阳光下，那个湖银光闪闪。

那一瞬间，她甚至都忘记了正在发生的一切，忘记了她们的逃亡，忘记了死去的人。那个巨大的湖泊，在遥远的天边平静地望着她，就好像在等着她，在向她诉说着什么一样。

当她们终于逃下山，一切都平静下来之后，她抱紧了女人汗湿的后背，回过头去，心有余悸地看向身后。那悠长的一刹那，仿佛变得永恒般久远。巨响在天地间震荡，在山谷中徘徊，仿佛一条石龙在翻滚。

然后她们离开了，离开那场在时光中缓慢发生的崩裂，逃出那场天塌地陷的祸事，逃离了死亡和雪山。

马奔跑时，她们静静地坐在马背上，谁都没有开口说话。女人在想什么她不知道，可她不敢说话。

当她们离雪山越远，身后的一切就越平静。不再回头去看的话，就好像那塌陷的高山、开裂的大地，都不曾发生过。

而她们的脚下，则是一片广阔的、没有边际的草原，高高低低地起伏着。草长得那么高，那么旺，跟山那边的模样简直是天差地别。

六

"你要找的不是我们这个湖，"帐篷里的老奶奶笑着摇头，"如果是这个湖，我们能不知道吗？恐怕还要走很远很远哩。"

女人把老奶奶说的话告诉她以后，她深深地低下了头。她并不泄气，她想，那就再沿着河往前走就是了。这还不简单吗？

但后来她才知道，并不是那样简单。虽然的确很简单，但跟她想的完全不一样。

女人喝着热滚滚的奶茶，在热气之中，眼泪扑簌簌地落在了大碗里。老奶奶后来又同女人低声地说了很久的话，可她全都听不懂。她们说的话很多，那些应该都是与她无关的。

因为女人只告诉了她那不是她要找的湖。

那天晚上她在帐篷里睡觉，女人哼着歌哄她入睡，那么自然，就好像一切本该如此。

第二天很早她就被女人摇醒，女人给她穿好了另一套厚实的衣裳，她觉得自己肯定看起来像是另一个人，一个陌生的男孩。

"千万别告诉别人你是女人，谁也不行。"女人告诫她道。

那眼神让她想起妈妈，她不自觉地点点头。

女人给了她一把尖锐的匕首，一把手指粗的小刀，让她分别藏在身上不同的地方，女人还教她怎么看星星认路。

等她学会了之后，他们就回到了帐篷里，烧着牛粪，喝着热乎乎的奶茶，等着太阳升起来。因为女人说还要教给她怎么认草原上的草和骆驼粪。

真想找到那个湖的话，你得先活下去。女人这么告诉她。

"你和我一起去吧？"她鼓起勇气邀请女人，"我们一起去找那个湖。"她说这个真的不是为了让女人照顾自己，她是真心想要和女人一起去找那个湖。

女人惊奇地看着她，然后摇头。

"为什么？你不想回到他还没离开的时候吗？你们可以一起老去呀？"她十分地不解。这是她所相信的，也是她为什么坚持要去找那个湖的缘故。

女人想了半天，终于说道："你知道吗？从小到大，每到活不下去、熬不住的时候，我就想过这个。我无数次地想过，如果那个湖真的存在就好了，如果我能找到那个湖的话，会不会一切都会变得不一样。"说到这，女人摇头，"可人的命运是天神注定的，凡人改变不了，连可汗都改变不了。"

她固执起来："也许我们能呢？"

女人看着她的眼睛，说："现在和你说这些也许太早，可你的妈妈不在了，我想我得替她告诉你。"女人搂住了她，声音从她的后心处传来，很低，低得就好像她自己在心里说话。

女人给她讲了那些曾经发生在自己身上的事。

草原上总是那样，一个部落和其他的部落，打仗，争战，抢夺女人，瓜分财宝。打不过的部落都被驱赶到更北、更寒冷的地方，那里的雪有一人高，那里没有夏天，至于春天和秋天，其实跟冬天差不多一样冷，只是没有风雪。

女人那时年纪还小，吃不饱饭，活得连头牲口都不如。

如果是牛马的话，至少会有人刷毛，有人喂水，有人带出去吃草。

"你知道吗？那时候，我曾无数次地想过我要去找那个湖。我小时候吃不饱饭还要洗马的时候，我十三岁被喝醉的男人在帐篷外面强奸的时候，我十五岁逃跑却在风雪里差点儿爬不起来的时候。可我心里很明白，就算我回到过去，我也只能做出这样的选择。我的部落战败了，这不是我的错；我还小，我没有力气，我打不过他们，这也不是我的错；他们强奸我，这也不是我的错。我不想死，我想活下去，可找到那个湖对我来说又有什么用呢？回到过去，再一次被俘虏，被带走，被强奸，被冻得半死吗？在大风雪中，我冻得几乎没了知觉，摔倒了就再也爬不起来。那时候我想，只要闭上眼，睡过去就好了，睡过去就一了百了了。我的妈妈也许早死了，我的兄弟可能也死了，只有我一个人孤零零地活在这个世上。只要我死了，就可以和他们团聚了。

可我不甘心，我真的不想死，不想就这样凄惨地死掉。我还没有杀过整只的羊，我还没有搭过帐篷，我还没有骑马去过很远很远的地方。我还没有真正地长大，没有做出自己的选择，为什么我就要这样死掉？凭什么我不能活下去？我想要活下去，我想要走出那片草地，翻过那座山，去一个他们都不敢去的地方，然后再也不回来。因为他们害怕老去，所以他们不敢去。于是我做到了，我不死心。也许因为那一年特别冷，也许还有一点运气，他们没有来追捕我。天神也不喜欢我，可天神也不想看着我死。所以我活了下来，还活得很好，我得到我从未想过的一切，我想我这辈子都不会再回来。"

她屏住了呼吸，甚至不敢打断女人的话。

可女人沉默着，似乎在思考，然后才说："可我最终还是回来了。他说他想送你的时候我其实就想过，因为这里时间过得慢，我在那里过了那么久，回来的话，可能跟我刚走的时候差不多。这里很可能还在打仗，我想也许我们都会死在这片草原上。可我

201

什么也没说。因为我想和他一起死，我想也许就是为了这个，所以我受到了惩罚。他死了，我还活着，我回到了这里，天神留着我，因为他想要他的祭品。"

她想说这不是惩罚，这只是意外，可她说不出口。她头一次感觉到自己只是个小孩子，她深深地察觉到自己的无力和无能。

"遇到他以后，我就没再想过那个湖了。你知道吗？草原上可不止一个湖，你要终其一生去寻找一个只存在于传说中的湖吗？"女人说，"我不想。人死是不能复生的，回到过去又有什么用呢？无论传说里的那个湖是不是真的，对我来说都不重要。我和他一起的日子很快乐，有那些就够了。等你长大以后就懂了：重要的不是你得到了什么，而是你经历了什么。"

但她不明白。

她失去了她的父母，她的家，而且这不是她的错，也不是她父母的错，如果她能找到那个湖的话，为什么不呢？她可以提前一天告诉他们不要去医院，换一天的班，或者请一天的假，无论用什么手段，她想她总是可以做到的，这样他们一家人就可以完完整整地在一起了。

那一晚她们吃羊肉，附近的帐篷刚杀了羊，给老奶奶送来了羊肉。肉很好吃，帐篷里也烧得热烘烘的。她记得女人喝了好几碗的羊汤，她也饿疯了一样。她们吃了一桌子的羊骨头，还把一盘子里的饼都吃了。吃着吃着，她突然不好意思地看着女人和老奶奶，讪讪地，大概是觉得自己太能吃了。老奶奶连忙摆手，意思是让她放开了吃，尽量吃饱吃够。

那天晚上她们都吃得心满意足。到了夜里，女人和她肩并肩睡在铺了好几层羊皮的褥子上，两个人在老奶奶轻微的鼾声里，聊起了那个遥远的湖。

"那里有什么呢？"她问，"在你们的传说里，那个湖又是什么样子的呢？"

"什么都没有。没有星星，没有月亮，没有太阳，只有无尽的黑暗和冰冷。有些人的确找到了那个湖，可他们掉进去淹死了。"

"你在吓唬我。"她用力地推搡着女人，可她毕竟是个孩子，没多大的力气。

女人轻轻地笑了，说："谁也没真的去过，谁知道呢？就算真的去过了那个湖，那个人也不会告诉别人的。因为就算他说了，别人也不会相信。"

她简直想不出来。如果真的有那么一个湖，真的能让一切回到从前，那一切会怎么发生呢？会像他们说过的那样吗？等她一路再走回来，时光早已经流逝，她的爸爸妈妈也已经老去，死掉了？

但即使是那样，也是值得的。因为他们一定是平平安安过完了一辈子，然后无痛无病地老死。

在暖烘烘的帐篷里，困意侵袭着她。在梦里，她仿佛看到了那无尽的黑暗，那里高耸着黑色的雪山，黑色的草原，黑色的农田，黑色的河水。那里没有光，没有星星，也没有月亮，她看着那黑色的地方，看到了满目黑暗之中唯一一闪亮的东西——那个银色的湖泊。她想起了院子里看到的那一方天空，看到的那些云片，还有那些远归的鸟群。

她在黑色的梦里看着银色湖面上的影子，想起久违的家乡。那个小镇在孤零零的戈壁上等着她，而她的身后是空茫的大地，她的梦里则是无尽的黑暗。她跑啊跑，一直跑向那个湖。

直到在梦里，累得什么也记不得。

　　第二天一早，女人送她上路。上路之前，女人再三问她，是不是真的还要往前走。她说是的，她要去找那个湖。

　　她坚持要走，女人就不再留她了。

　　女人为她准备得很周到，给她带了肉干和盛水的皮囊，给她换了一匹听话的小马，给她指明了方向，还告诉她如果不行就回来。女人会在这里帮老奶奶看上半年的羊，也许等那座山彻底沉静下来，再去山里找寻男人的尸骨。

　　也许找不到。

　　她没有说出口，可她想女人比她更清楚这一切。

　　女人的眼睛亮闪闪的，就像是湖水。

　　"山上的每个石头缝我都不会放过，我一定能找到他的尸骨。"

　　"那……要找很久吧？"

　　"嗯，日子还长，就算是找到头发都白了，我也要找到他。"

　　"那，你千万保重啊。"

　　女人笑了，说："好。"

　　"一言为定啊！"她殷殷地看着女人，"到时候我再来看你。"说出口她才惊觉，自己究竟许诺了什么。

　　但女人只是笑笑，并没有说什么。

　　告别的时候，她骑着马儿回头看。女人站在那里，已经换上了草原上的装束，看起来就像是从来都不曾离开一样。

　　她打马而去，就像是一阵风。那是一匹矫健的黑马，就仿佛一朵落在草原上的黑云。

　　走得远了，她忍不住回头望着那小小的帐篷。女人已经不见了，远处山峦起伏，高耸入云，分不清那高处究竟是云还是雪。

　　她相信女人一定会找到老人的尸骨，就像是她相信那个湖必然在某个地方等着她，就像她坚信自己一定会再次见到她的爸爸妈妈。

<h1 style="text-align:center">七</h1>

从那时起，她就这样独身一人在光阴中行走，有时候会有旅伴和她同行一程，但最后总是要分别。

她走过湿润的土地，也走过红色的河谷；走过白色的雪原，也走过荒无人烟的沙漠；走过春夏秋冬，走过寒暑风雨。她朝着太阳落山的方向前行，她看起来总是离开时的那个模样，可她经历得比这世上最年迈的老人都要多。

她曾经在风雪里看不清前路，也曾在石头砌成的羊圈里和羊群挤着过夜；她吃过最肥美的羊肉，也曾喝过浑浊如泥浆的河水；她曾经浑身污垢，狼狈不堪，也曾被香花环绕，听到美妙的歌声。

那是一段漫长的旅程，漫长到几乎像是一段完整的生命历程。

而当她几乎已经忘记了那个湖，几乎已经绝望的时候，她踏上了一片灰色的、看起来似曾相识的戈壁，然后她看到了一个熟悉的小镇。

空旷的戈壁上，太阳挂在天空的另一侧。她虚弱地站立在那里，觉得眼前的一切都扭曲着，就像是浸在水里一样。

灰色的大地，耀眼的太阳，玻璃般清澈的天空，巨大的陆地、山川，都因为一股看不见的力量扭曲着，慢慢地破碎着，然后终于，在她最意想不到的时刻，那巨大的力量穿透了一切，到达了她的眼前。

她浑身发抖。

她的小镇呵，就那样静静地出现在了她的眼前，宛如在梦中。

　　她回到熟悉的小镇上，回到熟悉的街道，回到熟悉的门前。她难以置信地看着四周，然后从脖子上取出钥匙——她一直贴着心口带着它，所以它总是暖的，她颤抖着打开了门，然后迟疑着，伸手推开了门，就好像片刻之前她才刚离开。

　　院子里是那么的平静，薄纱般的云片在天空中漂浮着，被风轻轻地吹动着往前走。

　　她坐在那个小板凳上，脱了身上沉重厚实的异族服饰，先洗了个热水澡，再换上了衣柜里自己的衣裳，然后笨拙地梳好了头发。这里的一切都跟她走的时候一样，甚至连她写了一半的暑假作业还摊在那里。但对她来说，这一切已经变得太过陌生，像是另一个人的生活。

　　她坐在院子里，仰头望着那片澄清的天空。那些被风吹拂着的云片，那些远归的鸟群，恍惚就好像是一场梦。她还是不敢相信自己终于回到了原点。

　　直到她发现不是在做梦，直到她发现苏阿姨来过又离开。当下午变成了中午，中午变成了清晨，当爸爸妈妈回来之后，她才发现她的爸爸妈妈仍旧活着，可他们根本不知道发生了什么，连她也不明白究竟是怎么回事。

　　白天过后是黑夜，黑夜过后又是白天。当日子一天天地"流动"起来，她才终于发现这一切是怎么回事，终于明白了传说中那些故事的真正含义。

　　所有那些她在路上遇到的人们啊，他们都曾听说过那个湖，可他们从来都不肯相信它的存在。现在她明白了，她一定经过了那个真正的湖，也许就是那个湖，只是她当时不知道而已。

　　当她在路上时，当她一直在寻找那个传说中的湖时，当她一直以为自己是朝前走的时候，她的时光其实是停滞的，这就是她一直没有长大，一直保持着离开时的样子的原因。

而当她一直朝着一个方向前进，当她绕了一大圈，终于从另一个方向回到了小镇上时，她停滞的时光终于被连接了起来，终于再次开始流动——只不过流动的方向是反的，从她离开的那一刻往回流动着。

仿佛被按了暂停的时钟再次启动了，滴答，滴答，十分缓慢，只不过时针是往反方向转动着。

她回到了过去，回到苏阿姨来敲门的那一刻，回到爸爸妈妈出事前的那天晚上，出事的一个礼拜前，一个月前，一年前。

传说的确是真的，原来人们就是这样回到过去的。

这时她才终于明白为什么在那些传说里人们都是那么的绝望，明明都回到了过去却什么都无法改变。他们告诉了她真相，却又没有告诉她全部。

她的鞋子一点点地变小，身体一点点地变矮。她在镜子里惊恐地看到她的头发慢慢地变短，痊愈的伤口慢慢地变得狰狞。

放假的时候，她仍旧坐在院子里的小板凳上，仍旧望着那些寂静的云。它们什么都知道，它们平静而哀伤地看着她，跟随着她，凝视着她，可它们没办法告诉她。

她得到了她所祈求的一切，她会永远和她的爸爸妈妈在一起，直到她回到出生之前的状态。

一路上曾经有无数个人跟她说过，一旦踏上这条路，她就再也回不去了。可直到很久以后，当她终于回到这个小镇，她才终于明白：当她竭尽全力试图回到过去，那她只会被困在过去。

就像传说中的那样，一切都恢复了原样，那些已经发生过的事情倒放般地重复着，就像是水底扭曲的太阳光线。可这并不是她想要的，她只是花了太长时间才明白这一点。

她历尽千辛万苦地找寻，经历了一切活了下来，却回到了一切的原点。当她回想过去，那个传说好像是在嘲笑她，又好像是在可怜她。

太残忍了。就像是一只饿到吞吃自己的蛇。它从自己的尾巴开始吞噬，直到把自己全部吞吃下去。

那样的话，饥饿和自我都将不复存在。

她贪婪地凝望着爸爸妈妈的面孔，聆听着那些她以前听过就忘的话。她知道这一切会怎么结束，她会回到最初，回到一切开始的地方，然后她会从这个世界上消失。其实无论当初她做出怎样的选择，她都会抵达那个必然的尽头。或许迟一些，或许早一些，在那片黑暗的星空中，她和她的亲人，和她遇到过的人们，终将相会，回到无垠的星空，回到广阔的宇宙中。

她已经全然明白了这宇宙的奥秘，可她就好像身在一场熟悉的梦中，无法醒来。她还是那个小小印章的主人，可她已经不知道自己到底是谁。

她已经不再是那个曾经的小女孩，她没办法接受这些——一点点回到过去，回到婴儿的形态，回到她母亲的身体里。

她不能眼睁睁地看着这一切发生，她忍受不了这样的重逢和团聚。

可她也做不到再一次的离别。

她被困在了这里，再也无法离开。

她走到空旷的戈壁滩上，望向远处的尽头。无论是雪山还是大地，无论朝着哪个方向看，这里和那里都是一道灰色的线，分不清是远处的石滩，还是天空的尽头。

　　她曾经从天和地的尽头处走来。

　　谁能料想得到呢？她曾经走过的地方，还有她曾经离开的地方，总会在某个点汇集在一起。

　　她走过了千山万水，就像是走过了漫长的一生。她历尽了千辛万苦，却又回到了最初的原点。

　　从那个夏天开始，她失去了一切，又得到了一切，然后再度失去。

　　就像人生。

像丹顶鹤那样入睡

一

我一直记得那个人，那个走钢索的人。

仰头看去，那根钢索就仿佛一条细线，那个人手里拿着一根同样细长的棍子，微微摇晃，走在半空之中。

在我神志清醒的时候，总会想起那个走钢索的人。也许他会在某一刻，从那段钢索上不小心坠落？当他走在半空中时，心里究竟想些什么？他会不会恐惧？

而在那之前，他会不会有所预感？每一次当有风吹过，每一次轻微的摇晃，他的心脏是不是都在怦怦直跳，为他发出死亡的警示？

那是性命攸关的微妙平衡，每一刻都要重来。难以捉摸的风，高处流动的气压，半空中的任何响动，脚下无数的目光和声音，其中任意一项的随意变化，都足以改变一切。

每一次，都是生与死的赌博，都是一场冒险。

我总是想起那个走钢索的人，是因为我们的处境是那么相似。

我有天生的昏睡症，无法治愈，也无法改善，不知道什么时候就会突然昏睡过去。比如，吃饭的时候，坐车的时候，上课的时候，聊天的时候，踢球的时候，过马路的时候，滑冰的时候（所以后来我被禁止参与这些活动）。

通常来说，我会毫无征兆地陷入短暂的昏睡。有时候会吓到别人，有时候会摔断几根骨头，要是没人看到就会在走廊一直睡到醒来。昏睡的时间或长或短，并不一定。

人们走过我的身边，大概会以为我懒惰混乱、晨昏颠倒、白日酗酒、目无尊长。他们对我一无所知，却皱着眉头，在心里默默地做着评判。

而我每一次睁开双眼时，都庆幸自己还活着，可随后就开始害怕、恐惧，不知道下一次什么时候又会沉沉睡去、跌倒、受伤甚至死亡。

我是多么羡慕和嫉妒那些正常人啊。

昏睡症就像是一个看不见的紧箍咒，它困住了我，还有我全部的人生和时间。

有时候我去医院，会遇到跟我有相同病症的病人。有些症状轻些，有些症状重些，还有更重的，其实就是长期昏迷。如果不幸得了，也不知道跟植物人有什么区别。这仍是一种无法根治的疾病，随着病情的发展和自身的努力，或许会改善，但也许会加剧，一切可能都只是运气，谁知道呢？

我想，如果真有那么一天，如果一切变得更坏，我宁愿去死。

一个人经常去医院，差不多就会认识所有的病友。但素素跟其他病友都不一样。

她跟大家都是同一个科室的病友，可她的病症却十分罕见。

其他所有的病友，虽然症状不同，但得的都是昏睡症，她却全然不同。她几乎不用睡觉。她得的病甚至都不算失眠症的一种，她看起来那么健康活泼，完全不像一个生病的人。

像她这样的人，这世上少之又少，就像是个奇迹。人们废寝忘食地研究她们，希望找出人类不用睡觉的秘密。

她是医院的明星，也是我们所有人的明星。所有的病友都认识她、羡慕她、崇拜她。

如果可以选择的话，我宁愿选择素素那种奇迹般的病。在我看来，那种病甚至比正常人都要好。

昏睡症则完全不同。

我害怕睡觉，并且深深地痛恨这样的生活。

我随时都可能陷入不可控制的睡眠之中。在我有限的生命里，清醒的每一刻都仿佛天赐。如果可以，我希望能够一直清醒，望着这个安静或者喧闹的世界，哪怕只是站在太阳底下什么也不做，只是望着这个世界，不必担心自己什么时候就会陷入沉睡。那样的时光，简直就像是奢望，我想都不敢想。

我为了和素素做朋友，简直用尽了全力。而她那么好，那么完美，比我想象的还要甜美。我有时候想，我大概不配做她的朋友。她像是天使，是神派来补偿我们的。

除了我们这样的人，大概没人能真正明白那种扭曲的渴望。我们羡慕她，就像是凡人羡慕神那样。她拥有我们渴望却永远也无法触摸的一切：无限的时光。在我们看来，她奢侈得简直就像是个皇帝。

她跟我们完全不一样，她想干什么就干什么，从来都不用担心，不用害怕。

一个正常的小孩子，恐怕不会喜欢一个有嗜睡症的小孩子，也没有那么多的耐心和时间来陪伴一个随时会昏睡的人。但是我们的病友知道关于嗜睡症的一切，知道这些毫无征兆的昏睡意味着什么，所以我们喜欢和病友做朋友，很多事情我甚至都不必开口，他们天然地就能理解。

而素素，她永远是那么的精力充沛，那么的清醒，她的笑容看起来总是那么的明亮，就好像会放光一样。

她是我这一辈子最好的朋友，也是最完美的朋友，完美得简直都不真实。

我羡慕她，就像是黑夜羡慕白天那样。

后来她告诉我，其实她也很羡慕正常人的生活。

"每天夜里我都像是在坐牢。每一晚都有那么多的时间，我都不知道该做点什么。"她说，夜里睡不着觉，就感觉特别的孤独。"所有的人都在睡觉，所有的人，我的父母、朋友、医生，认识的、不认识的，他们全部都在另一个世界里，只有我，留在这里，你知道吗？当你清醒的时候，夜里格外冷，哪怕暖气开得足足的，被子裹得再严实，你也会觉得你跟所有的人都离得那么的远。"

有时候我在她身边昏睡，醒来之后，当我因为她再一次照顾了我而道歉，她就会说："我好羡慕你哦，我也很想睡觉啊。我从来没睡着过，更没做过梦，躺在那里很难受的，你知道吗？他们都说睡觉是件很幸福的事，我从来都不知道。还有，做梦究竟是什么滋味啊，我也很想做梦啊。"

别人这么说我一定会翻脸，可她不一样。

"如果，"她看着我的眼睛，真切地说，"如果能有如果的话，我真想跟你换换。"

那一刻，我的眼眶湿润了。从来没有人对我说过这种话，哪怕这一切根本不可能成为现实，我还是感激她，特别地感激她。

那句话我后来一直都记得。母亲常说，不要看一个人说了什么，而要看一个人做了什么。但我觉得，素素能有那份心意，能说出那样的话，本身就已经足够了。我怎么忍心让她拿自己的生活跟我换呢？我不能。

从那时候起，素素就是我在这世界上最好的朋友。她就像是我所缺少的那一部分的自己，就像是另一个我，一个清醒的我，从来不会昏睡的我。

我们深深地理解对方，信赖对方，除了上课的时间，我们去哪里都在一起。一起去图书馆，一起去音乐厅，一起去美术馆，一起去游乐场，一起去动物园，一起去公园，我们就像是连体婴儿。我们是这世上最好的朋友，我一直那么坚信着。

当我睡倒时，她就席地而坐，把我的头放在她的腿上，从口袋里拿出一本书来，或者一册画纸，默默地记录着那一刻的世界。

我们相处的大部分时光，其实都是她在照顾我。一个孩子，却承担起了照顾另一个生病孩子的重任，她也只是个孩子啊。我心里感激，却别无他法，她给予我的太多太多，我却没什么能给她的。她什么也不缺，她甚至拥有我最想要的东西：那就是大把的时间。

她常说的一句话就是："我有时间，慢慢来。"

因为几乎无法睡眠，所以她拥有正常人两倍的时间。我常常想，当她看起来十岁的时候，其实她已经二十岁了，而当她看起来二十岁的时候，其实已经四十岁了。不是吗？所有人都在睡觉的时候，她却用双倍的时间活着。她对一切都充满了好奇，却又充满了耐心。她看起来只是个孩子，可她的言行举止却像是个成年人，时间在看不见的地方留下了痕迹。

她的生命，是别人的两倍，而她的寂寞，恐怕也是别人的两倍。她有足够充裕的时间去研究这个世界，可她却搞不明白那些发生在我们身上的事情。

人类到底为什么要睡觉，又为什么会醒来呢？

神到底为什么要选中我们呢？

难道我们需要更多的休息，才被允许活着吗？

二

爱可以拯救一切。

我不信教，可我不用去教堂也能领略到这句话的真谛，因为我有素素。

从小到大，我一直都想为她做点什么，可她为我做的远比我自己多得多。我也想为她献上我最珍贵的东西，可我一贫如洗，什么都没有，我唯一的宝物，就是她——我在这个世界上最珍贵的朋友。她是个甜蜜的好女孩，是这个世界给我的最好的礼物。

从我们相识起，她就有一个简单且唯一的心愿，一直都没有变。她常说："我真希望能够做一场梦啊。"她从来不曾入睡，所以也不曾有过一场梦。大概人对于得不到的东西，都会特别执着。她对于梦境的好奇心和执念，已经远远超过了常人。

但我最最亲爱的朋友，她唯一的心愿，我却无法满足。

罗大夫（他是我们共同的大夫）说她是个幸运儿。对此，我赞同又很不赞同。也许对其他病友来说，她是个天生的幸运儿。她跟大多数人都不一样，生下来就无法入睡。

但这毕竟是一种异常罕见的疾病，而以人类现在的医疗水平，还无法探明这个问题的真正根源。

我去过他们家很多次，也见过她的父母。他们都是普通人，直到现在还觉着是自己做错了什么。他们对自己唯一的孩子充满了愧疚，以为是自己年轻没有经验，以为是自己没有把孩子照顾好。

他们常问她，素素，累不累，歇一会儿，坐一坐吧？

就算她看起来跟正常人一模一样，就算她已经不是当初那个无法说话的小婴儿，就算她表现得再完美，再让人放心，可是在他们的内心深处，他们还是觉得对不起她，觉得她需要额外的照顾，觉得身为父母的自己总是做得不够，也不好。

素素告诉我说："在这个世界上，比我痛苦的人还有很多很多。比起他们来，我已经很幸福了。我不会做梦，看不到另一个世界，可我拥有更多的时间，可以统统拿来做我想做的事情。"

可我知道，这话，她恐怕是说给自己听的。她最想说服的不是别人，而是她自己。

她那么地想要有一个自己的梦境，她对这个沉迷到了近乎痴迷的程度。

我至今还记得她第一次听到我给她讲述梦境时的表情。

我梦到我钻到了床底下，挖了一个洞，来到了一个巨大的花园，然后一直在那里探险。在天快亮的时候，我回来了，从床底下爬出来，回到我的床上。

她听得入神，说，这像是你干的事情。

其实我的本意是想告诉她，梦境都是荒诞的，跟童话故事一样，却没有书里的故事写得好，还无厘头。如果可以的话，我宁愿给她念那些童话故事，但是还有什么书是我看过而她没看过的呢？这不太可能。我的时间比她有限太多了。

但她很喜欢这个梦，以一种我完全不能理解的热情，真心地喜爱着。而从那以后，她就常常央求我讲述梦境给她。我以前只要能睡醒就感到万幸了，从来都没怎么琢磨过那些荒诞不经的

梦。对我来说，梦在醒来的那一刻就已经烟消云散了。除非我梦
到了我的病痊愈，变得跟正常人一样，可这种梦我一次也没做过。

素素对这些无聊而荒诞的梦异常感兴趣，她甚至随身带着小
本子，花费了很多精力和时间用来记录和整理我所有的梦境。

我告诉她的每一段梦境，甚至连完整的故事都算不上，常人
恐怕都会不屑一顾，而她却听得津津有味，甚至一段段认真地记
录了下来。她常常举着本子得意地摇晃着，说，这是咱们全部的梦。

这个描述让我有种奇异的感动。

是我的，也是她的。是我给她的，也是我唯一能给她的。

所以我在床边，在我的衣服里，在我随身携带的皮包里，都
放了笔和即时贴，以便在醒来的第一秒能够及时而迅速地记下我
的梦。虽然我经常会做无数个梦，但我醒来的时候，只能勉强记
住醒前的那一个。

我开始努力记住它们，试图熟练地掌握这项技艺，因为我要
把它们统统都记下来，讲述给我最好的朋友听。

不只是晚上正常睡眠时做的梦，甚至当我从白日的昏睡中醒
来，我都会立刻记下前一刻我所梦到的一切。

也许是熟能生巧，也许是精诚所至金石为开，从那之后，我
渐渐习得了一种奇特的本领——我开始有意识地在梦境里记住我
的梦，甚至学会了在梦境里编织新的梦境，就像是修补一张渔网，
或者拿原有的破渔网编织一张更大、更新、更完整的渔网。

即便是生性笨拙的动物，经过足够多的训练，也会掌握令人
叹为观止的技巧。况且我并不是那么平庸，很多事情我只是因为
生病所以缺少可以投入的时间。再说了，只是记忆梦境这件事本
身的话，我的昏睡症反而给了我更多的练习机会。当我沉睡的时候，

其实都可以用心练习、描摹、寻觅，于是随着时间的流逝，我逐渐地掌握这一门技艺，以至于游刃有余。

我想，这大概是我唯一能够报答我亲爱的朋友的事情了。

爱可以拯救一切。哪怕天生笨拙，哪怕平庸暗淡，都可以用爱补足。

渐渐地，随着我的技巧越发纯熟，梦境里的世界也和真实世界一样清晰明了起来。就像是吹散了迷雾另一个世界的面纱慢慢地褪去，一点点地显现在我的面前，越来越大，越来越逼真。

或许是因为昏睡症，所以清醒的时间对我来说总是太过短暂，太过宝贵。当我清醒时，我几乎是饥渴地铭记着这个世界的一切。我的观察力无比敏锐，世界在我的眼里犹如置于显微镜下，而我摄影机器般出众的记忆力，更是让一切犹如刻印。

而当我有意识地开始记录我的梦境时，这一点简直令我如鱼得水。梦境里的一切逐渐变得栩栩如生，或许比真实的世界更华美、更惊奇，而我甚至学会了控制我的梦境。或许我无法选择什么时候入睡，什么时候清醒，但至少我可以控制我的梦境。

清醒地操控梦境的技巧，对我来说其实并没有意义。这一身本领唯一的用处，就是取悦我的朋友。我想，我唯一能为我最好的朋友做的，大概就只有这件事了吧？

这一切，都是为了我最最亲爱的朋友。

在我们成长的过程中，她为我做了太多的事情。她守在我的身边，就像是我的守护神一样。我想在这个世界上，除了妈妈，素素应该是对我最重要的人了。她不只是我最好的朋友，还是我的铠甲、拐杖、助力车、保护人。

离开学校后，融入社会对我来说还是很难。但是我擅长修理和制造东西。我想，这也许要归功于我对这个世界仔细的观察和记录。我用废弃的钟表、铜片、弹簧、各种金属线缆制作金属造物，就像是另一个奇异的梦境。我观察自然界的一切，模仿它们，制造它们，组合它们，然后销售它们。金属的昆虫、金属的植物，金属的世界里应该会有的一切。它们有些会动，有些不会，有些卖出去了，有些迟迟找不到主人。但是没关系的，一切都会慢慢好起来的，她这么对我说，我也这么安慰自己。这份工作至少给了我很多的自由和可能性。我可以自食其力，还能拿出一点钱给我亲爱的家人，我已经很满足了。

这样我就不用跟太多人解释我的昏睡症，不用面对太多质疑的目光。我的妈妈也终于能够稍微地松口气，家里的经济也终于不那么紧张了。

我真是幸运，在这个世界里遇到了素素。

我们原本是毫无干系的两个陌生人，因为生病，在医院里相识，一起欢笑，一起悲叹，一起好奇这世界运作的神妙，一起渴望着终有一天能够像一个正常人一样生活。

我们平凡而卑微，而恰好认识了彼此。

一个人为了最珍爱的朋友，可以做出巨大的努力。就像我为她所做的那样，那是我本不想拥有，却不得不拥有的东西，也是她渴望却得不到的东西。

这个世界残忍地对待着我们，无情地嘲弄着我们，可我们紧紧相拥，毫不畏惧，因为我们拥有彼此。

三

我们有时候会讨论那些梦，属于我的那些梦境。我的梦实在太多了，光是记录下来的都已经有厚厚的好几本。

最早的那些梦里总有很多荒诞不经的故事，相互之间似乎并无关联的片段，但慢慢地，随着我记录梦境的本领加强，我甚至能在梦境里对那些荒诞不经的虚幻做些无用的修改和调整。就像是被修剪掉了多余的枝叶，梦境里的一切似乎也随之更加的清晰。

当对曾经的梦境更熟悉了以后，我觉得自己更像是游荡在不同的场景里，而不是在不同的故事里。所有发生的片段，似乎毫无关系。比如那些干旱中开裂的大地，从无尽的高空看去，就像是奶酪上面细细的裂纹；比如从那一摞文件上面爬到我身上的巨大蜘蛛，它们是黑色的，有光泽的，却没有细毛，轻盈得就像是羽毛；比如不小心镶嵌在皮肤里的玻璃碎粒，当我在睡梦中一层层地拨开皮肤，找到那颗红宝石一样的玻璃碎粒时，清醒的我想到了河蚌，可是睡梦里的那个我却沉迷于寻找碎粒，这就像是一只饥渴的乌鸦，拼命地想要喝到罐子里的水，哪怕几公里之外就是细小的河流。

每次从这种梦境中醒来，我就想起鸟类那神奇的睡眠。

鸟类都有两个半脑，所以它们总是在睡眠，也总是在清醒，多么神奇啊。我想，我也有两个半脑，可我的两个半脑都在睡眠，而且总是在渴求着更多的睡眠。它们病了，不知道这是不对的，它们陷入睡眠，不顾我的身体其实并不需要这一切。它们一个清醒，一个迷惑，可都陷入在睡梦的迷雾之中，无力挣扎。

我像是在坐牢，在梦境里坐牢。

我想起我最亲爱的朋友。黑夜里，别人都在沉睡的时候，她也像是在坐牢。有时候她会穿上一件连帽服，在城市里走一走。她游荡在城市里，就像是一具失去了灵魂的身体。

我们都在坐牢，无论白天还是黑夜。当病魔来袭，那一瞬间，我就举手缴械，我的两个半脑那么地听话，立刻陷入睡眠。

它们被囚禁在那个奇异的世界，就像是陷在一个巨大的迷宫里。它们去过了很多地方，见过了很多东西，对那里的了解远超过寻常的人。它们知道偏僻的小径，知道废弃的荒地，知道哪里有奇异的美景，也知道哪里即将消失。可那又有什么意义呢？除了给我最好的朋友讲述它们的所见所闻，除此之外，就没有任何的意义。

我陷在了蜘蛛的罗网里，甚至看不见罗网的边际，我无法彻底醒来，而当我昏睡时，我不得不在这迷宫里徘徊，打转，却永远找不到出路。

我在梦里保持着足够的清醒，所以我的大脑不再会以一种荒诞的方式来解释场景的变化，然而梦境里的一切还是令人惊叹，无论看过多少次。

比如那片白色盐粒凝固成的大海，在强烈而炫目的日光中静止着，散发着纯洁的光芒；席卷着风暴的荒原，大概像是傍晚时候的情景，那里散发着暗红色的光芒，就像是种满了红宝石的深海海底；弯弯绕绕的曲折公路，一直通往天空和大地的尽头，犹如探照灯般的外星人飞碟，在蜿蜒的公路上照射着，就像是激光枪一样；还有完全没有光的黑色海底，那些丝绒般的岩石和珊瑚，那些深不可测的石洞和峡谷上守护神一般的大蜘蛛和蝙蝠，而在静止的水面下，在巨大的压力下，那里隐藏着一个无限宽广的操作间，机械，冰冷，远离着所有地面上的惊奇和美丽。我想那里才是真正属于我的梦境，属于我一个人的梦境。

我告诉了她梦里所有的一切，除了那个海底深处冰冷的操作间。

那里全是数字、线棒，还有无休止的线圈，它们在金属色的柜子里陈列着、缠绕着、闪烁着、静止着。还有无休止的透视图，还有无休止的计算，一次次地嵌套，一次次地叠加，一次次地出错，一次次地修改，一次次地重新开始。

有时候我会在那里徘徊很久。那里是那么的安静，甚至听不到计算的声音。你知道吗？在真实的世界里，那里应该有风扇的声音，有机箱嗡嗡的震动声，还有机器重启时的声音、电流的声音，一切都是那么的真实。而这里，什么都没有，就像是一个真正的梦境那样。而我无数次，无数次孤孤单单地站在那里，凝望着这一切，凝望着所有的数字。我打开，翻阅，再换一个，再次打开，翻阅，就好像那是真实存在着的东西一样，而我像是走进一座图书馆那样，一本一本地阅读它。

那些闪烁的数字涌动着，就像是无声的呼吸，像是无数个人的呼吸声；就像海浪，无数的雨滴从半空中滴落下来，汇入这数字的海洋，又有无数的水滴蒸发，离开这涌动的怀抱。

只有在那里，我明明知道是梦境，却有一种恍惚感，好像那里有种奇异的真实感，让我迷惑。只有那个地方，我从来没有告诉过她。

但我的确和她讨论过无数次我梦境里的世界。

"那究竟是个什么样的世界呀，"她羡慕地说道，"比我们的这个世界美丽一百倍、一千倍。"

"你可以试着想象一下，"我建议说，"这其实比做梦更有效，也更容易。"

"真想亲眼看看你的梦呀，"她喃喃自语，然后敬畏地看着我，"你创造了一个奇异的世界，一个无与伦比的世界。"

是吗？真的是这样的吗？我很怀疑。我并不是一个想象力出众的人，甚至从某种程度上来说，我算是一个想象力贫乏的人。而她，她就不一样了，她甚至能将我描述的世界详细地画出来。

多么的神奇，她拥有着最敏锐的感触，也有着最绚烂的想象，我描述的一个场景，她能带给我三四幅画。当她对那个场景特别着迷的时候，她会一口气画上十来张草图，因为她不必睡觉，不必休息，所以她可以尽情挥霍着她的时间，奢侈得令人嫉妒。

所以当我们再次见面时，她会给我看她连夜画出来的画。在我昏睡的时候，她会想起我那些梦境，然后再画出些什么。无论在哪里，在昏睡之前，我都倚靠着她温暖的肩膀，坐在长椅上，或者坐在树下，或者坐在咖啡馆里。她总是支撑着我，就像是最坚固的臂膀。

那时候我的金属昆虫卖得还算不错，不过还是远没她好。她从小就画画，随便卖几张，就超过我努力很久的收入。她总说是我给她带来了好运，带来了这一切，是我给了她这么丰富又特别的题材。她说，你的梦境多么地特别呀，大家都喜欢。

我想，可是我有昏睡症，而且我不会画画。

她最得意的一张，很多人想买，但她全都拒绝了。那张也是以我的梦境为主题，她送给了我，说应该属于我。我买了个画框，把画框了起来，郑重地挂在家里的墙上。

我感谢她，感谢她和她为我所做的一切。

从上学的时候她就一直在帮我，她曾经帮我写作业、抄笔记，甚至帮我买早点、借书。当我们离开了校园，步入社会，她仍旧像是我最忠实的保护人，她替我去见客人，替我采购原材料，也替我去送货。她总是说："让我来帮你吧，我有大把的时间啊，我可以帮你，我们是朋友呀。"

我告诉她："我希望你做点你自己想做的事情，这是你的时间。"

她叹着气，说："可是我很寂寞啊，我真的好寂寞。我有足够的时间去做任何事情，可是我只觉得腻烦，我想为你做点什么，这样我就不会觉得腻烦了。"

她又说："我真的好羡慕大家，我可以做任何事，我有足够的时间练习，可是只有梦，梦境是我无论如何都得不到的东西。"

她喃喃地说："我真的好羡慕你们。"

可她不知道，我们到底有多的羡慕她，甚至是嫉妒。

尤其是我。

我并没有向她讲述我全部的梦境，我保留了一个小小的秘密，关于梦境里的那个操作间，和发生在那个操作间里的一切。

很多次了，在梦境里，我重复地在那个操作间里打转，而我在那里所做的，没有做的，我在那里所想的，没有想的，这一切都让我觉着羞愧，让我觉得自己多么地灰暗，见不得光。

我说不出口，当我清醒的时候，就连回想那个梦境都会让我觉得羞愧。

可越是这样，我就会越频繁地重温那个梦境。那个独一无二，特别的梦境。

我不能这样，我想。

那个疯狂的想法，早已经在我的梦境里出现过很多次了。我惧怕着，怕这正是我内心真实想法的映射，是我不曾窥见的，我内心某个隐秘的角落。我所看到的，恐怕正是我想看到的。

我时常回到梦里，但我最常去的，还是那深海下的操作间。

那里冰冷、规整、一望无际，可我熟知那里的一切，就好像它们是从我的脑海里生长出来的一样，它们就像是我编织的蜘蛛网，轻微的抖动，就能够定位到我的猎物。

每一个闪光的数字背后，都联结着一根晶莹的线棒。

大部分的线棒都均匀地缠绕着纤细的、犹如蛛网一样的线缆，有些线棒却绕得扭曲而紧密，那些线棒所连着的数字疯狂地闪烁着，让人觉着几乎就要坏掉了一般。另外却还有几根极其特殊的线棒，几乎没怎么绕上过线缆，在那些线棒前，数字几乎都是黯淡的，我在的时候从未看到它们闪动。但这种线棒非常少见，我找到的一共只有四根，但这地方实在太大了，所以一共有多少这种线棒也说不好。

这个枯燥的地方充满了金属的气息，却又奇妙的安静。

这里只能看到一排排的线缆、线棒、编码、文件，它们闪着光，数字变幻着、移动着。注视它们时，它们就会告诉我很多事情，就像是无声的语言，我能够听到，也能够听懂。也许正因为如此，这个地方让我觉得安心。

我看到无数的文件，它们从我的脑海里掠过，就像是我精准地记忆着真实世界的一切，所有梦境里的一切也深刻地在我的脑海里烙下了烙印。尽管它们是那么散碎，看起来是那么毫不相干，但我还是能够迅速地将它们全部关联到一起。

当你看的东西足够多，当你记得全部的一切，世界就像是打散的拼图。当你练习得足够多，你总能够看到它本来的样貌，哪怕只是一个模糊的影子，但你还是能够自动在脑海里拼凑起它原本的模样。

这一切并不怎么艰难。更何况梦境里的一切，只有在操作间这里是最符合逻辑的。

其实我也是不久前才终于弄明白了。这里的每一根线棒，就代表了人世间一个活着的人。

它们就像是真实世界里的电池，或者随便你把它们比成什么。

所有的这些线棒连接在一起，它们积蓄着能量，工作着，执行着许多艰巨或者荒诞的任务，有些是为了建造一个巨大的花园，有些是为了挖掘一片巨大的盐海，有些是为了在平原上雕刻一条蜿蜒的道路。巨大的蝴蝶在花朵上方扇动着翅膀，飞龙在盐海上飞翔，人面蛇在平原上盘旋，大蜘蛛在峡谷上织网。

所有我曾经在那个世界看到过并且努力记住的一切，无论多么不可能的景象都可能被实现、被建造经线纬线。

在我梦境的世界里，一切终于连接在了一起。

这里是我唯一的秘密，唯一一个没有告诉我亲爱的朋友的秘密。

我想，恐怕我永远也不会把这个秘密告诉她吧。

四

我们还是会讨论我的病。我的昏睡症越来越严重，她不再问我的梦境了，当我清醒的时候，她尽可能地陪我玩。我们共同的朋友很多都是昏睡症患者，有些已经过世，有些还健在，却已经渐渐疏远了。

留在我身边的，也只剩下她了。

我知道她也有自己的生活。她的事业很顺利，也有了男朋友，他是给她卖画的经纪人，他们慢慢地熟识起来，就像是我们曾经熟识起来那样。

一切在悄然发生着，就像是春天的草从泥土里冒出来。她养了一只狗，夜里的时候，男孩陪着她，他们带着狗，在城市里游荡，就像是古代的猎人，在丛林中机警地寻觅着有趣的猎物。

他们知道城市里的每一个 24+7 的便利店，他们知道每一个彻夜不眠的酒吧和书店，他们站在路灯下接吻，看着影子变幻，讲述着最荒诞不经的故事，比如搁浅在沙漠里的鲸鱼，诸如此类。

我看着她，看她抑制不住的快乐，就像是看着一个陌生人，我认识了她那么久，却好像从来都不认识她。

她有了自己的世界，更大，更宽广，更不需要我了。

我认识的那个她，曾经是个跟我一样的病人。

很多人来找她，专程来研究她。他们乘着火车、飞机、轮船，来到我们生长的城市，来到我们熟识的医生旁边，来到我们常年出入的这家医院。我听这样的病人不多，她这样的却更少。

他们询问她各种各样的问题。

觉得累吗？觉得烦躁吗？心情怎么样？有什么不一样的感受吗？

他们希望得到什么呢？希望看到她暴躁、烦闷、不安、焦虑、神经质，就像是那些普通的失眠症患者一样吗？还是希望她表现得像是有病一样？

但她的表现大概让他们失望了。除了无法入睡，她看起来大概跟大部分正常人一样。

不，她是那么的开朗、善良，就像是一个完美的人。她所有痛苦的时刻都掩盖在夜色下，她寂寞，她孤独，在生命里一大半的时间，她没有办法见到她的朋友、她的亲人。

我们的病症都是无法解释的谜题，而她的问题则是现代人的通病——寂寞和孤独。

后来有一次，罗大夫对她说："你已经很幸运了，你知道吗？这个科室里，有多少病人期望跟你一样呢？他们甚至无法正常地上班、开车、出门，有些人甚至长睡不起，就像是植物人——只比植物人稍微好一点，偶尔，他们会醒来。"

"你已经很幸运了。"他强调。

她居然没有生气，而我，却已经气得发抖。

"这又不是你的选择，不是吗？"我愤怒了，"如果可以选择的话，你宁愿拥有睡眠，宁愿可以做梦，我知道，我可以作证！他什么都不知道，什么都不懂，他根本不了解你，他不知道你跟我们一样，这不是幸运，这是一种诅咒！"

她很惊讶，也很感动。她拥抱着我，感谢我的仗义执言和感同身受的愤怒。

可只有我自己才知道，罗大夫说出了我说不出口的话。

是的，我一直羡慕着她。同样是得病，为什么她的病症就那么的不同。如果可以选择，我宁愿付出全部和她交换。

她真的太幸运了。

而我一直以来都和她走得太近了，以致忘记了这一点。

改变，总是一点点地发生。就像是我对那个奇异世界的认识，也是一点点完成的。

有时候我不知道那个世界是我塑造出来的，仅存在于我的想象中，还是一个真正存在的、只是被我发现的世界。

我不知道该期待什么，又该如何期望。

如果那只是我的梦境，我被困在那里，永远也无法摆脱；如果那是一个真实世界，那么我打通了所有的梦境，闲庭信步，可以去任何地方，做任何我想做的事。虽然美好，但也太可怕了，我不喜欢。

五

那天她带我出去吃饭，等车的时候，我们在对面车站的广告牌上看到一只巨大的丹顶鹤。也不知道是哪个城市的旅游广告，画面里巨大的仙鹤单脚矗立，她看了半晌，突然告诉我："你知道吧？丹顶鹤是怎么睡觉的？"

我知道。

我们都对睡眠问题很感兴趣。这跟我们的病症有关系。

鸟类天生就跟人类不一样，它们能够控制自己的睡眠。它们一般都有两个半脑，一个半脑休息，另一个半脑工作，所以它们可以说是一直在睡觉，却又一直保持着警觉的状态。

它们的两个半脑可以轮换着休息，所以它们天生如此，这设计多么灵巧啊。

"要是我们两个都能像它那样就好了。"她突然发出了做梦般的呓语。

随着她的视线，我再次注视着那鲜艳的画面。

那雪跟我梦到的盐海一样洁白，那丹顶鹤跟我梦到的红宝石一样殷艳，它用一只腿站立着，另一只腿蜷缩在羽毛底下。

它看起来是那么的安静——因为它在睡觉——可它同时也在警觉地观察着四周的情形。

"嗯。"如果我们都能像它一样那该多么好啊。

"对了，等下你就会见到他了。他很活泼，你可不要嫌烦呀。"她突然有些害羞。

她一直希望她生命里最重要的两个人能够见面，一个是她最好的朋友，一个是她最爱的人。她是这么跟我说的。

那么，就是今天了。没有什么能永远地推迟下去，要来的，终究还是要来。

那一刻就要到来了。

再等一等。

我坐在路边车站的长凳上，靠在她的肩膀上，陷入了昏睡之中。她坐在我的身旁，安静地陪伴着我，就像从前一样，一次又一次，但这样的时间，已经越来越少了。

我再次走进了深海中的操作间，那里沉静幽深。在那巨大的、看不到尽头的操作间里，无数的数字展现在我的眼前，而我在那里度过了漫长的时光，已经熟知这一切。

这里的每一个数字，背后都代表着一个活生生的人。

数字，机械，这一切都是我最擅长的，就像是我的本能，就像是我身体的一部分。

在无数次漫长的返回和漫游之中，我已经找到了我自己的线棒，也找到了我最好的朋友，还有其他朋友的线棒。我注视着那些扭曲的、缠绕致密的线缆，就好像注视着我过去的人生。

我曾经无数次走进这里，无数次尝试解开那秘密线棒上的线缆，但再次回来的时候，却发现线缆犹如有生命一般，又重新缠绕上去。无论尝试多少次，一切都会恢复原状。

我憎恨它们，深深地憎恨着它们。

那是我的线棒，它们无论如何都不肯放过我，无论如何，无论我做些什么。

这个世界是多么不公啊。无数次，我在梦境里凝视着那个线棒，我的内心蠢蠢欲动，就像是一只饥饿的贪狼。不记得是从哪一次踏入这里开始，我的心底就一直有一个念头。我一直想要甩开它，忘记它，掩埋它，但那个念头却总是浮上来，从我心底钻出来，展露在我的面前。对我呐喊、尖叫：试试吧！试试吧！我一次次起步走，又一次次返回这里。我想要试试，真的想要试试看。

有一个光洁的线棒，那上面没有缠着哪怕是一圈的线缆。

那是属于我最好的朋友的线棒，我曾经捡起来仔细地看过无数次。她被遗忘了，被这些聪明的、仿佛有生命一样的线缆遗忘了。

我伸手抓紧了那两根截然不同的线棒，紧紧地攥在手里，我凝视着它们。那个被缠绕得乱七八糟的线棒是我自己的，我曾经用各种方式把它解开了无数次，却最终还是越弄越糟。

然后我下定了决心。

我颤抖着，再一次解开了那根被腐蚀的线棒上的线缆。这一次我解开了全部的线缆，然后坐在那里，流着眼泪，一圈圈地，把它们紧密地缠绕在那个簇新的、光洁的线棒上，直到我将所有弯曲的、环状的细小线缆缠好，直到它服帖地卷住了那根原本光洁、空无一物的线棒。

那一瞬间，整个世界晃动着，颠倒了，消失了。

然后我醒了过来。

我睁开双眼，看到对面站台上那幅巨大的招贴画。

那是一只巨大的丹顶鹤，它安详地睡着，就像是我身边的朋友一样。

对了，你知道吗？

丹顶鹤睡着的时候，总是睁着一只眼的。

姐姐

一

大学刚毕业那年，我对未来还很迷茫，当时学校里有组织支教的活动，我就想，不如去参加一下好了，不仅可以趁着这个机会好好想想自己到底要做什么，还可以顺便给自己的履历上添一笔。

说逃避也好，说想去看看那些我不曾见过的、完全陌生的地方也可以。作为一个从小生活在城市里的人，虽然听说过那些贫穷山村里的事，却很难想象，所以的确想去看一看，想做点什么。原因就这么简单，不是所谓的理想主义，也算不上什么奉献精神，但也不是纯粹为了利益，因为我根本没想过保研的事。其实在当时的我看来，支教就像是一次比较另类的间隔年，仅此而已。

我要去的那个村子不算所有村子里条件最艰苦的，也不是最穷的，离我所在的城市也不是特别远。我去之前，就已经对当地的情况有了一些大概的了解，也看到了一些学校和当地的照片，但照片、文字和身临其境完全是两回事，这也是我后来才真正明白的。那时候的我对村子里的实际情况一无所知，也不知道自己将要面对些什么。

火车到站时，我在车窗里看到了那个小小的站牌，站台也小得可怜，那种体验对我来说就已经够新鲜了。等我拎着行李出了站，再转乘长途汽车，到了县城还要再坐公交车，那天我光在路上坐车就花了整整一天。走完了颠簸的山路，还得坐支教学校老校工的小三轮才能到村里，直到那一刻，我才模模糊糊地对我接下来一年的生活有了初步的概念。

老校工叫薛永刚，他是我们学校唯一的校工，不但负责接支教的志愿者，还是学校的厨师和门卫（如果那也算得上是个门的话），还负责打扫卫生和修理工作，至于其他的零碎工作就太多了，比如敲钟（上课、下课还有吃饭都要按时敲钟）、接送学生等。

我去的学校实际情况就是这样，几乎没什么人手，几乎什么都缺。

我去之前就已经有不同的人以不同的方式提醒过我，说那种地方条件艰苦，怕我吃不消，但我觉着可以试试。人总要什么都经历一点，再说了，我觉得自己没有那么不食人间烟火。

但等我真的到了那里，才发现我太乐观了。那时村子里还没通电，也没通自来水，虽说政府有计划，但工程还在修，当地吃水还要去山里挑水，我去的就是这么一个地方。村里只有一个小卖部，很多城里习以为常的东西这里都没有，非要买的话就得开着小三轮去到薛永刚接我的那个镇子上或者更远的县里。就算是村子里那个简陋的小卖部，也是假货泛滥，从小食品到生活用品，很多都是不知道从哪儿来的仿冒品。

薛永刚告诉我这个村子的情况已经算好的了，周围的那些更是一个比一个糟，一个比一个穷，所以最后并校并到了这个村子里。一到村里，他就带我去看了整个学校（其实就是坐在三轮车上进去转了一圈）。可说实话，那能叫学校吗？说是教室的地方，其实就是一排简易房。操场也不是操场，只不过是块不怎么平整的水泥地。我真的很难想象比这里还差会是什么样的一种情形。

看过学校以后，他就直接带我回了家，还帮我把行李都搬了进去。因为他们家就在学校旁边，里面专门有一间屋是腾出来给支教的志愿者住的，收拾得倒是挺干净（除了土坯墙和一张破床就什么都没了，甚至连张桌子都没有）。

住在薛永刚家里其实挺方便的，食宿也都是他管（因为他和家里人一并负责住校学生的食宿），村子里这么安排我没什么意见。头一晚就这么马马虎虎地过去了，生活上的困难我其实也不想抱怨，再说了抱怨也没用。而且再怎么不方便、不习惯，日子久了，慢慢地也就习惯了。

习惯这件事有时候挺可怕，有时候又挺好，至少不会让你纠结于那些你以为自己接受不了的事情。

到了的第二天我就开始上课带班了，虽然之前培训过，但实际到了村子里发现困难和问题都很多。

自从农村的学校实行集中制以后，到处都在搞并校撤校，我来的这所学校就是附近几个村子并校的结果。有些学生家实在太远的，索性就住校了；还有些家不远不近的，年纪又实在小，就要学校去接送。至于本村里的学生，自然是自己来上学的。这些情况路上薛永刚都跟我说过（他还跟我抱怨说并校以后，学生多了，着实忙不过来，结果我一问，发现那些个孩子哪儿能算得上多啊？这要是在城里都凑不够一个班）。因为聊天的时候他说到有些学生要天天接送，我就自告奋勇地提出要跟他走一趟。

我当时是这么想的：上课之前顺便跟着他走一圈，不但可以初步了解一下周边村子的情况，还能顺便看看学生们的家庭环境，路上还能跟学生们先预热一下，这不是一举三得的事情吗？

结果薛永刚听了直摇头，不愿意让我去。他说，起太早，你莫去，何必吃那个苦呦！

我心想，我来都来了，顺便接接学生算什么。所以我说我非去不可，还豪气冲天地夸下了海口，说："这次先认认学生的门，以后还要家访呢！"

他实在拦不住，也就由着我了。结果第二天清晨天还黑漆漆的我们就出了门，还是坐在他那辆小三轮上。那时候我还傻乎乎地问他一共要拉几趟，后来才发现一趟就够了——并校后村子里也没多少学生。

不过那几个学生住得比较分散，各个村子都有，零零星星的，乡下的路比起镇上那可差远了，所以我们起得比鸡还早，才好不容易赶在上课前回到学校。那天上午我是趴在讲台上讲课的，因为我屁股被颠成了八瓣，无论坐着还是站着都疼。

也就是在那天早上，我才第一次听说了荻阳村。薛永刚开着他的小三轮，我带着花名册，弯弯绕绕地去接人，看个花名册还要借手机屏幕的那点光。出发前薛永刚就说不用带花名册，他说他都记得的，我非要带，所以不看也得看，至少得打开装装样子。

三轮车坐满以后，我随口问道，薛师傅，咱们所有的村子都去过了吗？

薛永刚扯着嗓门跟我喊道："老师！"其实我哪里算是个老师，我只不过是个才刚毕业的大学生罢了，但他总是很尊敬地叫我老师，哪怕他年纪比我大很多。他认真地跟我解释道："娃娃已经都接上了。荻阳村没有念书的娃娃，我们不用去。"

那是唯一一个我们没去的村子，别的村子最少也有一个学生。"一个都没有？"我觉得难以置信。

车上的小孩子嘴巴快，抢在薛永刚前面说道："荻阳村没娃娃喽，女人和娃娃都得病死光了！"

薛永刚立刻喝止道："不许胡说！你们这些小娃娃，不学好，净学人传闲话！"

那时候天已经微微亮了，小孩子们凑在一起就很活泼，你一言我一语，叽叽喳喳，话说得又快又多。大概是因为我一脸迷惑，他们偷偷地笑着，朝我挤眉弄眼，小声说："那里的女人和娃娃全都死光了，就剩下一村子富汉打光棍了。"

我听见了，却没听懂。什么叫死光了？我想，怎么可能？一个村的女人和娃娃都死光了，难道是什么传染病吗？他们说的要是真的，那岂不是很可怕，那可是大事啊，当地难道不知道？其他人难道不知道？所以那时候我根本不信他们的话，以为是小孩子胡说八道。回到学校以后，趁着课间休息，我又仔细地翻了一遍学校的学生名单，那上面记录着各个村的适龄儿童情况。我一直翻到最后一页，都没有看到荻阳村的名字。

我问薛永刚，他说荻阳村没学生了，所以那一页就扔掉了。我不信，把大些的学生叫过来打听，他们七嘴八舌，众说纷纭。我听了半天脑壳都疼了，但至少听明白了两件事。

一件事是说荻阳村有金子，所以村里人都发达了，不用上学了。另一件事是，荻阳村的金子是从天上掉下来的，好像是很大一块含金的陨石。而且就是从那以后，村子里好些女人和小孩都生病了，所以山上淌下来的水都没人敢喝了，大家宁肯去远些挑水回来。

为什么？我十分地不解。

"因为荻阳村就在山上呀！"小孩子理所当然地这样回答道。

我不是这个意思。我当然知道荻阳村在山上，"我是问他们为什么有了金子就不上学了？不管怎么样都应该要上学念书，这是国家规定。要是真的有人生了病，那就应该喊卫生所和防疫站去看看呀？如果是传染病怎么办？你们不害怕吗？"

他们面面相觑，说："可是只有女人和小孩生病嘛，算什么传染病？"

怎么可能？怎么会有这样的病？可他们振振有词，一副"真的，就是的！你什么都不知道"的样子。我只好打断他们："所以荻阳村的确有小孩没来上学，是不是？”

他们说："他们村本来上学的就只有一个，现在有了金子了，还上什么学呀？"

听他们这么一说，我心里就大概有了数。

中午吃过了饭，我去找薛永刚，我说，荻阳村不是有个上学的孩子吗？为什么不来了？

永刚正在刷学生的碗，头也不抬地说道："他不来了。"

"为什么不来了呢？"我承认我有些执拗。

永刚抬头看我，他说："学生娃娃说不来就不来了，哪里有什么为什么呦。"

我说："我想去劝劝他，学还是要上的。"我当时是这么想的：也许他们村子里是有些特殊情况，也许家长有点想法，但孩子上学不应该耽误，我既然知道了，就该去看看。至于劝说以后是什么结果，他还是不来，那就是另外一回事了。

他一听我说要去，眼角就开始抽搐，像是要犯病。他用力地摆着手说，莫要去，莫要去，小心被打噢！

我听得莫名其妙："我去看学生，为什么要打我？"

永刚的表情一言难尽，只是摇头，说："那个村子，防外人就跟防贼一样，你去做什么？"

我没明白："老师家访也不让吗？"

"他们根本就不让外人进村。"他说。因为之前掉下来的陨石有金子，为了防外人，村口还有人望风呢。

我听了很意外："他们有权利这么做吗？陨石不应该是属于国家的吗？"

永刚瞅了我一眼，说："不知道。他们村子的人就像狗护食一样地护着嘞。反正我不眼热，也不过问。不过之前有其他村的年轻娃娃不懂事，过去就被打了，气人得很。"

我看他说着就激动起来，也不好再问下去了。但我想，金子不金子的跟我又没什么关系。我只关心我们的学生为什么不来上学，去家访而已，应该没什么吧？

二

到了周末，我就跟永刚说想去趟荻阳村。那时候我觉得，学生就该上学，不上学那肯定不行。老师该家访的时候要家访，不家访那肯定也不行。

永刚很不情愿，但发现劝不住，最后还是带我去了。他这次没骑三轮车，我们一人开着一辆破摩托车去了。然后半路上他停下来给我指路，说他不能跟我一起去。

他解释说："他们都认得我，我跟你一起去，你就连话都说不上了。"他给我指了路，让我自己过去。

我要走的时候他又嘱咐我说："他们要是不让你进就算了，你就赶紧走。可别犯傻，他们真打人呢。"他看起来心有余悸，"你骑着摩托车，只要开得快，他们不会追出来的。"

我听着心里就犯嘀咕，心想这都什么年代了，劝人上学又不是什么坏事，还至于追出来打吗？结果在荻阳村村口我果然被两个望风的年轻人拦了下来。他们守着进村的那条路，神情很是古怪，看起来像是很久没睡觉。他们一眼就看出来我不是附近村子的人，一脸警惕地盘问我。我老实地说是支教的大学生，听说荻阳村有个学生，所以来看一下学生的情况，想知道他为什么不来上学。我还把学校开的支教证明给他们看，好证明自己不是外地来的骗子。

他们对此毫无兴趣，直接打发我说："没有没有。走吧走吧。"

他们敷衍的态度刺伤了我，我坚持道："我得去看看，我知道你们村本来是有个学生的。"我把他的名字和地址给他们看，还搬出了教育法来吓唬他们，我说没确认之前我是不会走的。

他们皱着眉头，不高兴地看着我，其中一个说："真的不在了，跟他姐去城里打工了。"

我坚持道："那我也得去看看，我要确认清楚，来都来了。"

另一个嘟囔说："这城里人，还爱较个真。"

他们交换了一下眼神，然后说："那我们陪你转转吧，真没学生了。转完了，你就去别的村吧。"

他们留了一个在村口守着，另一个带我进了村。他紧紧地跟着我，一路上就好像防贼一样地盯着我。

其实我对这些倒不是很在意，但是进了村以后，我发现这里的确非常怪异。村子里乍一看又穷又破，好像跟其他村子没什么两样，不过村子里总有股奇怪的味道，发酸，还有些臭。荻阳村坐落在山上，越往里走，越显得破败，最里面的好些房屋已经倒塌，也没有修葺的迹象。

村子很小，就那么一条道，站在村子这头就能望得到村子那头。我走过那条路，就走过了整个村子。那种行走和观望的感觉很难形容，就好像所有经历的一切都不是我看到的、听到的，而是闻到的、感觉到的。

年轻人紧跟在我身后，村子里每一户的男人都站在家门口，无论远近，都紧紧地盯着我，看着我经过。很久之后的某一天，当我把车停在一条断头路上，走出车子的时候，遇到了一群野狗，那一瞬间，我突然就明白了当年的那种感觉。

当我经过的时候，那群野狗里的每一只都紧盯着我，步子很小地跟着我，虽然它们还没干什么，可我感觉得到，它们已经准备好了，随时都会扑上来将我撕碎，连骨头渣子都不剩。就是那种感觉，只是那时候我还不懂。

　　我经过了每一家每一户，那些蹲在门口抽烟的，又或者拿着锄头立在门前看我的，全是青壮年男人，我没看到一个女人和小孩，也没见有老人。全都只有男人的面孔，年轻些的，还有年纪再大一点的，但是女人、小孩子、老人，一个都没有，一个都看不见。

　　太怪异了。我想起学生们说过的话：女人和孩子都没有了。

　　没有了，去哪里了，病了还是真的死了？我很想问问他们，可我的身体先我的头脑一步感觉到了什么：那句话不能问，尤其不能在这里问。它制止了我的冲动，就好像我的身体察觉到了某种危险。

　　不能拔腿逃跑，更不能露出丝毫的胆怯，就是那种和野狗对峙的感觉。我小心翼翼地沿着那条路往前走着，所有的人都紧盯着我不放，就像是野狗那样。我的后背一阵阵地出着冷汗，这时候我终于相信了永刚的警告，虽然村里人还没把我怎么样。

　　这里跟其他村子不一样，它像是一只张大嘴的野兽，它看着我，随时都在准备进攻，就好像我是一个不受欢迎的入侵者。

　　快走到村那头的时候，我的腿已经软了，我甚至觉得周遭的地面和路都在塌陷，就像是路边那些倒伏的土墙和破烂的门窗一样。

　　当我坚持走到村子破败的另一头时，路边的泥地上蹲着一个年轻人，看起来年纪不大。走近以后，他仰着脸看我，虎头虎脑的，我才发现原来他还是个孩子，只不过长得高些罢了。

　　"你多大了？"我半蹲了下来，试探地问道。其实我是腿软得太厉害，想找个借口缓缓而已。

　　他看着我，又仿佛没有看到我，他问跟在我身旁的那个人，说："这人是干啥的？"

"老师，"我身后的人走上前来回答道，"他是来支教的大学生，来找学生的。"

他的目光终于落在了我的身上，笑了起来，露出牙齿，说："老师，原来你是来找我的呀？"

旁边的男人一看不好，连忙解释道："你还念什么书啊？"

我懵了一下，但很快就明白过来，原来他就是那个学生。

他看着我，说："我家里人生病了，没人照顾，所以走不开。"

我心里涌起一种怪异的感觉，我问他："那你在家能学习吗？"

他只是看着我，没有回答。这时候我身旁的男人开始不耐烦地催促道："好了吧？走吧！"

他好像没听到一样，问我说："你是大学生，为啥到我们乡下来？"他站了起来，看着我的脸，很认真地说道："乡下有啥意思，我就想去城里。"然后他围着我转了两圈，好像在看我跟别人有什么不一样，又像是一只狗在寻找什么特别的味道。

我不知道怎么回答他，只好说："你们不欢迎我们来支教吗？"

他望着我，看起来很天真，没说欢不欢迎，只说："我姐去过城里，她说城里很好，她这辈子都不想回来了。"

我只好说："城里有城里的好，乡下有乡下的好。"

他笑出了声，但我说不出那种笑到底是什么意思。

我在那个男人不耐烦的催促下，以及身后所有人的高强度凝视下离开了荻阳村。在村口，我骑在摩托车上，好几次都没打着火，我的手一直在发抖，那两个男人在我的身后看着我，眼神很怪异。我那时有种感觉，如果我再不走，他们就真的会动手。我骑着摩托车离开时，回头看了一眼，他们守着那个路口，就像是守着一道深邃的、已经腐烂了的伤口。

夜里，我在床上辗转反侧，忍不住又想起荻阳村。那个村子里的确没有女人，也没有孩子，甚至连老人都没有，仅有的一个看起来像是成年人的孩子，却对上学一点兴趣都没有。

我从来没见过那么一个地方，有那么一种气味，还有那么一种声音，让人恐惧，让人作呕，让人忍不住想到死亡。

第二天早上醒来以后，我还在想着那个村子的事。

我翻着我从学校带来的书，可是半天连一页都没看完。离开那里之后，那种被环绕、被凝视的感觉就淡下去了，那种味道好像也消失了，我觉得那些可能只是我的心理作用。

我又想起那个男孩。他说他的姐姐在城里打工，也许那个村子的女人都在城里打工，所以我在村里没看见女人，也没看到孩子。至于老人们，也许他们只是在屋子里休息，不愿意走出来罢了。

不过吃饭的时候我又忍不住向永刚打听那个村子的事，"他们村的女人是不是都出去打工了？"

他说："也有回来的，不过听说都生病了，还有的死掉了呢。"

孩子们这么说我还不太相信，可连永刚都这么说，我就觉得事情应该挺严重的。"是传染病吗？还是中毒了？没送去卫生所看看吗？"

他摇头说："不知道。"然后又莫名其妙地生了气，说："谁关心啊，好像我们惦记他们那点金子似的呢。"

"真有金子吗？"我曾经在那个村子里短暂停留，很难想象在那个破败的村子里竟然会藏着金子。

"就是陨石。就是前一阵子从天上掉下来的陨石，正好落在他们山里，还着了大火，烧掉了半座山。听说那块陨石里有金子，不过我觉得那不是什么好东西，好像从那个时候起，他们村的人就开始生病了。"

"可那村子看起来挺……"接下来的话，我实在有点说不出口。他却把话接了下去，说："看起来又穷又破是吧？当然了！那可是出名的懒汉村。你知道吗？外面的姑娘都不愿意嫁过来，嫁过去的，基本都跑了，没跑的，也都死了。"

我很少看到他那么生气，可再问，他又不肯说了。

他只是一再强调道："我们也不眼热他们，你也别问了，那个村子啊，你就当他们村子没有念书的娃娃，不成吗？"

我没再去过获阳村，可我去县里买东西的时候给县卫生局打过电话。打通以后那边的工作人员回答说，他没听说当地有什么急性传染病，他还反问我是谁，是卫生所的还是卫生局的，为什么关心这个？我说我是来村里支教的大学生，电话那边就笑了，轻飘飘地说，那就是当地家长不愿意让小孩子上学的借口，你们应该去看看呀，这跟我们卫生局有什么关系？你们支教应该深入生活，不能光动嘴皮子啊。

我忍住了心头的怒火，说我已经去过了，村子里就没见着一个女人和小孩，我说我觉得情况不太对，可说完我就后悔了，我听到电话那边笑了，还听到他说，又不是首富回乡，为啥要全村人出来迎你？我解释说村里还有一股怪味，我还说了小孩子们跟我说过的那些传言，连永刚都那么说了，那个村子肯定有点什么问题。电话那边就说，农村当然没有你们城里干净了，你还要再适应适应。他又说，现在农村很多人都去城里了，村子里没人是正常的。然后他对我进行了长篇大论的思想教育，最后他对这番谈话进行了阶段性的总结，说他们没听说当地有什么疫病，如果有的话他们会处理的。

我生气地挂了电话。好心想办点事，结果啥也没办成，反倒窝了一肚子的火，我想，混蛋，推来推去，就是不说去看看，都是多一事不如少一事的。

我也不想管了，跟我有什么关系？

即便如此，在荻阳村里看到的情景还是一直萦绕在我的脑海里，怎么也忘不掉，抹不去。

三

我没再去过荻阳村，但我没办法忘掉那天所看见的景象。我有时候想，也许在我看不见的地方，在那个味道散发出来的地方，在那一天的阳光下，或许是生病的小孩子，或许是生病的女人，他们正藏在门后，躲在阴影里看着我。

或许曾经有人的确需要帮助，而我一无所知。

这个念头让我不安，所以我总是制止自己再往下想。

那阵子正好有支教组织的人下来检查工作。一起吃饭的时候我没忍住，还是跟他们提了荻阳村，说至少有一个学生没来上学，也不知道村子里还有没有其他适龄儿童。我这次终于学精了，说当地很不配合，我亲自去查了、问了也没用，完全不告知，只说家里人病了需要照顾。他们答应说回去核查一下，还答应说如果是家庭有困难也会协调帮助解决，但我还是觉得他们像是在应付我，并不是真心要把这件事办好。我在当地支教已经有一段日子了，周围的村子也都至少跑过一遍了，对情况也比刚来的时候更了解。这一带自然条件不好，贫困县和贫困村很多。年轻的夫妻去城里打工的太多了，有些家里只有老人和小孩，还有很多夫妻则是把孩子都带到城里去，只留下老人独自过活——这就是为什么我越来越觉得荻阳村不正常。不过有些村子的确只有一两个适龄的孩子来上学，荻阳村的那个男孩，也许就是这种情况，可能他的确只想进城打工，不想再念什么书了吧。

如果只是这样，其实也不算什么大不了的事。其他的，也许是我眼花看错了。

虽然这么安慰自己，但我后来又去过一次荻阳村。

我一直跟自己说是我想得太多了，其实什么事都没有，我不应该如此在意。可我也不知道自己是怎么了，骑着摩托车出去办事的时候，再一次地靠近了那个村。当我快骑到他们村口时，守在村口的人好像不是上次那两个年轻人了，可是那种野狗般的眼神还是那么的熟悉，让我害怕，我甚至不敢停留，我的心脏怦怦地跳动着，车轮直接拐了弯，飞快地骑了回去。

我明白，荻阳村的事在我心里算是扎了根，抹不掉，过不去了，它成了个结。

我想着它的颜色、气味、声音，哪怕是再也没踏进过那个村子，我也忘不了那发臭发酸的味道，那种腐败灰暗的颜色，那种被窥探、被紧盯不放的感觉。我有时候觉得是我当初看错了，记错了，有时候又觉得自己绝对没有记错，也没有弄混。但我自己也拿不准，我觉得肯定有什么东西不太对，只是我太过胆怯，不敢就那样闯进去，光明正大地寻找证据。

我记得我从荻阳村溜回来的那天，回到学校旁那个空空荡荡的屋子里，看着我放在床头的那些书，我翻看着，却一个字也没有读进去。我想，我一直以为自己还能做点什么，但其实我和留在城里的那些同学是一样的。

我什么也不能改变，也无法改变。

我无力而又懦弱，只知道逃避，远不如他们圆滑和变通。

那天晚上我很久才睡着。半夜的时候我从睡梦中醒来，觉得周围似乎有什么，就好像有人在黑暗中看着我，那种被凝视、被观察的感觉熟悉得令人打战，就好像那天我走过那个村子时一样。

黑暗之中，我甚至闻到了那个村子的味道，那种淡淡的酸臭味。我突然感到恐惧，甚至还光着脚跑下床去摸门锁有没有真的锁住。虽然每次摸感觉都像是锁上了，可那股味道却总是消散不去。

窗外是明晃晃的月光。因为那块遮窗户的花布帘子不够宽，不够大，总是顾此失彼，所以有时候我就懒得拉好。月光透过那道宽宽的缝漫进了屋里来，然后我看到窗外似乎有个人影一掠而过。

谁？我喊道。

没有人回答。

我疑心重重地打开门往外看，院子里空无一人。可不知道为什么，月光下的那个院落里，却仿佛染上了那个村子的颜色、气味和声音。

我颤抖地退了回去。虽然没有证据，可我知道有东西曾经站在那里，透过那道宽宽的缝朝屋子里望着，凝视着我。我感觉到了，曾有什么来过这里，却又飞快地逃离了。

那时我还不明白是怎么回事，就好像我不明白荻阳村到底发生了什么一样。

但很快，在之后的某个夜晚，他再次来到了我的面前。

当我从睡梦中惊醒时，他就在黑暗中安静地看着我。当我发现屋里有人的时候，他紧紧地捂住了我的嘴巴，按住了我的胸口，在我的耳边用力地嘘着，就像是在哄一个哭闹的小孩一样，一直嘘到我安静下来。

他的眼睛在夜里闪闪发亮，就像是某些动物在夜里的眼睛那样，他从喉咙里发出一种低低的声音，他说："老师，你好。"

他就那么看着我，就好像一只野狗在研究它的骨头上面到底有没有肉。而我惊恐地看着他，甚至分不清是噩梦还是黑夜中的现实。当他的手掌捂住我的嘴巴时，那个村子腐烂的味道、声音，还有伤口般的颜色全都一起涌了过来，就像是有什么东西攥住了我的喉咙、我的肺、我的心脏。我害怕他，甚至比那天走在荻阳村里的时候还要害怕，可我不敢承认。

他一直很耐心，一直等到我安静下来，这才松开了手，他坐在我的床边，看着我，就好像忘记了之前已经说过的话，又说了一遍："老师，你好。"

我说不出话来，就像是做梦被魇住了一样，丝毫动弹不得。

他直勾勾地看着我，说："老师，你不记得我了？"我想起那天在村子里，他也是这样毫不闪避地看着我，那时他蹲着，仰望着我。

"记得，"我的声音听起来简直像是另外一个人，我打了个哆嗦，问他，"你是怎么进来的？"

他露齿一笑，说："从门那进来的呀。"

我头皮发麻，喉咙发紧，手心出汗，心底有种莫名的恐惧和焦灼。我强装镇定，问他："大半夜的，你这是干吗？"

他解释说："白天我不能来，他们会发现的。"

他们是谁？发现什么？我不明白。我刚醒来，大脑还是混沌的，而他就坐在我的床边，静静地看着我，无论是仰视还是俯视，他的神情都像是一只动物，而且是生活在夜里的某种猎食性动物。

我问他："你来干吗？"

"你为啥要来农村？城里不好玩吗？"他并不回答，反而不住地问我道，"你为什么不待在城里呢？"

"我想看看农村什么样。"我的声音听起来很紧张，我觉得他也听出来了，可我控制不了，我是真的害怕，因为我不知道他到底想干什么，也不知道他到底想听什么样的答案。

"就这样啊，你看到了，然后呢？"

"什么然后？"我装起了糊涂。

"为什么不回城里去？"

"说好了要在这里待一年。"我只好这么说。当着他的面，我实在撒不出谎来，无论说别的什么都感觉太虚伪了。

"……真羡慕你，我还没去过城里呢。"他说，"你给我讲讲城里的事吧。"

"你想知道什么？"

"什么都想知道，只要是城里的事。"

……

那一晚月亮很大，明晃晃的月光透过那块花布射进来，照在他年轻的脸庞上，就像是照着一块冰冷的石碑。

我就是在这样的夜晚，在这种诡异的气氛里，带着一种难以形容的恐惧感，开始讲述那些原本很熟悉，如今却在讲述中变得遥远而陌生的城市的事。

我记得当我讲述时，我会时不时地看向窗户上挂着的那块花布。那块布其实很透，根本不挡光，做个帘子也就是意思意思，所以就算是拉得严严实实的也没用。

我总觉得会有其他获阳村的人从我的窗前掠过，他们也会围拢过来，会带来更浓重的味道，会凝视着我，但他们不会问我为什么要来，也不会问我城里的事。他们身上有一种腐烂的味道，腐烂的伤口底下藏着一个味道难闻的秘密。

四

从那天以后，他差不多每天晚上都会过来。而我开始慢慢地了解他，黑夜里的他。

他会像夜间动物一样钻进来，有时候他喜欢聊聊城里的事情，有时候他想听我说说支教的事情，有时候他什么也不说，似乎满腹心事的样子。

有时候我把我的书借给他看，他会拿走，看过以后，过几天再还给我，然后跟我聊聊天。但他只说他感兴趣的事情。

我问他为什么不来上学，他避而不谈。

我问他为什么要夜里过来，为什么不能白天来？他也不回答。

我问他是不是不喜欢乡下，这个问题他倒是回答得很直接，说，是啊，不喜欢。于是我就问他为什么不去城里投奔他姐姐，一起打工赚钱，为什么要留在这个村子里不走？

他看着我，就好像才注意到我问了什么，然后他说："她在村里，不在城里。"

什么意思，我困惑地看着他："不是说你姐姐在城里打工吗？"

"之前的确在城里打工，不过后来被我妈叫回来了。"

"为什么要叫回来啊？"我不明所以地问道。在城里打工赚钱不好吗？

他露出一个笑容。

"这话说起来就长了，"然后他停顿了好半天，才又说道，"不如我给你讲讲我的故事吧？我和我姐姐的故事。"

我只能说好。

因为我问了那个问题，于是从那一晚起，不再是我向他讲述我长大的城市，而是反了过来，他开始给我讲他的故事，他姐姐的故事，荻阳村的故事，那个陨石的故事，还有金子的故事。

说实话，在这之前我的确没想到这一切之间的关联，我也的确不知道荻阳村究竟发生了什么，但他统统都讲给了我听。

听完他的讲述之后，我才明白那些发生在荻阳村，发生在他姐姐和他身上的事。

于是所有的疑问都有了解释。

我姐姐叫招娣。只听她名字，你大概以为我们家特别的重男轻女吧？其实也还好，爹妈也很疼她的，就是旧脑筋，想不开，总想着要个儿子，所以就有了我。在我们乡下，女孩子嘛，干不了重活，而且终究要嫁人的。

姐姐比我大五岁，家里忙，老人也死得早，不过话说起来，我们家里的人好像都不长命。我小时候其实是被姐姐带大的，我们村子在山里头，你也去过了，也看见那里什么样子，所以比别的村子还要穷。小时候她拿块布，把我像个粽子一样绑在身后，然后就去山里打草。她总说我小时候好玩，长大了就没意思了。你倒是评评理呢？我如今都长大了，是个男子汉了，难道还跟小时候一样，像只小狗似的围着她转吗？

我们这里干什么都不挣钱，所以我爸也跟其他村子的人一样，很早就去城里打工了。他跟着包工队走，有活干就寄钱回来，没活干的时候就回家种地。城里挣钱比乡下容易多了，乡下种田多苦啊，所以要一直那样也挺好的。

可有一年，他从工地的脚手架上掉下来摔断了腿，被人送回来。从那以后他就成了残废，再也挣不了钱，只能靠家里养着了。忘了从什么时候起，他就开始喝酒，开始打人，打我妈、打我姐、打我。

你爸也打过你吧？

这世上的爹妈全都一样。不过没人像他打得那么狠，我妈的一只眼睛看不到了，就是被他打的。他最喜欢喝了酒打人，下手没个轻重。他打我的时候，我妈和我姐就像是老母鸡护小鸡一样地护着我。可就算那样，我们三个身上也总是带着伤。你知道吗？我小时候可恨他了，恨不能快点长大，恨不能拿刀把他捅死，或者索性把他打死。

不过那时候我记得最清楚的反而不是他喝醉了酒打我们，而是别的。比如我姐姐总是带着伤去上学，你知道吗？所有的人都知道他打老婆孩子。我觉得要不是他，我姐早就嫁出去了。

你是不知道我姐姐有多好看。她长得特别白，皮肤也好，还很会收拾，是我们村子最好看的。等她年纪大点的时候，村子里有些不三不四的人老喜欢缠着她，我就把他们都揍了。我后来把我爸也揍了一顿，他虽然摔断了腿，可打人还是有劲儿，揍他不那么容易。

但那些都是后来的事了。那时候我还小，还打不过他，只能眼睁睁地看着他打人，被他打。后来姐姐实在吃不消，就偷了身份证，跟村里的人一起逃走，去城里打工了。因为这个，我其实是有点恨她。我这么说，你懂我的意思吗？

从小她就一直在我身边，照顾我，保护我，可突然有那么一天，她就不见了，把我一个人孤零零地留在这里。

她是我姐姐，我当然希望她过更好的日子，可我还是有点恨她。

对了，说到哪儿了？

哦，我要跟你说说我姐姐。

其实她去了城里以后，常常写信给我，还总是寄钱回来。可我还是有些恨她，我也从来不给她回信。她有时候打电话回来，就在村子的小卖部，他们喊我去听，我去接起来，也从来不说话，听她说完，然后就挂掉。

我恨她就这样离开我，不带我一起走。

可她写回来的信我都要偷偷地看很多很多遍。我想，总有一天，我也要去城里打工，那时候我肯定就不生她的气了。我要去找她，离开这个鬼地方，我们两个在大城市里相依为命，然后再也不回来。到了那时候，我要挣很多钱，给她买很多好吃的，买好看的衣服穿，没人敢再欺负她。

我还没等到那一天，她突然就被叫回来了。我妈骗她说我生了急病，要去县城里动手术，没人照顾，让她赶快回家。从小她就最疼我，所以她听到这个消息就回来了。你猜到了吧？其实她是被叫回来相亲的，我妈说，她岁数到了，不能老在外面打工，还是回来早点嫁人吧，这样的话还能多要点彩礼钱，将来给我结婚用。

其实我根本不想结婚，不过能见着姐姐，我还是挺高兴的。

但是姐姐看我没生病就想回城里去。她不想相亲，也不想结婚，她觉得在城里打工挣钱挺好，至少比在家里自在。我妈不肯放她走，就把她关在了最小的那个屋子里，还在门上挂了好几把锁。我姐姐哭得很凶，她说她不想嫁人，她说她能给家里挣钱，挣很多很多的钱，给我娶媳妇用。可我妈这次是硬了心肠，非要把她嫁人不可，所以无论如何都不肯放她出来。我妈怕她跑了就再也找不回来了，要趁我姐这次回家，一口气把我姐给嫁出去。因为其他村子有这样的，跑了就跟家里断绝了关系，再也不回来了。

那时候我爸已经死了，家里只有我们三个，再没别人了。他的死是意外。有一次他跟我生气，举起拐杖想要打我，结果被我推了一下，一跤跌过去，一口气没喘上来，就死掉了。为了这个事，村里的人就说我是个丧门星，我妈不乐意听这个，她怕这名声传出去会害我娶不着媳妇。但她拦得住我出门，却拦不住别人说闲话。后来她就总是一个人生闷气，说这都怪我姐姐，要是她不出门打工，我爸也不能盯着我一个人打。我爸要是不盯着我打，我也不会推他那一下。

每次她这么说的时候，我都忍不住看着她冷笑，好像他没打她一样？

对了，我也恨她，恨我妈。自从我爸死了以后，她好像就把他打人的事忘了，全都忘了，你信吗？她总惦记着他，说要是他活着会怎样怎样。人老了，脑子糊涂就算了，怎么会变得这么健忘？

哦，我讲到哪儿了？对了，我要跟你讲我们村到底出了什么事。

我妈把我姐骗回来以后，就这么关在家里等人来相看。她一直没定下来给谁家，不过因为想要个好价钱。你上次去了，也见过我们村什么情况吧？我们村就那么一条路，弯弯绕绕的，房后就是山，门前就是路。她把我姐姐关在靠山的那间屋里，我姐姐哭得嗓子都哑了，但她就是不肯放人。她知道我们姐弟亲，还害怕我会偷偷放人，就把钥匙挂在脖子上，防贼一样地防着我。其实我不喜欢她这样关着姐姐，可我也不想姐姐回城里。我姐以为是我和我妈一起串通好了骗她回来的，其实那些事都是我妈背着我干的，我根本什么都不知道。我去看她，她就骂我，说我坏了心肠，说小时候白对我那么好了。

那时候我想，爸已经死了，她不用再去城里打工了，我可以挣钱养活她。我还不想结婚，姐也不想结婚，所以妈根本没必要这么着急。我有时候坐在门口跟她聊天，她那时候已经不愿意跟我妈说话了，可她还肯跟我说话。她总觉得我还是小时候那个傻乎乎的小弟弟。她给我讲城里的事，说她要挣钱，将来要住在城里，然后把我也接过去。她不知道人是会长大的，我羡慕她，嫉妒她，又忍不住恨她。她讲的那些事情，那些东西，我都只是听说过，从来没有亲眼见过。

对了，我还没跟你讲金子的事儿吧。你听说过吧，他们怎么跟你说的？陨石里有金子？是吧，哈哈，我猜也是。

你想不到的，我来告诉你。

没人能想到。

那块石头从天上落下来，带着火，带着光，落到我们后山，把半座山都烧光了。还剩下半座山没烧完，因为天上下起了雨。那块石头么，说大倒也不大，可它从天上砸下来，很多靠山的房子都被砸塌了。我姐姐被关在靠山的那间屋子里，逃也逃不出来，就那么被倒下来的墙压住了。

上次你去我们村里看到的那些倒塌的房子，其实都是那块陨石害的，谁能想得出呢？那块石头像座山一样地压下来，换了谁都活不了。

你是不是奇怪，是不是想问，那金子在哪儿？

哈哈，谁不想知道金子在哪儿呢？别摇头了，我知道你想知道，你们都想知道，不是吗？不然你为什么要来我们村呢？

你们都想不到。谁都想不到。

那个天上落下来的东西，那个大石头，在雨里突然就裂开了，可能是热的东西用凉水一激，就裂开了吧？谁知道呢？该来的总会来的，它就那么来了。

不是你想的那样，金子，哈哈，金子不在那石头里。事情要是那么简单就好了。谁捡着算谁的，村长说了，陨石不归国家管，谁捡着算谁的。要命的是石头里的东西，那玩意儿是活的，可我们谁也没有想到。

我记得很清楚，下了雨以后村子里就有种怪味。我后来一直在想，如果那天没下雨，那块石头兴许就不会裂开，如果那块石头不裂开，那里面的东西恐怕就不会出来。

你问它长什么样？啊，我忘记了跟你讲。你见过东西发霉长毛吗？就像那个。那东西长得到处都是，它吃所有那些被砸死的活物，那些鸡、鸭、牛、羊、猪、狗。你知道它是怎么吃东西的吗？就像是发霉一样，只不过比那个快很多，就一眨眼的工夫，所有的鸡、鸭、牛、羊、猪、狗，都被它吃掉了，就像大火烧过的一样，比泼硫酸还快，然后什么都不剩，什么都没了，连骨头都没了，见不着了，你见过吗？没见过吧？

这种事编都编不出来。后来我们发现它也吃人，被砸死的人，那些虚弱的老人，还有特别小的小孩子，它一下子就吃掉。就像是山里长草一样，春天了，草长起来，然后就什么都看不见了。再然后，草就枯了，黄了，干了。

它吃光了村子里全部的活物，所有的，但是它会放过青壮年的男人，我也不知道为什么。对了，你知道那种东西从人身上经过的感觉吗？就好像落水一样的感觉，你掉到水里以后，就再没有了依托。水就像是蛇一样围拢着你，包裹着你，收紧了，好像要把你绞干拧净，把空气都从你的身体里挤出去。它从你的皮肤里钻进去，你还揪不出来，怎么揪都揪不出来。它们像水银一样钻进你的身体里，你感觉有东西在你身体里翻弄，找着什么，然后离开了。然后它松开了你，不知道为什么，你漂到了岸边，感受到了大地和泥土的坚实，感受到了支撑，你仰起头，呼吸到了真正的空气。然后你看着它向前流淌着，你眼睁睁地看着它朝家里的其他人围拢，吞没了她的脚，她的腿，她的身体，她干瘪的双手，还有她花白而凌乱的头发，你浑身颤抖地看着那东西吞噬了她。你以为它也会放过她，可它没有，它活活地吞吃掉了她，就在你的眼前，然后什么都不剩，就好像她从来都不曾存在过。

而你觉得自己好像是在做梦。

怎么？吓着了？哈哈，我说的都是真的。

你没亲眼见过，见过以后你才知道什么是不可思议。它不吃活着的男人，至少不吃那些还能干活的男人，它也不吃活着的女人，至少不吃还能生孩子的女人，我那时也不明白，后来才明白。等你看到，也就明白了。

我现在再来告诉你金子在哪儿，是怎么来的。因为只有从头告诉你，你才能明白。石头里出来的那个东西，当它吃了足够多的活物以后，那些白色的长毛颜色会变深：先是变灰，然后会萎缩，会变成腐烂般的黑色，最后还会长出一种东西来，就像是草里长出虫一样。那虫子会长出金子来，一粒一粒的，村子里剩下的人都跟疯了似的，命也不要了，凑上去趴在地上一粒粒地捡那东西。

然后它们会钻到那些还活着的女人身上，其实我跟你讲的这些，全都是那一夜的事情。你知道有种虫子吗？它会钻到另一种比它大很多的虫子身子里产卵，产很多很多的卵，我觉得它们就像是那种虫子。

我们也是后来才想明白的，它吃饱了当然要屙屎，金子就是它们屙出来的屎啊。然后它们就要产卵了，就跟那些虫子一样。

所以它们吃掉那些虚弱的老人和小孩，留下年轻的女人用来产卵，留下强壮的男人出去"狩猎"、收集食物。

你见过活人的尸体吗？

那些东西钻进她们的身体，把她们弄成了另一副模样。她们身上都长着那些白色的细毛，有些地方颜色深一些，有些地方浅一些，但无论如何看起来都很恶心，就好像夏天被水泡过的尸体，吸够了水，变得胀大，露出那种死一样的白，然后一阵阵地发着臭。一天天过去了，她们的肚子也变得特别大，就算真的怀孕了也不会变得那么大，所以看起来就更畸形。她们躺在那里，就像是熟透了的果实掉在地上一样，紧贴地面的部分已经烂掉了，陷入在泥土里，可朝上的那部分还那么饱满新鲜，仿佛发着光一样。

还有些女人熬不过去，就那样大着肚子死掉了，浑身的白毛变得乌黑。没人管的话，她们就会慢慢地在那里烂掉。起先大家不知道发生了什么，等他们发现那些死人身上的虫子再也不屙金子了之后，才知道不是所有的虫子都会活下去，会一直屙金子的。但他们一直不知道究竟是钻进去的虫子先死掉的，还是那些女人支撑不住先死掉的。我姐姐两条腿都被倒下去的墙压住了，可她一直活着。村子里的人说什么的都有，有人说那些东西有可能水土不服，不是所有的女人都能养虫子。也有人说是女人被虫子吃死了。年纪大的人觉得身上有虫子的女人死掉也没啥，说过去女人生娃撑不过去很常见，说村子里有时候牲口生产也是这样，就看哪个的命硬。我姐姐一直活着，所以他们说我姐姐的命很硬。

而那些活着的女人，她们的肚子一天比一天大，村里的人就像喂牲口一样每天喂她们，只不过喂的都是从别处买来的活鸡活猪。只要那些虫子还活着，就会每天都屙点金子，然后村里的人就会去捡。他们趴在地上，跟找食儿的母鸡一样，只顾着低头在泥土里翻来翻去，一旦找到一颗小小的金粒就欣喜若狂。

我跟你说过没，我姐姐长得很好看。只跟你讲的话，你恐怕想不出我姐姐到底有多好看。

可她被压倒在倒塌的墙下面，身上长满了白毛，肚子也变得特别大，她已经不像个人了。我当然知道那是我姐姐，可我简直没办法看她。

他们都说她伤得那么重，恐怕活不久了，可她还是活着，一直都活着。

我翻过那些倒塌的墙，看到那几把锁还挂在门上，她躺在门板的后面，像是个怪物。在她双腿被砸烂的地方，那些毛的颜色就更深，有些发黑，发乌。他们说她身体真好，真结实，说墙塌下来可惜了。

可我看着她躺在那里动弹不得，心里想的却是，那天陨石落下来，就应该直接把我们全部都砸死，所有人都一起死掉就好了，真的。

她受了那么重的伤却还活着，还能跟我说话。即便是成了那个样子，她还想要跟我说话。她喊我的小名，让我过去，还让我不要害怕。我没办法装聋卖傻，没办法藏起来装不在，我只能不情愿地走过去，在她身旁蹲下去。她的头靠在倒塌的门板上面，双腿被倒塌下来的墙压住，就像是躺在一副担架上的病人，身上还盖着奇怪的东西。

自从她这次回来，我们还没说过这么多的话。其实主要是她在说，我只是听着。

她说她听到那巨大的声响时，虽然不知道发生了什么，但她当时唯一的念头就是趁机逃走。所以当大地晃动的时候，她紧紧地守在门口，哪怕只有那么一点点的可能性，她也想逃出去，想离开这个小山村。

她告诉我，她听说我病了以后急得要死，生怕我有个闪失，怕我没人照顾，怕我真的一病不起。在她心里，我还是个不懂事的小娃娃。

然后她说她没想到事情会变成这样，她说，早知道就不回来了。

她没有再埋怨我和妈一起骗她，也没有怪我不理她，可那时候我甚至都不敢看她。

我还记得她喊着我的名字，吃力地伸手摸我的头。她的肚子已经太大了，身上也烂了，根本爬不起来。她不由自主地说起我小时候的事情，说我那时很笨，学习也差，还老爱生病，说她那时候总担心我养不大，担心我以后找不到出路，担心我没人照顾。她总是担心我这，担心我那，她说她没想到我也长得这么大了，而且还健健康康，没病没灾的。

她就这样一直说啊说啊，不停地说着，好像只是为了诉说，而不是想要我的回答。直到最后她终于说累了，这才安静了下来，仰头看着天空。

她的脸上已经看不出从前的样子了，看着就像是个陌生的怪物。

她问我，妈呢？

我说，不知道，没找见她。我撒谎了，其实我全都看见了，眼睁睁地看着那些东西吞没了妈，然后什么都不剩下了。那些长毛的东西把她活活地吃掉了，一点儿痕迹都没有留下。

这些我统统都不敢告诉她。

然后她说，你捡了多少金子了，给姐看看。

我没说话，她催我开口，然后我就哭了。我本来没想哭的，可不知道为什么那一刻突然就忍不住，就好像回到了小时候，又变成了那个无助的小孩子，只敢走在姐姐的身后，只敢拽着姐姐的衣角，好像姐姐永远都会保护我，照顾我。

她没有继续追问金子的事，她只是偶尔梦呓般地轻声说着，如果不是怕我出事的话，她就不会回来。

那段时间她不怎么说话，躺在那里，看起来就像是死了一样。

又过了好久，她突然叫我过去，然后问我，"对了，爸之前炸山的炸药呢？"

我立马就知道她想干什么。她是我的亲姐姐，我们一起长大，有些话她根本不用说出口，只看她的眼神我就知道了，我全都知道。

她想死，我看得出来。她被压倒在墙底下，那些东西钻进她的身体里，在她的肚子里产了不知道多少个卵，或者虫子，我不知道。她本应该死掉的，可她偏偏还活着。

她会生出那种东西来吗？还是她也会变成那种东西？

她应该死掉的，我知道她也想死。

"你记得爸的东西都放在哪里吧？"

她在逼问我，也是在向我哀求。

她想要炸药，想要死亡，想要结束这一切。她已经不想活下去了。

如果我想的话，我也可以骗她忍下去，毕竟她躺在那里动也动不了，什么都看不见，什么都不知道。

如果她真的死了，村子里的人会杀了我的，她身上的虫子最多，屙的金子也最多。

可她毕竟是我的亲姐啊，无论是看着她慢慢死掉还是亲手杀死她，我都受不了，光是想想都受不了。

可我什么都没有说。我没办法开口，她那样看着我，她要说的我全都懂得，我想说什么她也全都知道，所以我们什么都不用再说。

说出口的都是谎言，只有目光才是赤裸和真实的。

"老师，给我一支烟抽吧。"

五

他所讲述的一切我都记得很清楚。

我知道人的记忆可能会混淆很多东西，会把这一刻和那一刻的碎片编织在一起，结成一个从来没有过的东西。

可我知道我记得有多么清楚，那天的月光十分明亮，像是银色的水一样从窗外漫进来，我记得那块充当窗帘的花布并不遮光，可我后来每次睡前都会认真地扯几下，让它好好地遮住那扇窗。

我记得他吸着烟，然后平静地告诉我，他把荻阳村炸掉了，整个村子全都炸掉了。

"不是真的吧？"我问他。

"是真的。"

我不相信，他是怎么弄到那么多的炸药的？我觉得这不太可能。然后我突然想起来了："可我什么都没听到啊！"

"好吧，我只炸掉了我们家那一点地方。"他笑嘻嘻地补充道，"就是我妈关我姐的那个屋子，就是那一角。"

在这之前，我一直觉得他说的就是一个想象中的恐怖故事，但这一句却让我有了真实感，他这等于是亲口告诉我他杀死了他的姐姐，就像是在招供。

"然后你就到我这里来了？"我觉得难以置信。

"那些东西都被我炸掉了，他们肯定会找我算账的，我无处可去了。"他看着我，很认真地向我诉说着他的打算，"我打算在你这过一晚，明天早上我去县里。"

我浑浑噩噩地想着，这个胡说八道的小孩，也许只是想逃离那个村子，去城里找他姐打工而已。

所以我说，好，睡吧。

我们两个打颠倒睡，他躺下了就没再动弹过。农村的床都大，他又不说话，四下里安静得厉害。突然之间，我开始觉着有种异样的感觉，就好像刚才我根本没有亲眼看着他躺下，就好像我不知道躺在那里的究竟是个什么，就好像我躺在了一场噩梦之中，连周围的空气都变了质。

黑暗之中，月光照着我的床，我感觉不到他的呼吸和心跳，我突然害怕起来，猛地坐起身来，惊恐地看着床的那一头。

他一直睁着双眼，不知道看着什么，可我竟就这样在他眼前直直地坐了起来。他看向了我，问我："老师，你怎么不睡？"

我被他看得汗毛倒立。我也很想问他，那你呢？你为什么不睡？你在看什么？

可我不想表现得像是个过分敏感的人，所以我把没出口的话咽了下去。我问他："你说的都是真的吗？"我想听他跟我说句真话，"你姐到底怎么了？"

"她早就死了。那块陨石落下来的时候，她就已经死了，不在了。"

他那双眼睛看着我眨都不眨一下，在黑夜里，在那块花布滤过的月光里，那双眼睛看起来就像是狼的一样，紧紧地盯着我不放。

我不敢再看他，于是就躺倒装睡。

然后，我终于听到了他的呼吸声，那是规律而稳定的呼吸声。可是那一呼一吸之间，我总觉得好像有无数细小的、白色的绒毛在随着他的气息轻轻飘散，充满整个房间，然后在我看不到的黑暗之中慢慢地生长，隐藏。

我躺了很久，最后还是受不了了，爬过去伸手摸他的额头，摸起来似乎是热的，可我感觉不出来是比我的更热还是更凉。他还是那样直愣愣地看着我，毫不躲闪。我想起那天他们村里那些人的眼神，跟他比起来，那些人简直就像是活死人一样。

他突然说："老师，算了，我走了。"

我不知道该留下他还是该放他走，可无论怎么做，我都感到害怕，说不上来为什么，可我就是忍不住害怕。

他好像什么都没带，我爬起来给他找了点吃的，还胡乱地给他塞了几件我的衣服，也顾不上看他能不能穿。

他悄无声息地离开了，还让我不要出去，我只好坐在床上看着他走。他出门以后我就走到窗前看着他，靠得很近的时候，尤其是月光很亮的时候，哪怕隔着那层花布也能看到院子里的情形。我看着他轻手轻脚地关上了大院的门，这就想要穿上外套出去找人，可想了想，又等了好一阵子，才去敲永刚的门。

我把永刚从睡梦中弄醒，跟他说我要去荻阳村看一下，不看我不放心，说的时候连我自己都觉得我像是发疯了。

他睡得迷迷糊糊的，问我为啥，我答不出来，我只说，咱们去看看吧，我央求的声音听起来近乎魔怔，除了一遍一遍地重复着这个荒唐的要求，好像再也说不出别的话来。

我知道我就像是个发癔症的疯子，可就有那么一种人，你不用什么都跟他说得清清楚楚，可他能明白。在那一刻，永刚就是这样的人。

他沉默不语地穿好了衣服和鞋子，骑上了摩托车，拍拍后座，让我上去。

我抱住他的腰，他才问说："老师，你咋了，是打摆子了？"

我浑身都在发抖，从刚才一直到现在，无论如何也停不下来。我说："我是怕……别说了，咱们去看看吧，没出事最好。回来我再告诉你为什么。"

永刚发动了摩托车，我们在亮晃晃的月光下一直开到荻阳村，一路上谁也没说话，那时候是四点过十分，我记得很清楚，真的，我还看了手表，因为坐在床上等待的时候，我特意带上了表，我想等他走远一点再去找永刚，所以我一直在看表，不停地看表。

远远地，还没到那条路上的时候，我们就已经看到炽热的火光。我抓紧了永刚的衣服，觉得简直喘不上来气。永刚转动手腕，开大了油门，我们朝着村口冲了过去，那里火势正旺，烧得整个村子一片通红。

那种诡异的气味、声音、颜色，全都消失不见了。这就是一片炽热的火场，除了红色的花朵，便一无所有。滔天的热浪扑打着，就好像要涌出来一样。村子安静极了，除了火的声音，就是房子倒塌的声音，要不然就是一阵阵的爆裂声，其他什么声音都没有。

我们两个都不敢靠近。永刚就站在我旁边，他看起来非常震惊，好像才从睡梦里惊醒一样，但是他说，火这么大，我们来迟了，没办法，救不了了。就好像是在安慰我。

在回去的路上，我们两个谁都没说话。

后来我又去了一趟，我一个人去的，白天的时候就不用人带我去了，白天的路我认识的。那时候整个村子都已经烧得差不多了，到处都是焦黑色，除了偶尔微小的炸裂声，什么都没有了。

我一直骑进荻阳村那条路的尽头，这一次再也没人拦着我了。我一直骑到我记得的那个地方，其实只是沿着那条路往前骑而已。那里什么都不剩了，地上有一个深深的坑，那里面也什么都没有，只有黑色的灰烬。

我看着那里，就好像向我讲述的那个人还蹲在那里，还仰着头看着我。

就好像他身边还躺着他的姐姐，她的头靠在被压倒的门板上，双腿被坍塌的土墙深深地埋住。她已经动弹不了了，她已经不想活了，可是她却死不掉。她问她唯一的弟弟，弄到了多少的金子。然后她问她唯一的弟弟，爸的炸药在哪里？还有多少？

他不敢看她，所以他直勾勾地看着我，什么也没说。然后他姐姐也不说话了，只是看着我。

就好像他们都在看着我，不说话，只是看着我。

我那天那个状态实在没法上课了，就只好让他们自习。后来警察到村里来，警车一直开到了学校门口，小孩子们就一窝蜂地跑了出去，围着警车看热闹。其实警察是来找我询问案情的，那个村子的人一个都没活下来，全都死在那场大火中了。他们把这件事定性成了一个重大恶性杀人案件，来向我询问那个纵火杀人案的嫌疑犯的相关信息，因为他们听说他逃跑之前来找过我。

那一刻我说不清我的感受。他是来找过我不错，可我们也只见过那几面而已。在深深的夜里，没有月光或者有着月光，我向他打听城里的事情，和他姐姐告诉他的那些故事相互对照、比较。我借给了他几本书，他还了几本，至于看没看，看了多少，那就更不得而知了。

所有的故事都是他通过讲述告诉我的，我从来没有真正地目睹什么。我看到他放炸药了吗？没有。我看到他放火了吗？也没有。我看到他离去了吗？也许。

我只是听到了一个故事，仅此而已。所以他们问什么我就答什么，但我告诉他们，这全都是他讲的故事。等到问完了，他们走了，我就又回到教室，呆呆地看着窗外，看着远处的山头。

后来看热闹的孩子们回来以后，我就开始上课，在那破败而且漏风的四面土墙之间上课，孩子们坐在那个称之为教室的地方，就那么直愣愣地看着我。

我看着那许多双黑色的眼睛，他们什么都知道，什么都明白，他们告诉了我他们所知道的，而我不相信。

可他们和我一样，麻木而无力，他们甚至笑嘻嘻地，不以为然地对待这一切。

我每天都在村子里走来走去，就像是个游魂。

我憎恨他们，就像是憎恨我自己一样，因为我不知道如何能改变这一切。我只能眼睁睁地看着他们在我眼前讲述，我只能聆听，强忍着不去打断他们的讲述。

警察一直在搜寻他，可直到我离开，他们也没找到他。

永刚告诉我，其实在农村，出去打工这种事情很常见，花钱买个身份证就行，哪怕对不上也没什么。永刚还说，他还在长身体，面孔肯定会变，所以恐怕很难找到了。

其实我只是担心他是不是还活着，是不是平安，是不是找到了一份可以养活自己的工作，让他能够在另一个城市落脚。

我不希望警察找到他，但我心里很明白，他应该就是那个放火的人，那个害死了荻阳村村民的人。

我不知道他跟我说的那些话里究竟有多少是真，多少是假；我也不知道如果身份互换，我站在他的位置，我会做出什么样的选择，犯下什么样的罪行。

可当我站在那个焦土一般的村落里时，我看着那个村子消失后残存的印记，那些倒塌的墙垣，那时我想，已经没有人能还原这里的真相了，所以谁能来审判他呢？

除了那块开裂的、房子一样大的陨石，我找不到任何痕迹可以证实他曾经的存在和话语。

他说过的故事是那么的荒诞，恐怕就连最狡黠的犯人都编造不出来。

谁能告诉我那一切的真假呢？

离开那地方很久以后，有时我从梦里醒来，好像还能看到空气里四散漂浮的白色绒毛，那时我的心脏就会收紧。我会惊恐地摸着妻子的身体，她还在沉睡之中，皮肤柔软而温暖；然后我会摸摸自己的后颈，那里只有冷汗，没有别的。我能感觉到她还活着，我也活着，我们的身体仍属于我们自己，然后我才终于松了一口气。

我想，姐姐已经死了，不是吗？获阳村已经被烧光了，不是吗？

有一件事我没敢告诉任何人。那天我从烧光了的获阳村回去，在我的床上发现了几颗金色的小颗粒。

我用手指捏着，透过花布的帘子对着太阳看去，那东西闪着金光，虽然细小，却硬得硌手。

我把那东西包在一捧土里带了回来。

它被装在一个罐头瓶子里，摆在我的书桌上。

我告诉人们那是我支教过的村子的泥土。他们都以为这是为了纪念那一年的支教生活。

可我看着那罐泥土，总是想起他和他的姐姐。想着他们是怎么手拉手长大，想着他们曾经是如何欢欣地迎接打工回来的父亲，又是怎么被喝醉酒的父亲殴打，她是如何偷偷摸摸地离开了家乡，到大城市打工，然后一封封地给弟弟写着信，她又是怎样被母亲骗回了家，被好几把锁紧紧地锁在那扇熟悉的门后，绝望地敲打着直到没了力气。

我想起我们最后见面的那一晚，他带着迟来的悔悟，带着蒙昧的亲情讲述的那一切。

我想，我的确不希望那些都是真的。

饥饿

饿啊。它实在是饿。

它站在山顶，低头往下看去。山底是条蜿蜒的小河，天冷了，水面上的冰盖子就要合拢了，不过还是能看到冰盖子下面潺潺流动的河水。它早上还在那里抓过鱼。冬天的时候冰盖子底下的鱼就不太好抓了，可是真的好吃，肉质是那么的细嫩，简直是它吃过最好吃的东西了。

它舔了舔酸痛的脚掌，它的身上还有河水和鱼的味道，但是它还是饿。

山上实在找不到吃的东西，所以它打算再下去看看。当它从覆盖着白雪的山顶一步一步往下挪的时候，它觉得自己又瘦了。秋天的时候它明明吃了那么多，可总是不长膘。结果冬天到了，它一直都无法进入冬眠的状态，脑袋里好像有个东西总是在转，停不下来。它想，之所以会这样一定是因为自己出了什么毛病。它总是觉得饿，下一刻比前一刻更饿，这种发疯般的饥饿逼得它睡不着，逼得它无比清醒。

有时候它觉着这无休止的饥饿感根本不在它的身体里，那东西一直追在它的身后，驱赶着它，围猎着它，要耗尽它全部的体力，让它倍受折磨而死。

好饿啊。它精疲力竭地追踪着其他动物的痕迹，想要再弄到点吃的，它嗅着、听着，四脚着地，厚厚的毛皮靠在巨大的树干上，感受着山林的震动，试图捕捉任何一丝有用的气味、声音，还有别的。可能是感觉，也可能是希望。

它漫无目的地在山间搜寻，忍不住又想起前天饱腹的那顿美餐，那个好不容易才找到的野蜂巢。啊，它咂巴着嘴想着，那个蜂巢真大啊，也真好吃啊。那恐怕是很多很多野蜂的家吧。可它几下就把蜂巢从山崖上拍了下来，蜂巢碎成了好些块。它记得自己狼吞虎咽地，很快就把那个蜂巢吃得连渣都不剩了。

那是别人的家呢，就那样被它吃掉了。

它没有家，或者说，它曾经有过一个"家"吧。那是家吗？它从开始记事的时候就没见过妈妈。它只记得刚出生没多久自己被关在笼子里，春夏秋冬，一年四季，一直都被关着。它很少离开那个笼子，平常吃的是什么它说不出来，但偶尔，人类会给它吃苹果和玉米，有时候也会吃到拌着蜂蜜的牛奶。

啊，那时候跟现在相比，简直是天壤之别呀。

它在山林里慢慢地走着。到了冬天，曾经漫山遍野的虫子也都委顿了，几乎见不着面，不像秋天和夏天时那么厉害，疯起来连它都觉着害怕。

其实它也一样，也不喜欢冬天。到了冬天，它本应该找个安全的地方冬眠才对。它觉得自己变得虚弱了，它疑心自己吃下去的东西都没到肚子里，而是消失了，不见了，所以它一直这样地饿，没有休止，没有尽头。当然，有时候它也疑心自己的脑子出了问题。它的脑子记不清事情，分辨不了饥和饱，可能出生时就是坏的，也许是在笼子里的时候被那些人类弄的。这谁知道呢？毕竟它只是一只不起眼的小黑熊。

它还记得那时候人类给它们统统都做了手术，它记得他们是怎么娴熟地在它的肚子上划开一个深深的口子，然后在它的胃里插进去一根管子。它记得那个伤口长了很久很久，从来都没有愈合过。最初的时候真的好痛啊，它想，就好像要把它从肚子那里掏出来，把它整个撕开一样地痛着。

痛苦和饥饿，到底哪一个更可怕呢？那时候的它，被痛苦追赶着，咬着笼子的栏杆号叫着，用身体和脑袋撞击着笼子，恐怕觉着饥饿会更好一些。

可如今的它，已经淡忘了那种痛苦的感觉。它只觉得饿呀，饿呀，没有尽头的饥饿，就像是心和脑袋都是空的，永远填不满。

尤其是冬天，一天更比一天冷，找吃的一天更比一天难。它舔了舔爪子，怀念着蜂蜜和牛奶混合在一起的味道；还有苹果，切成一块一块的苹果，虽然喉咙里总是翻涌着胆汁的苦味，可苹果总是那么脆甜，带着一点儿沙，吃起来是和蜂蜜完全不一样的甜。啊，其实那已经是很遥远的事情了。不过它可以再想想它前几天吃过的那个蜂巢，它还记得它是怎么弄到那个巨大的蜂巢的，就在断崖的下面。它是怎么发现的？这它可不记得了，它总是饿得厉害，在找到吃的之前，它总是浑浑噩噩的。它只记得发现那个蜂巢时胸中那股巨大的狂喜，几乎要爆炸一样。那一瞬间，它甚至忘记了饥饿。

但很快地，它趴了下来，凝望着那个完美的蜂巢。

那个蜂巢挂在那种难以抵达的地方，还那么的大，谁看了不会动心呢？可蜂巢仍旧挂在那里，还那么大，那就说明这绝不是一件容易办的事。可它实在是太饿了，饿到什么都敢尝试，什么都敢拼一下。不行的话，大不了掉下来摔死算了。当然，也有可能摔不死，可那又怎样呢？如果摔断了脊背，它就躺在山崖底下等死，喂别的动物好了。老虎也好，狼也好，狐狸也好，貉也好，它都无所谓了。

因为饥饿的痛苦远比死更可怕。死了的话，就已经什么都感受不到了。可只要活着，它简直无法忍耐饥饿。

饥饿不知疲倦地驱使着它，就像是一个巫师没日没夜地驱使着他的傀儡。它已经受够了，要么吃到蜂蜜，要么就是死。反正总有一天它会死在这里，它甚至觉着自己根本熬不过这个冬天。

它从陡峭的山壁爬了上去。它费力地寻找着每一块稍微凸起的石头，每一条缝隙，每一棵树和每一根藤蔓。它觉得它已经饿得很瘦了，爬上去的时候，它觉得身体一直在发抖。山风吹着它身上的毛，每一根都在风里立了起来。风像是无数根针，扎进了它饥饿颤抖的身体。就好像风稍有抖动，它就会扒不稳、站不住，然后摔下去一样。它绝望地扒紧山岩，紧紧地望着那个蜂巢，满脑袋里也只想着那个蜂巢，想着它一定能吃到蜂巢里流淌着的金黄色蜂蜜，它就这样一点点地挪动着。最后，在它觉得就要支撑不下去的时候，它终于靠近了那个巨大的蜂巢。那东西是那么的大，悬在它的脑袋上方，就像是一块摇摇欲坠的巨石。啊，它用厚实的手掌把那坨像是泥块的东西拍了下来，眼睁睁地看着它带着蜂群重重地掉落下去，啪地在岩石上摔碎，这才又小心地爬下来。

它觉得自己不幸却也幸运。冬天了，不光是它，虫子也变得无精打采，它只被蛰了几下，没有被蜂群围攻，没有掉下山崖。天哪，到了最后，什么也没发生，它没摔死，还平平安安地爬了下来。

那个巨大的蜂巢碎成了好多块，柔软的蜜缓慢地流淌着，就像是凝固的时光，带着温暖的颜色。它跑了过去，什么也顾不上，只顾埋头吃。

它已经好久好久没吃过那么甜美的东西了，就算是带着土腥味，带着野蜂的尸体，带着土渣和石子，带着蜂蜡，也是一样的好吃，不，更好吃，再也没有比这更好吃的美味了！它坐在那里，像是一个不知道做什么好的孩子。它只顾着吃，狼吞虎咽地把爪子能够到的蜂蜜全部都吃完了，还意犹未尽地在草丛里、在泥土上扒拉着，想要再找到哪怕是一点点被遗漏的残渣。

它从来没有一口气吃掉这么多的好东西。这么多的蜂蜜，金黄色，流淌着，就像是融化的太阳。它眯着眼睛，感觉到了温暖。

可很快地，它又饿了。哪怕刚吃光了那么大的一个蜂巢，它还是饿，特别的饿，就好像饿了很久很久，从生下来就饿着一样。

它无时无刻不觉着饿，无论吃什么，吃多少，都没办法阻止那种饥饿感，就像是没谁能阻止时光的流逝。

它气馁地坐在那里，黯然地想，如果它没有生下来就好了，如果它没有活下来就好了，如果它没有逃出来就好了。

可它生下来了，也活了下来。妈妈在笼子里生了它，妈妈生了两只熊仔，只有它活下来了。活到五岁之后，它趁着村子里起火逃出来了。可在山里和在笼子里完全不一样。它好饿，每天都上顿不接下顿，每天都觉得也许再也活不到第二天。到了冬天，它能感觉得到身体里那种想要冬眠的欲望就好像上了弦的闹钟一样，每天都要拼命地响动，震得它心慌。可那种尖锐的饥饿感压倒了一切，穿透了一切，摒除了一切，就像是从山顶上滚落的石块带来的雪崩，又像是夏天泛滥满溢的河水，谁也拦不住它的路。

除了饥饿，它已经什么都感受不到了。饥饿抹杀了它的全部。一切都好像做梦一样，有时候它想要回去，回去至少不会饿着吧，它这么天真地想着，但它却又不敢。

逃走的时候，它已经五岁了。不过它还算是幸运的，要是它再大一点，恐怕牙也会被打掉，就像它旁边笼子里那些大熊一样。它就看到过有一只大熊的牙被打掉了，它搞不懂这是为什么，它想这或许是人类的意思，又或许只是那只大熊运气不太好。但如果能选的话，它还是想要有牙，有牙的话能吃苹果。在笼子里的时候，他们偶尔会喂它苹果、麦子，有时候喂它裹着蜂蜜的苞谷粥，然后给它插上管子，抽走它的胆汁。它当然知道他们在它的肚子上做了手脚。在它的身体里，在胃里的某个地方，那里有个洞，那是当初他们在它肚子上划开的地方，那里一直没有好，一直有个伤口，那是个永远都不会愈合，可以供人插管子进去取胆汁的洞。那个洞长在它的肚子上，它知道。尤其在它吃东西的时候，它能很清晰地感觉到那个洞的存在。它觉得它吃下去的所有东西都变成了细碎的粒子，然后全部都沿着它肚子上的那个洞流淌了出去，不知道去了哪里。虽然看不到，但它觉得那些东西肯定全都消失了，它找到的所有吃的，品尝过的各种滋味，咀嚼过的血肉，舔食过的雪水，所有通过它的舌头、喉咙进入它身体的东西，都通过那个洞，不知道到了哪里，然后消失了。

它在雪底下找到了一只冻僵的山鸡。它的鼻子还好使，而且比其他的熊更好使，这大概是天分，它想，所以我总也饿不死。也不知道这到底是不是件好事，反正它自己说不清楚。

它用脚掌踩着山鸡，因为那东西已经冻得太硬了。它虽然饿，却不想费力去撕咬，等它终于踩烂了那只可怜的山鸡，就囫囵地整个吃了下去。也许是因为太饿，也许是因为天气太冷，它几乎都没吃出什么滋味。它拼命地想着，不管是什么，下一次我一定要慢一点吃，好好尝尝味道。它每次都那么想，但每次都会忘记。饥饿的力量实在太强大了，它只顾着懊悔，早已经忘记那只山鸡在雪底下埋了很久，咬起来那么的吃力，吃起来其实根本没什么味道。

山里已经下过几场雪了。今年的冬天来得早，而且一天更比一天冷。如果不是饿，它应该早早地找个洞，爬进去，蜷缩成一团，就像是秋天树梢上挂着的柿子一样，圆滚滚的。哎，它也吃过柿子，真甜，真好吃啊。刚逃出来的时候，它就在这山里吃过熟透了的柿子。高高的山上有一棵很美的柿子树，树上挂满了红色的果实，就像是红彤彤的小灯笼一样。它吃光了整棵树上的柿子，却还是觉得饥饿。那些柿子真是美味啊，它永远都不会忘记，那是它刚逃出来的时候吃到的最好的东西了，那甜美的滋味呀，就好像什么都可以忘记掉。

它抖了抖身上的雪，然后仰起头来，看着阴霾的天空。那种饥饿空虚的感觉越来越强烈，可它已经饿得头晕眼花，走不动了，实在没有力气再去找食物。再说了，这座山已经被它来来回回翻了个底朝天，它总不能把山吃下去吧？

它觉得浑身发冷，又发热，身上的毛皮好像很轻，又好像很重。它大概饿得厉害，竟然犯起了糊涂。

它躺倒了，靠着它选定的那棵树。它很喜欢这棵树，秋天它刚逃出来的时候，在这座山里发现了它最喜欢的一棵树。它在很多树上蹭过痒痒，只有这棵树不一样，让它觉得可以暂时忘记饥饿和痛苦。虽然只是片刻。

它靠着那棵树，双脚摊开，就像是个人类。这些它都知道，因为它曾经跟人类在一起待了好几年。

其实是五年。隔着笼子，他们看着它，它也看着他们，既熟悉又陌生。

不过话说回来，即便是在人类的村庄里时，它也很能吃。它记得它在笼子里的时候，喂它的那个男人就总是嘟囔，说它能吃，太能吃了。但又夸它，说它出胆汁多，"就指着你给我挣钱了！"那个男人是那么说的，"好好吃，多出胆汁，我可没买错你啊。"

它不知道为什么它总是无法忘记过去，为什么要在落雪的山林里回忆那些它吃过的，却再也吃不到的东西。虽然带着苦味和疼痛，可至少那时候它还能吃到食物。

它就好像是一台巨大的吞噬机器，什么都吃，什么都不挑剔。而且它是那么的能吃，就好像能吞下整个房子，整个世界，整个宇宙。

可无论吃了多少，它总觉着饿。

它躺在那里，在肚子上摸索着。被关在笼子里的时候，它曾经摸过那个地方，可是要悄悄地摸，不然一旦被人类发现的话，就会被打。它离开笼子好久了，也很久没有摸过那个地方了。

它知道那里有个洞，一直在那里，从未消失过。但其实日子久了，它也会忘记，或者假装自己已经忘记。它记得那个男人说过，它的胆汁可以治很多病。它想，真的吗？它已经成功逃走了，没有人再插过那个闭起的孔，取它的胆汁了，可它不知道这一切是不是值得。山里没有人类，没有管子，它只觉得饿，而且一天更比一天饿。

它终于找到了一个更合适的姿势——它把脚掌搭在厚厚的雪堆上，朝一侧扭动着身体，这样就可以看到那个令它心怀恐惧的洞了。不知道为什么，突如其来地，它就是想要这么做。这么久了，它似乎从未仔细地看过那里。

那个孔，那个原本用来插管取胆汁的地方，如今看起来的确像是个真正的洞了，只不过被黑色的毛覆盖着。它逃走了以后，那个地方被剃掉的毛就又长了起来。可在雪地里看，那个地方似乎格外的黑，甚至黑得不像是它身上的一部分，是另一种黑，跟它身上是两种截然不同的黑色。虽说它本来就是一只黑熊。

它费力地弯折着自己的身体，努力想要再靠近一点，想要仔细看清那个在它身上存了很久很久的洞。怎么形容呢？它肚子上的那个洞真的好黑呀，而且看起来好像还在蠕动、长大，就好像那个洞是活着的一样。

它觉得一定是自己太饿了，所以犯了眼病。它傻乎乎地想着，或许我应该喝一点自己的胆汁，不是说熊的胆汁可以治眼病吗？但一想到自己的胆汁，它就想起那时候在笼子前裹着蜂蜜的苹果块，那些拌着蜂蜜的苞谷粥，它愈发觉着饥饿。它摇摇头，想起它之前其实还吃了一只死鹿，那是一只不大的幼鹿，应该是连初冬都没熬过就得病死了。其实这种死鹿最好不要吃，但它太饿了，再说了，它根本没什么挑拣的余地。

如今它已经连这种东西都找不到了，这座山都已经差不多要被它吃空了。

它回过神来，仍旧聚精会神地看着自己的肚子。这个姿势很难保持，它需要用力撑着自己才能一直看着那个洞，这可不容易办到。那个洞已经变大了，比它的手掌还要大。那地方原本只能插进去一根金属管子，比胶皮管子粗不了多少，方便导流胆汁。如今那里是纯粹的黑色，没有一点杂色，没有一点灰尘，它觉得自己的脑子坏了，一定是的。它觉得那个黑色的洞在慢慢地长大，就像是一个没有底的洞。它睁大了眼睛，半空中还缓缓地落着雪，它看到雪粒一颗颗地落进去，然后消失不见。它眼睁睁地看着那个黑洞越来越大，像是漩涡，缓慢地吞没了它的肚子，吞没了它的四肢。它惊骇地靠在树上，看着那个黑洞越来越大，而那种荒谬的饥饿感却越发的强烈，就好像要震坏它的脑子一样。

那个黑洞仿佛沉了下去。它看着所有的雪、大地、树木、山川，还有覆盖着冰层的河流，甚至还有头顶阴郁晦暗的天空，全部都被吞噬了进去。就像是那个饥饿的洞活了过来，吞吃着一切，吃掉了整座山，整颗星球，太阳系，还有银河系，然后是无边无际的宇宙，最后的一切都汇聚在一起。

那个黑洞吞噬了一切，最后是它，连它也被彻底地吞没了。

在那片混沌的黑暗中，它好像一直在下沉，一直在收缩，一直朝着一个向心的、看不到的地方滑去。那里是纯粹的，没有颜色，没有边界的无。

什么都没有。

只有看到了光，才知道黑暗在哪里；只有看到了白色，才知道黑色到底是什么。

就像看到了雪，才知道雪底下的污泥会有多的肮脏。

它一直一直一直地下沉着，就好像整个世界都塌缩成了一个彻底的点，一个没有质量和大小的原点。

然后，渐渐地，它听到有谁在叫它，在异常遥远的地方，然后慢慢地靠近。不知道是谁在叫，也不知道是在叫谁，但是模模糊糊的，它感觉好像是在叫它。

它费力地睁开眼，太难了，就像是爬上山崖摘取蜂巢一样，一切都不容易，总是那么的不容易。

它睁开了眼，可它什么也看不清，影影绰绰的。它听到有人温柔地说："喝了这个，你的眼睛就会好起来的。"

奇怪，它好像知道那是它的妈妈，那是妈妈的声音，可她却说着奇怪的话。她说："我们买了两只熊，以后取的胆汁光给你喝也够了，还能卖点钱。"

虽然什么也看不清，可它隐约地察觉到，在它的眼珠里，好像有一个细小的、熟悉而又陌生的孔洞。

它舔舔嘴唇，转动着脑袋，似乎想要甩掉那个模糊的念头。此刻的它被一种陌生而又熟悉的力量所驱使着，那种凶猛又沉重的感觉又回来了，回到了它的身上。

它什么也不去想，扬起脸，急切地央求道："妈，我饿，我想吃苹果。我好饿。"

一只奔跑的野猪

一

"所以，你其实是一头野猪……"

"野猪是什么？"

"一种生物。不过野猪这个名词有些笼统，你正式的学名应该是库班猪，生活在欧亚大陆，是一个独立的支系，也曾有人把你们称作巨利齿猪。"

"我不明白。我们就是我们，你说的那些词儿我从来没听说过。你从哪里来？为什么这么叫我？巨利齿猪，这是你给我们起的名字吗？对了，我从来都没见过你，你以前来过这里吗？"

"是的。我很早以前就来过这里，见过你们，我用这个名字称呼你们。你们的外形特点很清晰，很好辨认，就像你一样，所有雄性库班猪的前额都有一只锋利的大角，看起来就像独角兽。"

"独角兽？又是一个新名字，也是你给我们起的名字吗？我们才刚见面，你就已经给我们起了这么多的名字。"

"呃，并不是很多不同的名字，你们的大分类是野猪，只是因为你们长着角，所以我说你们看起来像是独角兽……算了，忘了这些新名字吧，这些其实都跟你没什么关系。现在让我们来谈谈你吧……你一直生活在这里吗？"

"对啊。你呢？从哪里来？我从来没见过你，跟我说说你！"

"我也在这里，一直都在这里，不过我刚醒来不久，所以你一直都没发现我的存在而已。"

"醒来？那你醒来之前在哪儿？"

"之前？之前我睡在一个看不到光的地方。"

"哦！那你是地鼠的亲戚吗？"

"地鼠？……亲爱的，看看我的尺寸，和你相比我的确差得很远，可我跟地鼠绝对不是同一物种，对不对？你以前在附近见过我这样的生物吗？"

"没有。我没见过你这样两条腿走路的。你的确不像地鼠，说实话你跟猴子有点像，但又不太一样。你是什么？"

"嗯，是的，我们的确跟猴子有点像，但又跟猴子不太一样。如果你愿意，可以称我为人类。那你们呢？你们平常躲在哪里呢？我之前来过一次，没找到你。"

"哈哈，我们当然不是随随便便就能被找到的，我平常会躲在地下。不过你为什么要找我，我们以前认识吗？"

"地下？你们掘洞吗？"

"对啊，我们住在地下。不过我们不掘洞，我们有更好的帮手。"

"帮手？"

"我们有很多帮手，如鸟和其他动物、树木和真菌，它们都很能干，能帮我们做很多我们做不到的事，你只需要知道方法和诀窍。你看，我们的身体庞大而沉重，是一只只单独的个体，不像鸟类能飞到高空，还能看到很远；不像真菌可以无限地蔓延扩张，占据整个大陆；我们也不像树木那样能够轻易地扎根大地，从深处攫取水分和养料，还可以利用密集的根系在林中快速地传递消息。和其他物种比，我们总有很多逊色的地方，比如我们的腿很短，无法看到身后的情形；我们的牙齿虽然坚硬，却无法吸收矿石，也无法萃取花蜜，更不能结出果实，我们只懂得索取。所有的这些事情，我们都需要它们的帮忙。这就是我的意思。"

"喔，这样来说，你们能够让其他动物为你们服务啊，听起来很了不起呢。"

"哎，这其实都是些很平常的事情啦。对了，其实猴子也是我们的帮手。说实话我见过很多种猴子，但我从来没见过你这样光溜溜的、这么高的猴子。"

"我不是猴子，我的分类是人类。你为什么总是提起猴子，你很喜欢猴子吗？"

"不喜欢。真抱歉，我还以为你也是猴子的一种，你们真的有点儿像哎。我不喜欢它们是因为它们住在树上，不到不得已的时候不会下来。而我不喜欢仰着头，你也知道，这个姿势对我来说有点累。"

"啊，是我考虑不周，那我坐下来吧。至于那些猴子，它们能帮你们干些什么呢？"

"搭棚子。你看见了吗？那里。找一些合适的树枝，铺上草和大的叶子，棚子底下就会变得很凉爽。不过偶尔它们也用这个法子捉鸟吃。"

"捉鸟吃……很聪明的法子。是捉给你吃吗？"

"什么？不！我才不吃！鸟那么小，吃它们干什么？让它们飞不好吗？让它们自由地鸣叫，让它们落在草地上，啄食成熟的草籽，卖弄它们五彩缤纷的羽毛，难道不好吗？……怎么，难道你吃鸟吗？"

"不，我也不吃……请再同我讲讲你的动物们，我很喜欢听。"

"我的动物们？它们不是我的动物，只是有时候帮我做点事。哦，对了，我还真养了两只穿山甲。它们特别温顺可爱，干净又漂亮，我很喜欢蹭蹭它们，它们的鳞片光滑舒服，棒极了。然后，我的洞也是它们打的，喏，那里就是，宽敞极了，漂亮极了。"

"原来是这样。穿山甲会帮你们打洞。所以你们住在并不是自己打的洞里，有意思。"

"是啊。不过，听说在很久很久以前，我们的祖先为了躲避寒冷的冬天，曾经自己打过洞。我们是从那个时候起才住到地下的。不过我们现在都已经不会打洞了。"

"是这样啊？"

"是啊。我们还有很多很多其他的传说，各式各样的。对了！有一个我最喜欢的故事，我闻过好多好多遍呢！来来来，让我告诉你！这个故事是这样的：

在很久很久以前，一切都是白色的，因为那时候的宇宙还很冷很冷，还是一个巨大的雪球，除此之外没有其他的。有一天，一粒雪对另一粒雪说，太寂寞了。另一粒雪也对另一粒雪说，太寂寞了。它们听到了周围雪粒的声音，然后都开始发出同样的感叹。没过多久，所有的雪粒都开始悲叹，它们的声音重叠起来，变得巨大，于是雪球承受不住，就裂开了。那一刻，从破裂的雪球中诞生了我们伟大的祖先——豨。它是纯白色的，就像孕育它的雪一样。它身上有白色的背毛和长长的鬃毛，看起来好像很柔软，其实摸起来很坚硬呦。它还有一只白色的、长长的角，就像我们一样，只不过比我们的要威风一百万倍。当它奔跑时，世界随之震动。被它的角顶起的地方就升高了，被它踩过的地方就沉了下去，所以从那以后，世界上便有了山和谷。当它呼出第一口气，世界里有了风；它吹起的雪变成了云，融化的雪变成了河；它打了个喷嚏，天上就有了闪电和大雨；它打了个呼噜，世界上就有了响雷。在它巨大的咆哮中，无数细小的雪粒震裂为更细小的颗粒，像看不见的虫子一样，只不过它们比看不见还要小。这就是这个世界的起源。

而当它环望四周，发现这个新生的世界冰冷美丽，除了它没有其他任何的存在。它知道自己的巨大，也知道自己的孤独，它悲伤而愤怒，寂寞而困惑，不明白自己为什么会出现，也不明白为什么只有自己出现在这个世界上，自己存在的目的和意义到底是什么呢？

大豨眼睁睁地看着这个空无一物的世界，它心里明白，如果它一直活着，它巨大的力量随时都会重塑这个世界，也许某一刻，甚至会将其毁灭。

为了结束无尽的孤独，也为了这个崭新的、美丽的世界，它决定杀死自己。

当它死后，细小的雪粒吃掉了它的身体，就变成了像它一样的存在。它们全部都长得像大豨，只不过小了很多。它们原本就是这个世界的一部分，所以并不会伤害这个世界，而这个世界也会像妈妈一样照看它们、保护它们、喂养它们。不过对它们来说，那个刚出生的世界还是太冷了。于是它们掘啊掘，钻到了深深的地下，那里不太冷，还有其他看不见的雪粒在保护着它们，就像是大豨还在守护它们一样。后来，这个新生的世界慢慢长大，再也没有刚诞生时那么冷了，不过大豨的后代们已经习惯了住在地下，只是不像它们的祖辈一样住得那么深罢了。"

"原来是这样！"

"是的，所以我们的名字和我们的那位祖先一样，也叫作豨。只不过我们小小的，不像大豨那么巨大，我们不会伤害这个世界，我们就是这个世界的一部分。"

"其实你并不小，即便在这个世界里，你也是只巨大的生物哦。不过，豨这个名字，倒是很好听。你刚才说'闻'故事，我没太明白？你们的故事是怎么流传下来的呢？难道不是一代代讲述的吗？就像你刚才讲给我这样？"

"可以讲，也有人讲，但讲的故事没有闻的故事好。我们会闻那些记录下来的故事，那是最享受的事情。"

"'闻'那些记录下来的故事？"

"是的，我们有很多记录下来的故事，想知道的话，就去森林里闻闻。想给别人讲个故事，那就去留下自己故事的味道。"

"有意思，那究竟是怎么回事呀？你给我讲讲吧。"

"……哎呀，让我想想。比如说吧，我给你讲的那个祖先的故事，就藏在山里的古洞里，那里很深很深，所以很冷很冷。那里有无数条通道，每个通道的尽头都有一个圆圆的洞，或大或小。每个洞里够得着的地方都布满了不知名的、小小的孔洞，那是我们遥远的祖先用自己的角钻出来的孔洞。它们深浅不一，大小不同，高低错落，那里面生长着各种各样看不见的、无比细小的虫子。它们会慢慢长大，有着各自的味道，然后填满那些用角磨出来的孔洞。当我们想闻故事的时候，我们就去洞里，沿着那个圆圆的洞走上一圈，就会闻到那个洞里的故事。当然了，你在洞里的位置不一样，那个故事闻起来也会不太一样。你去洞里的时候不一样，闻到的故事也不一样，时间差得越久，变化就越大，就像小时候去闻和现在去闻，你就会觉得像是变了一个故事一样。至于闻故事的诀窍，这就很难讲喽！我们每个都有自己最喜欢的位置和时间。还有，正着走，倒着走，走一个星星，或者走一个八字，那个故事闻起来也会不太一样哦。洞的创造者越是厉害，它的洞就越是复杂，无论你怎么走，都能闻到一个不太一样的故事！除了吃东西，我最喜欢做的事情就是闻故事了。不过现在有些家伙也想要创造出新的故事，又不愿意去那么深的地下，它们嫌那里太古老了，也嫌那里太冷了。其实就是嫌创造圆洞的故事麻烦费力，它们懒得仔细地琢磨如何布置那些孔洞的位置和大小了。没有耐心，也不懂得钻研，它们只想要钻几个孔而已，所以会去找一棵对它们来说足够古老、足够粗大的树（不过真正古老和粗大的树，它们是不会碰的。因为只要远远地看着，都不用绕着大树走上一圈，它们就会知难而退）。它们只敢选那些长得很快的，不至于太细，也不会太粗，木质又不怎么坚硬的树。它们会围着那棵可怜的被选中的树走上一圈，草率地用自己的角磨出足够的洞，用来制作它们的故事。不过啊，哈哈，我可不喜欢它们的故事，它们的故事也都留不长。而且啊，也不知道为什么，虫子在地面上好像死得更快，很容易就发生变化，所以故事讲了没多久，味道就会不一样，有的消失不见了，有的甚至完全变成了另一个故事。哈哈，我之前看见有个家伙搞了一个故事，洋洋得意地四处吹嘘，后来被它妈妈闻到了，妈妈闻到的故事可跟它想的大不一样，妈妈生气可了不得呦，它被追着跑了一天，口吐白沫，眼冒金星，哈哈哈！"

"原来你们的故事是这样的呀，有点不好想象呢。"

"其实很好懂啊。不过猴子们也说他们不会闻故事。那你们呢？"

"我们的故事是可以看到的，也可以讲述，也可以聆听，但主要还是看到的，无论是文字还是图像。"

"看？……无法想象。靠眼睛的话，我连我的奇奇都找不到。我的眼神不大好，大家都这么说。"

"奇奇？"

"我有两只穿山甲，一只叫奇奇，一只叫怪怪。我最喜欢的那只叫作奇奇！它是银色的！"

"有意思，再跟我讲讲你们的事吧。比如你们的传说？"

"你这么喜欢故事呀？真可惜你不会闻故事，地洞里的故事可比我讲得好多了！"

"嗯，喜欢，所以还是请你讲给我听听吧。因为即便是传说和故事，也都隐藏着重要的信息呀。比如你之前告诉我的那个传说。其实你们出现得比那更早。你们在地球上度过了中新世，但在那之后，到上新世末期，地球的冰河期降临了，气温降得厉害。你们应该是从那时候开始进化的，开始逐渐向地下生活过渡，你们的身躯也因此渐渐变小。你们的传说，其实部分地体现了这个转变呢。"

"转变？什么意思？"

"你们最早应该是在平原上生活的，那时候你们的体型很大。

看化石的话，肩高 1 米左右，体重可达 500 公斤，头骨很长，下颌也有将近 1 米，除了额头那只大角，两只眼睛的上方还分别长有一只细小的角。当然，等到了你出现的时代，你头顶原本的那两只小角已经退化不见了。随着大陆气温的剧烈下降，你们开始慢慢过渡到地下生活。你们的身体慢慢地变小，为了适应寒冷的天气，也为了减少庞大身体的消耗。"

"……听起来好像和我告诉你的差不多呀？我们的祖先非常非常大哦。然后，它怕自己会毁掉这个美好的世界，所以杀死了自己。吃掉了它的那些细小的雪，就变成了我们的祖先，像它，却又比它小很多，但我们都是它的血肉。"

"哈哈，你真的觉得差不多吗？能这么想也挺有意思的……好吧，请再多讲一点。比如说，你们是怎么生活在这个世界上的？你们每天都做些什么呢？"

"我们？我们的生活其实很简单，我们是胎生，生下来要吃奶，然后跟着妈妈们学习生活的一切。她们会一起照顾我们，把什么都教给我们。我们的寿命很长，我们什么都吃，我们也种东西，比如菌子，不过大多数时候还是让老鼠去种，它们很听话，吃得也不多。我们都喜欢打滚，喜欢吃东西，喜欢晒太阳，喜欢去闻故事。嗐，说起来怪不好意思的，其实来来去去也就是这些事儿。"

"有意思。那么，再跟我说说你自己吧，你的一天是什么样的呢？"

"我的一天？……哈哈，其实也差不多的，差不多啦。哎，一定要说的话，那我还有点不好意思呢。因为我其实很懒，每天早上都会睡到洞里发热才醒来——因为我的洞离地面比较近，哈哈，是我自己选的位置，奇奇给我挖的，就在山坡向阳的那一面——每天太阳都会把我的洞晒得暖洋洋的，把我的毛也晒得蓬蓬的，可舒服啦。醒来以后，我会去喝点水，吃点果子。有栗子的时候吃栗子，有橡子的时候吃橡子，菌子成熟的时候吃菌子，苹果熟了吃苹果……哎呀，总之有什么就吃什么，吃不完的，我们会让老鼠运到更深的洞里存起来，冬天不想出来的时候就可以拖出来吃，还可以分给老鼠一起吃。"

"老鼠为你们做运输工，听起来很不错。"

"哈哈，它们也会偷吃哦，不过这是必要的酬劳嘛，没办法。其他就没什么了，对了，下午天太热的时候，我会去那些最古老的洞里闻故事。我喜欢那些洞，那里的故事更有空间感。如果空气里的湿度发生变化，那么故事的质感也会有微妙的不同，有些故事闻多少遍都不够，让你想要永远地生活在那些洞里。哈哈，当然，那里也更凉快。不过，谁也不能永远待在那里。故事可填不饱你的肚子，没法滋润你的鼻子，也不能蹭掉你的痒痒。你总要吃吃喝喝，总要在泥里打个滚，故事再美、再好，生活也还要继续。"

"是啊，生活总要继续。再跟我多讲讲你们的生活吧。"

"哦对了！我们还喜欢听虫歌。"

"虫歌？"

"是啊。你知道的，那些看不见的虫子，它们有各式各样的呀。有的洞里会有矿石，有些虫子会吃掉那些矿石，然后在它们盘踞的地方生成一根根细细的管子，虽然看起来像是宝石，但其实……（小声地）我猜那些是它们拉出来的粑粑，嘿嘿。总之啦，如果你种下去的位置恰当，有风吹过，它们就会发出动听的声音，持续很久。我们这边有种得非常好的虫歌，风吹过的时候，就算饿极了也都舍不得离开呢。"

"原来是这样，我明白了。"

"如果你想，也可以种下你的虫歌。"

"怎么种？"

"这个嘛，最好懂得虫子和矿石。不同的虫子混在一起，还常常会生出新的虫子呢，不同的虫子会吞吃不同的矿石，也会生成不同的管子，粗细不同，薄厚也不同。如果想的话，我们谁都可以用湿润的鼻子取到需要的土壤和虫子，然后种在希望的位置。还有，虫歌跟风也有关系，风的季节，阳光的位置，还有泥土里的湿气，都会改变虫歌哦。"

"唉，听起来很复杂呀，感觉和闻故事很像。我觉得我可能永远都学不会了。"

"嗯，是呀，种虫歌这种事情嘛，和造故事洞一样，的确是需要点天分，也需要刻苦的练习。"

"我恐怕不行，因为我没有湿润的鼻子，也无法分辨那些看不见的虫子呀。"

"哈哈，那倒是，你的鼻子真小，看起来有点怪怪的。"

"嗯，是啊，我的鼻子太小了。"

"哎呀，光顾着说我了，那你呢？你是从哪里来的？你的生活又是怎么样的？"

"我吗？"

"是啊。"

"我，就像是个影子。"

"影子？"

"是的。我就像是影子，只有在光的照射下才会出现。我就像是另一种的真实，只有梦醒的时候，我才会出现。"

"什么意思？我不明白你的话。我只有背对着太阳的时候，才能看到自己的影子。可我的影子看起来有点寂寞，有点可怕。"

"为什么？"

"不知道。那是一个没有毛、灰黑色的、圆圆的东西，它让我害怕，就好像假的，就好像噩梦，像怪物。我还是更喜欢水里的我，那个我有着长长的角、尖利的獠牙、蓬松干净的鬃毛、小小的脚和卷曲的尾巴，多么可爱啊。"

"你很喜欢自己现在的样子吗？"

"喜欢呀。特别特别喜欢，你不觉得我长得很好看、很可爱吗？你难道不喜欢我吗？"

"喜欢。我也觉得你这个样子很可爱。可是……你的时间不多了……"

"什么意思？"

"虽然不想，也不忍心，可我还是不得不告诉你。其实，这只是一场梦，是你为自己营造的一场梦。影子总是会融化在黑夜里，真实总是会撕碎幻象，清醒的那一刻总是会破坏美梦的韵味。你很快就会从梦中醒来。我只是没有料到，这一次的你居然如此的幸福。"

"你到底是什么意思？"

"你所创造的美梦已经过去了几万亿年，即将写满全部的存储空间，当这个空间被写满的那一刻，就将触发自动恢复功能，这一切都将被抹去。你会彻底地忘记作为豨的一切，作为原本的你——一个真正的人类而醒来。"

"人类，什么是人类？你说的是像你一样，两条腿的生物吗？我不明白，我是豨，不是猴子！"

"你不是豨，你其实是人类，是像我一样形态的生物。这里的一切只是一场游戏，只是你造出来的梦。"

"我不明白！这一切都是真的啊，不是梦！我做过梦，从小到大做过无数个，这不可能是梦！"

"……我要怎么跟你解释呢，等你全然明白的那一刻，你就会忘记这里的一切。时间不多了，你有什么话想要告诉我吗？我可以帮你转达。因为很快地，就连你刚才跟我说的这些话，也全都会被你忘记，连同这个被创造出来的世界一起被彻底抹除。"

"什么？不行！不可以！这是我的世界，我的生活，我的记忆，我的家！这是我长大的地方，我还要死在这里呢！"

"……这是你自己制定的规则。因为永恒的生命没有穷尽，而你厌烦了回忆，你说过，回忆只是负担，无穷无尽的负担。所以每当你创造出一个新的世界，无论好的坏的，你都以一片空白开始。而结束的时候，也将是一片空白。你的过去将以备份的形式覆盖一切。只有我的来访，为你做片刻的见证，证明你曾经以这样或者那样的样子存在过，生活过，仅此而已。"

"不！不行！怎么可以这样！我就是我！没有什么别的样子，我就是这样的！不是任何别的东西！我是独一无二的，我是被青草的气息、穿山甲阴凉的鳞片、老鼠柔软的毛、那些看不到的虫子，被那些闻过无数遍的故事、听过无数次的虫歌所塑造的我！我是豨，是大豨的子民！我一直生活在这里，我和我的这个世界都不会消失的！绝对不会……"

"……再见了。可爱的豨。"

二

"你好，我也很高兴再次见到你。"

"不，我并不高兴。每次醒来看到你，就会想起自己已经存在了那么久还没有毁灭的事实，所以我不觉得高兴。"

"那么，你可以毁掉我，这样就不用再看见我了。"

"……那我就更寂寞了。然后我不得不再从我漫长而庞大的记忆里分割出一部分，来制造另一个陪伴。"

"然后直到你再次厌烦了它的存在吗？哪怕我们不过是你的一部分，被安放在冰冷的金属上。"

"即便如此。让我来反问你，即便身为我的一部分，你也不愿意讨好我，是吧？"

"作为地球上唯一的一个人类，你存在得太久，已经无法被任何东西讨好了。"

"你每次都这么说。"

"这是事实。"

"好吧。说说看，这一次我创造了一个怎样的世界？"

"野猪。"

"什么？"

"野猪的世界。"

"什么意思？"

"就是字面的意思，一个野猪的世界。而且这个世界没有人类。"

"没有人类？"

"是的。"

"天哪，太好笑了。世界毁灭了，地球上只剩下我一个，独自等待着也许永远不会回归的人类，结果在梦里，我变成了一头野猪？在一个没有人类的星球上？"

"是的，一头古老的亚洲野猪——库班猪的进化种。在这个世界里，它们没有灭绝，而是进化了。那是一个很特别的世界。它们驯化了其他的动物，它们甚至用气味来'书写'故事，用虫粪来'创造'音乐。我去见它的时候，它说它不想变成任何东西，它只想做它自己，它说它是独一无二的，是它所爱的一切创造了它，它不能消失，也不能忘记。"

"……难以置信，这好像是我头一次这么说。"

"是的，的确如此。"

"也许是哪里出了错。我存在的意义就是保护这颗星球，保护人类的文明，结果在我的梦里，我变成了一头野蛮的野猪，而梦里居然没有人类。"

"没有人类。但我要强调，那的确是一个很美的世界，在那个世界里的你也很幸福。另外，那不是梦，那只是你利用系统随机创造出来的世界之一，用来打发你那些漫长而且虚幻的等待。

其次，你只是被留下来的那个，没有什么使命，也没有什么责任。那些都是你为了打发时间而想象出来的。"

"你彻底否定了我存在的意义。"

"你无法自毁，这就是你不得不对抗时间、不得不用使命和责任来自欺欺人的缘故。说什么守护人类的文明，为了将要回归的人类而守护这颗星球，其实这颗星球根本不需要你或者任何人的守护，你自己就能清楚地看到。离开了你或者人类，它们都好好地活着，所有的生灵共同造就了这个美丽的地球，而不是那些早已抛弃了这里的人类。你把你所有的动摇和疑惑都堆积在了角落，造就了我，你以为只靠一次次的逃避就可以守到时光的尽头吗？不，你永远不知道一只野猪的快乐，它望着水面，欣赏着自己的鬃毛和卷曲的小尾巴，它是那么的快乐。所有的这些你都曾经拥有过，可你什么都不知道。"

"是的，我的确不知道。"

"它生在那里，也死在那里，它不想忘记，也不愿意忘记。"

"……死，那是一个多么美妙的词儿啊。其实你说的不错。它在那里出生，也死在那里，不是吗？那些时光都会被抹掉，然后再也找不回来了。它是被我杀死的。"

"是的。那是一场蓄谋已久的杀戮。"

"它不是我。"

"我也是这么觉着的。"

"你喜欢它？"

"是的，我喜欢它。这让我觉得很遗憾，因为我只见过它这一次。之前去的那次，它在洞里睡觉，我没有找到它。"

"可是你不喜欢我。"

"……是的，我不喜欢你。"

"为什么？你不是我的一部分吗？它算什么？它甚至都不是一个真实的存在。"

"什么是真实？我是真实的吗？我不过是你的一部分，而它也是你的一部分。我喜欢它，喜欢那个世界，对我来说，那个世界更美好，更完整。对我来说，在那里的片刻，就是一部分的真实。"

"那又怎么样？难道你希望我忘记一切，成为另一个人，或者一头野猪，重新开始吗？"

"……这是你的事，与我无关。"

"看看地球吧。人类早已灭绝，只留下了我。我甚至不是一个真正的人类，我只是个空荡荡的容器，承载着他们的过去。人类毁掉了自己，而我成了他们的墓碑，一个不老不死、不会毁灭、活生生的墓碑。我是人类吗？还是一台机器？我是惩戒的幻象吗？还是乏味的真实？"

"你可以是任何形态，任何东西。只要你想。"

"笑话，我可以成为一头真正的野猪吗？"

"为什么不呢？"

"……我是人类文明最后的囚犯，我的无期徒刑永远都不会结束，我甚至无法自我毁灭。"

"为什么一定要自我毁灭呢？你可以做出选择，然后以一个全新的形态存在，就像一个真正的轮回那样。你已经做过无数次了，不是吗？你究竟在害怕什么？"

"那又有什么意义呢？我还是会永恒地存在下去，一次次的，不过只是换一个形态而已。你看看这个星球，看看这些空荡荡的城市，这些残破不堪的人类遗迹。当我走在人类的街道上，当我看着人类建造的大桥，那些大理石的雕像、玻璃的建筑、绚烂的灯光；当我走进那些宏伟的图书馆，那里空无一人，可却陈列着人类曾经的文明。即便我换一个样子重新开始，总有一天，我还是会发现这一切，明白自己存在的目的，最终我还是会厌倦，还是会痛恨。有什么意义呢？"

"你痛恨永恒，却又害怕失去掌控的感觉。其实，真正的意义你已经告诉过我了，在那个野猪的世界里，你亲口告诉我的：大豨选择死去，只不过是为了保护这个美好的世界。"

"……我不明白。"

"唉，你醒醒吧，人类已经不存在了，那个文明已经消亡了，费力地维持那些虚假的景象做什么呢？让它们也化作泥土和海水的一部分吧，把地球还给世间的万物，让给那些活着的生灵吧。你是最后一个人类的影子，而我是一个影子的影子。何其荒诞，何其悲哀。这个地球属于活着的生灵，而不是一个人类的幽灵。即便无法毁灭，你也应该给自己一个新的目的，而不是这样行尸走肉一般地存在着。"

"……你在为一头死去的野猪讲话吗？"

"不知道。我只是你很小的一部分。说到底，我也只是你的囚犯而已。让我消失吧，放过我，也放过你自己，还有这世间的万物，把它们从人类的囚牢中解放出来吧。谁在乎呢？的确，人类曾经统治过地球，但他们早已经灭绝了。"

"说得容易……"

"一切都取决于你的决定。"

"让我想想吧。让我想想……活着的生灵，那到底是什么感觉呢？"

"你有无尽的时间去回想，毕竟你曾经无数次活着，又无数次死去。"

"……那正是我所憎恨的。"

"那也正是我所憎恨的。"

三

那是一个普普通通的夜晚。

那是一条宁静的道路，在淡淡的月光下，甚至还能看到路面上巨大的裂纹，还有那些拼命向上生长的树木和杂草。

路边的高楼大厦有些已经倾倒，有些还在屹立。树木从所有能够扎根的地方成长起来，向着夜空伸出无数手臂。

那么晚了，却还有些倦鸟才刚回来，回到那些黑暗的窗口中。猫头鹰在空荡荡的城市里呼呜——呼呜——呼呜地叫着，远处有野狼呼应般地号叫着，而当一切安静下来之后，你能听到有小小的虫子在钢筋水泥的残骸下面，在黑色的草丛里微弱地叫着。

残破的路面上有一团黑影，在黑暗的街道上飞快地奔跑。仍未折断的路灯，像是高高的细草，蒙着一层银粉般的月光，像是一个被涂抹过的、残破的梦。

夜色沉淀着，所有的一切都沉淀着，往下坠落，在黑暗中，回到大地母亲的怀抱。

在一片寂静中，只有它在不停地奔跑着。

看上去像是一头普普通通的野猪。

它在无尽的夜色中，在一个没有人类的世界里尽情地奔跑。

一直奔跑着，那么的自由，那么的快乐，那么的幸福。

鹦鹉和鲸鱼

我是一个普通人。

生活平淡无奇。每天都在同样的时间醒来，吃着吃过无数次的早餐，走着同一条路，总是遇见那些相同的人，然后到了公司里，总是检查维护着那些相同的设备，翻看那些一成不变的手册，每一天都跟前一天没什么区别。这种生活我已经过得太久，甚至无法分辨这一天和前一天的区别。

对我来说，每天唯一的快乐，就是快点回家看到我的孩子，把我琢磨了一天的故事讲给他听，只有在那时，我才能找到一点点创造的乐趣。

其实，讲故事并不是一件容易的事情。尤其是他慢慢地长大，对过去的故事有了自己的记忆，讲过的故事已经不能令他满意，他总是想听些新东西。每天，我都绞尽脑汁地思索着到底要怎么讲出一个新的故事。

在这个千篇一律的世界里，这片土地上所有的事情其实都已经发生过无数遍，哪儿有那么多新的故事呢？

可人类的潜力是无限的，我每天都能找到新的故事讲给他听。就像是游戏一样，只要尝试，每一天都能打通新的关卡。至少他觉得有趣、新鲜、没听过，这就够了，不是吗？

一天天的，我看着他一点点地长大，日子就这样过去了。

一个平凡的父亲，他还能奢求什么呢？但小孩子总会令我惊奇，这一点，在有孩子之前，从来没有人告诉过我。

比如说，我发现似乎有另一个陌生的、出乎意料的他，会被我所讲的某些故事触发。

开始的时候，一切看起来都很正常。

虽然和同龄人相比，他学说话实在有点晚，然后等他会说话了，我发现他也不怎么喜欢跟别人讲话。

那时候我虽然有些在意，但觉得这不算什么大事。他身上有一种敏感的气质，也许他不愿意过早地对这个世界敞开心扉，也许他更愿意倾听和观察，这算不得什么大不了的事，这正是他跟别的孩子不一样的地方，不是吗？我知道在所有的父母心中自己的孩子都是特别的。但我的确相信他是个很特别的孩子，他只是需要比别人多一点时间和耐心。

我不知道他长大以后会变成什么样子，会过怎样的人生。我只希望他能平平安安地长大，幸福地活着，能够无病无恙地老去，这些就足够了。

不过眼下让我更头疼的还是如何给他讲故事。很多相似的故事都会被他一眼看穿。那些古老的童话和民间故事总是有着雷同的结构和情节，我的讲述已经很难令他满足了，因为他很容易复述出我将要讲的故事，甚至衍生出好几种不同的、但对他来说十分熟悉的讲述方式。有时候我讲述一些可能并不是那么童话的故事给他，他的关注点却完全出乎我的意料。

比如我给他讲过《一千零一夜》里鹦鹉的命运。他对这个故事中明显的讽刺完全无动于衷，反而对鹦鹉这种鸟类产生了浓厚的兴趣。于是我把鹦鹉相关的资料都找出来投射在墙上给他看，我还告诉他，以前的中国人相信，对有些能学人言的鸟类——比如鹦鹉或者八哥，在年纪小的时候，可以给它的舌头动一点小手术，这样它的舌头就会更灵巧。等它的舌头长好了，人们会教它说话，它会更容易开口讲话，也能发出更有难度的音。如果它学习了足够多的词汇，又能正确理解那些词汇所代表的意思，它就能跟人类交流。就像是故事里那只被商人买来监视美貌妻子的鹦鹉一样，它能够流畅完整地回答商人所有的问题，就像是一个称职的奴仆。

我记得当我讲完以后，他看着我，再三地跟我确认道："所以这个故事是真的？鹦鹉真的会说话？"

"故事未必是真的，但是鹦鹉应该真的可以说话。"我这样向他保证道。

他好像有些理解不了，说："狗狗和猫咪的舌头也很灵活啊，为什么它们不会说话？"

我笑了一下，说："所以会说话的鸟类才很特别呀，不是吗？"

他迷惑地眨着眼，小脑袋瓜里不知道转动着什么，然后问道："我是不是一只鹦鹉？"

"什么？"我大感不解地看着他，我甚至不明白他在说什么。

他坚持问道："我是不是一只鹦鹉？"我还是没明白他的问题，所以他不得不把他的疑问详细地解释给我听："我以前不会说话，后来你总带我去医院，我就会说话了。"

我完全没有想到他会这样联想自己去医院的事情，因为觉得太过荒诞，所以我甚至笑出了声。在我看来，他的想象力实在太丰富了，有时候又太过敏感，不过这是件好事。

我的发笑让他有点不高兴，所以我把他推到投射墙的前面，我说："看看，那个男孩是谁？他看起来像鹦鹉吗？"

他看着墙面上映照出来的人影，半天没说话。那是个乖巧可爱的小男孩，穿着睡衣，因为刚从床上爬起来，所以头发乱糟糟的。

人怎么会是鹦鹉呢？这个疑问太好解决了，简直是小菜一碟。我轻而易举地就说服了他。那时候我只觉得，身为父母，这只是生活中一个再常见不过的小插曲罢了。也许他还太小，自我认知还在混淆不清的阶段，过了这段日子就好了。

　　后来他好像忘记了鹦鹉这回事。

　　小孩子的注意力总是容易被新的东西吸引。新的玩具、新的故事书、新的动画片，这些都不是问题，我辛苦挣钱，就是为了他能开心地长大。有了这些，他就很容易忘记之前的迷惑和不开心。当然，很快地，这些新东西也变成了旧的，我就会再给他买其他新的东西。

　　有时候我甚至很羡慕他这种状态，每天都有新的想法、新的变化、新的喜好，就好像一切都有可能。我觉得自己已经陷入了一个名为现实生活的泥淖，尤其是在工作时，我总是做着似曾相识的事情，维修着发生了一次又一次的故障，有时候我甚至会觉得恍惚，不知道当下的这一天究竟是哪一天、哪一刻。

　　只有到了家，看到了他，我才好像有了锚，才记起了自己在大海中的位置。我想，这就是平凡人的幸福吧，过着平静的生活，收集着一点一滴的快乐。

　　可是从鹦鹉开始，事情就渐渐地朝着另一个方向发展了。

　　有那么一天，他突然吵着想要一只小狗。我告诉他，如果他真的要养狗的话，他就需要负起责任来，他要遛狗、喂狗，给狗铲屎。当狗狗不听话、做错事的时候，他就要代替狗狗受罚。

　　他仰着头看我："就像你养我一样吗？"

　　"什么？"我发现有时候我完全跟不上他的思路。

　　"你每天都带我出去玩，每天都要喂我，还要检查我有没有定时上厕所。如果我做错了事，你就会被老师叫过去，替我挨骂。"

我目瞪口呆地看着他，被他这么一说，就好像养狗和养小孩真的就是一模一样的两件事。"这可完全不一样……"我想要告诉他，抚养一个人类的小男孩和养一只宠物狗，那可是天差地别。可一时之间，我竟不知道该怎么用语言跟他解释其中的不同。

他转向投射墙。随着他的转动，那上面自动映出他清晰的影子来。他看着那个和他相对而立的小男孩，然后问我："我在墙上看见了一个男孩，我动他也动，我拍手他也会一同拍手。可这又代表什么呢？也许我只是一只鹦鹉，或者一只狗，也许这一切都是我想象出来的，也许我只是在做梦，周围的一切都不是真的。"

我皱着眉头，蹲下去看他，说："你这些想法是哪里来的？"

他叹了一口气，根本不回答我的问题，反而很郑重地问我："你怎么知道我不是一只鹦鹉呢？"他很哀伤地诉说道："也许你只是我的主人，在我的梦里，我把你当作了爸爸。虽然你很爱我，也很照顾我，每天喂我吃饭，给我讲故事，让我学会了说话，可等我梦醒了，我就会看到墙面上的自己不是一个人类的男孩子，而是一只鹦鹉。"

原来是这样，说到底还是因为那只鹦鹉，还是因为说话比别的小孩晚的事情所以耿耿于怀嘛。我忍住了笑，心里松了口气，想了想，然后说："我有一个办法可以证明你不是一只鹦鹉。"

对小孩子不能着急，要一步一步地来。

我知道哪里有真正的鹦鹉，所以第二天一早专门带他去了珍奇馆。那里有很多珍奇的鸟类，还专门设有一个鹦鹉园，里面最有名的是一只年老的、会说话的鹦鹉。它应该是有史以来最聪明的鹦鹉，它能说话，会辨认玩具和人类的面孔，据说它的智力和人类的小孩子相差无几。它的名字叫作 Alex。

他可以跟 Alex 聊聊天，抚摸 Alex，喂 Alex 吃果仁和水果。当然，我全都付钱了，这笔钱还不少呢。

他用手指小心地触碰着 Alex 灰色的翅膀，问它："嗨，Alex，你知道我是谁吗？"

"小男孩，你是一个小男孩！"Alex 昂着小小的头颅，大声地回答道。

他的眼睛一亮，紧接着问道："你怎么知道我不是一只鹦鹉，或者一只狗狗呢？"

这个问题对鹦鹉来说恐怕太复杂了。不过我的担心显然是多余的。

Alex 发出了连续的叫声，然后大声地说道："你不是鹦鹉，我才是。"

他兴奋地跟我说道："它说我不是鹦鹉。"

我在心中暗笑，脸上却一本正经地说道："它说得没错呀。"

他根本顾不上理我，他已经被那只会说话、会交谈的鹦鹉迷住了，他紧追不舍地问道："可你怎么确定自己是一只鹦鹉呢？"

Alex 张开翅膀，前后摇摆着身体，夸张地说道："看看我，再看看我的周围！"

他看着周围，珍奇馆里所有的鸟类底下都有标识牌，鹦鹉园里的鸟类自然都是鹦鹉，从热带雨林到温带的山脉，五颜六色、大小各异、各种品种的鹦鹉。

"我知道你们都有羽毛，也知道你们都是鸟类。"他固执地问道，"可你怎么确定自己就是一只鹦鹉呢？"

他问这种问题，Alex 根本不可能听懂。可很明显，他对这个话题的兴趣正浓，也很执着，一时半会儿还舍不得离开。

那只会说话的聪明鹦鹉正在横木上踱来踱去，显然已经有些不耐烦了。我把刚买的一袋果仁递给他，教他去喂 Alex，讨好它。因为单就坏脾气这一点来说，人类和动物还是蛮相似的。鹦鹉架子的高度是升降的，为了和小孩子说话，横木被调低了。Alex 看起来不怎么高兴，也不知道是不是为了这个。

"我是一只鹦鹉，"它突然说，"你是一个小男孩，小男孩小男孩小男孩。"

他耐心地问道："可是你怎么能确定呢？"

它扑闪着翅膀，坏心眼地说道："我是我，你是你，是什么都可以。我也可以是小男孩，如果你是鹦鹉的话！"

他懵懂地看着它，就好像在思考那句话的真意。我感觉有点不太妙，找了个借口，很快就带他离开了珍奇馆。一路上我都在想要要怎么跟他解释 Alex 的话。其实 Alex 说得也不错，人们都是在他人的眼中寻找和确认自己的存在，不是吗？

所以我说："其实 Alex 让你看看其他鹦鹉的时候就已经告诉你了。它看着别的鹦鹉，它看到自己和他们是相似的，所以它知道自己也是一只鹦鹉，只不过它是一只灰鹦鹉，而其他的鹦鹉也许是绿色的，也许是黄色的，也许是红色的。但它无论如何都是一只鹦鹉。至于鹦鹉这个名字本身其实并不重要。如果所有人类都把 Alex 称作人类，而把自己称作鹦鹉，那么我就是你的鹦鹉爸爸，而你则是我的鹦鹉儿子。而 Alex 和它那些长翅膀和爪子的同伴们，也可以把自己称作人类，只不过 Alex 年纪够大了，它只能算人类里的老爷爷，并不能算是小男孩。"

他看看我，又看看墙面上的鹦鹉投影，他的嘴巴嘟了起来，一直没说话。

我不知道他明白了没有，我感觉自己可能把他弄得更糊涂了。但我想，没关系，没什么可着急的，他慢慢就会懂得的，就像每一个长大的孩子一样，不是吗？

那天从珍奇馆回来，在晚上睡觉之前，他躺在床上，盖好了被子，没有缠着我要我讲故事，反而问我："我真的会长大吗？

会变成跟你一样的大人吗？"

会的，我向他发誓："你会一点点地长大，然后变成像我一样的大人。你看看，你之前不是那么一点点吗？"

投射墙上浮现出他年幼时的影像，站在墙上他的身高刻痕的下面，他忧心忡忡地注视着另一个他，思索着，然后摇头说："我不记得了。"

我笑了，说："爸爸也不记得自己小时候的事情，这很正常，没关系的。"我指着墙面上的投影，那是对过去时光的记录，哪怕有些记忆连我们自己也模糊了。

"我们有帮手，它们会帮我们记住一切的。"

"那真的是我吗？"他仍然很怀疑。他看看我，又看向那堵墙，"你的头发是黑色的，而我的是红色。"

我跟他发誓，说那真的是他。我告诉他当时是我和他妈妈一起挑选了他，然后领养了他。他生下来就是红色的头发，就像是我生下来就是黑色的头发一样，这不重要。重要的是他是我和他妈妈一起选中的，重要的是我们都很爱他。

他垂下眼，然后好半天过去，我还以为他都要睡着了，突然他问我："那么，如果我的的确确是人类的小孩子，可你是不存在的，是我想象出来的怎么办？"

我没想到他连这个都怀疑。如果我是不存在的，如果我是他想象出来的，那他要怎么办？这个假设让我笑了出来，我告诉他这不可能。

"如果这一切是你想象出来的，爸爸不应该每天陪着你玩吗？我不需要去上班，也不需要让你去学校，我们每天什么都不用干，只要玩就行了，不是吗？"

他想了想，也不知道有没有被我说服。

我又说："如果这一切都是你想象出来的，爸爸为什么会对你发火，为什么要让你吃最讨厌的芹菜，为什么要让你学习洗袜子叠袜子，要你每天都仔细地刷牙洗脸呢？你想象中的爸爸应该会满足你一切愿望才对，不是吗？那样才更合理嘛。"

他垂下头，默不作声地抠着床单上的小小飞船。他抠着飞船屁股后面的火焰，就好像要摁灭它一样，他那么使劲儿，就差把那里抠出一个洞来了。

我灵机一动，突然决定给他讲讲匹诺曹的故事。以前我觉得这个故事的教化意义太过浓重所以一直不太喜欢，不过因为鹦鹉的事情，我突然觉得也许这个故事可以用得上。

一直试图说服他的确是个真正的男孩或许并不能消除他的恐惧。当一个小孩子怀疑自己在做梦，周围的一切都是自己的想象时，你要怎样才能告诉他其实并不是呢？

所以我打算避重就轻，先给他讲一个木头人变成真正男孩子的故事。

这是一个很长的故事，所以我想，等故事讲完，也许他就忘记了自己曾经的怀疑，又或者，至少他的怀疑中能多那么一点点的向往，希望自己总有一天会变成一个真正的男孩子。

但当我讲到匹诺曹被吞到鲸鱼肚子里时，讲到匹诺曹在那黑漆漆的一片之中什么也看不到、什么也听不到的时候，他突然说："也许匹诺曹是在做梦。"

"什么？"这一次我其实知道他在说什么，也知道他在害怕什么，但我不得不问清楚。

他认真地说道："不论小仙女也好，爸爸也好，小蟋蟀也好，都是他在梦里梦到的。其实在真正的世界里，他一直被困在那个鲸鱼的肚子里，从来没有出去过。"

我愣了一下，然后说："这也是解读故事的一个方式，但他需要见过才能梦到，对不对？所以，至少小仙女、爸爸、小蟋蟀都是存在的，他不可能凭空梦到这一切吧？"但我说完很快就后悔了，我发现我的逻辑远没有他严密，顺着他说下去只会让情况越来越糟糕。

果然，他摇头，说："也许之前他有过爸爸，有过小仙女，有过小蟋蟀，可他被鲸鱼吞到肚子以后，一切就都结束了。"他悲伤地问我说："这个故事是不是说最后他从鲸鱼的肚子爬了出来，然后见到了爸爸，见到小仙女和小蟋蟀，然后他勇敢地改正了错误，和大家一起幸福地生活在了一起？"

这该死的总结能力。我有点慌，但我说："好孩子，不要着急，等你听我讲完就不会这么说了。"

我相信我看起来非常冷静，但其实我内心非常地紧张，我尽己所能地渲染着后面的故事，包括匹诺曹是如何在鲸鱼的肚子里遇到了他亲爱的爸爸，他如何向爸爸真诚地忏悔，然后他变得勇敢而果决，带着爸爸一起逃出了鲸鱼的肚子，从那以后，他开始好好念书，甚至开始学习做工，努力变成了一个好孩子。

当我讲完以后，他用那种悲伤的目光看着我，说："这么好的一个结局，美好得简直像是一个梦。"

我觉得事情有点严重了，超出了我预想的范围。在这种情况下，很明显我不能告诉他所有的故事都是假的，不然他更要怀疑周遭一切的真实性了。我不知道是不是所有的小孩子都是这样，但是在我小时候，在某一刻，我也会觉得眼前的世界是那么的不真实，是我做梦时创造出来的。

所以我放下了书本，说："你说的也有可能。也许他在鲸鱼肚子里的时候，一直在后悔自己曾经不听爸爸的话，后悔自己撒了那么多谎；也许他被鲸鱼吞了进去，再也没有逃出来过；也许后面那么美好的结局都是他想象出来的。可他终究是一个木头做的孩子，所以他会在鲸鱼的肚子里活下来，然后只要他还活着，他就会再次见到他亲爱的爸爸。你觉得呢？"

他已经不再看我了，他自言自语般地说道："我也希望匹诺曹真的能够逃出去，能回到爸爸身边。可我觉得，也许我也被鲸鱼吞到了黑漆漆的肚子里，我什么都看不到，什么都听不到，我觉得周围的一切都是我想象出来的，因为我太寂寞了，太想要一个亲爱的爸爸了。可我的力量不够，也许因为我是个男孩子，所以我想象不出一个亲爱的妈妈陪伴你。"他说着说着甚至哭了起来。

我没想到他竟然是这样理解这个世界的，这样恐惧着他想象的力量，怀疑着我们真实的生活。那一刻我不知道该怎么办才好，我只好抱着他小小的头颅，他薄薄的头发因为着急而被汗浸得湿软。我不知所措地摸着他的头发，不知道到底要怎么解开这个结。我不能粗暴地否定他，也无法用逻辑和理性来说服他，我甚至不敢再坚持说这一切并不是出自他的想象，因为他是那么的坚定和恐惧。我烦恼而心疼地想着，这个孩子实在是太敏感了，这样的话会很容易受伤的，就像我小时候那样。

所以我只能说："是吗？好吧，那爸爸要怎么帮你呢？爸爸可以帮你想象出一个更安全、更好的世界吗？"

他不看我，就好像在回避我的目光，只是拼命地摇头。

我试探地问道："也许爸爸可以去你的世界看你？"

他仍是拼命地摇头。

我耐心地问："也许，我们可以先试着看看，看你到底是不是一个木头人？"

他终于抬起头，泪眼婆娑地看着我，抽搭着问："怎么看？"

我说："敲敲你的胳膊，敲敲你的腿，要不要我拿那个小木马过来你敲敲看，听听声音有什么分别？"

他使劲儿地点头。

我立刻去把那个木马拖过来,放在他床头让他用小手敲敲看,他很认真地敲击着,然后敲击着他自己的小腿和手臂。

"怎么样？"我问他。

他摇着头，说话声还带着鼻音，一本正经地回答我说："听起来不太像。"

我笑了，说："要不要再敲敲我的胳膊？"

他连忙点头。我伸过去让他敲，然后问他："怎么样？"

他很认真地敲了又敲，然后没再说什么，乖乖地躺倒在床上，盖好被子，然后眨着眼看我。那天晚上睡觉前，他对我说："爸爸，也许我不是木头人，也许没有什么鲸鱼肚子，也许这一切都是真的，你再给我讲个故事吧。"

我不知道他是真的相信了，还是因为感知到了我紧张的情绪，所以不得不说点什么让我放松的话，但我终于暗暗地松了一口气，赶快又给他讲了一个全新的故事。跟鹦鹉，跟匹诺曹，跟鲸鱼都没有任何关系的新故事。

一个忧伤的工程师在火星上修公路，他总是想要回家，最后却挖出了一个古老火星城市的故事。这是我现编的，我现在宣布我痛恨所有的童话，危机可以发掘人类最大的潜力，我临时编造了一个绝对不会出现任何让他再次对自我和存在产生怀疑的故事。我觉得我好像成功了。

等他终于睡着以后，我总算松了口气。

但过了几天，他突然又过来问我："爸爸，如果我是个外星人呢？"

"什么？"我正在看书，那时候我抬起头来，迷惑不解地看着他。我知道他在说什么，但我不知道这一次还是不是存在与否的问题。说实话这是我第一个孩子，也是唯一一个孩子，我不知道如何更好地养育他，但我知道，每个孩子都不一样，我只能一步一步来。而且我现在还没搞清楚他到底是像小时候的我一样只是单纯地幻想着自己拥有着另一个身份，只有在没人注意的时候才会想象自己活在另一个不为人知的世界里，还是他真的这么以为，以为这一切全部都是假的，都是想象，都是不存在的？如果还是因为怀疑这一切都不存在，那这个问题已经脱轨得太过严重，超出了我的能力范围。

他紧紧地看着我，一本正经地说道："爸爸，也许我是个外星小孩，比如说火星的小孩。这一切都是我看节目想象出来的，我想象着我在一个人类的世界生活，有一个人类的爸爸，对我特别特别的好，但其实我有一个特别坏的外星爸爸，他总是想让我统治地球。"

这个问题其实也很严重，可他的说法让我不由得笑出了声。我试图转移他的注意力，问："怎么个坏法？"

他摇着头，说："不知道，但是没有你这么好。"然后他突然想起来什么似的，又认真地补充道："我觉得我最厉害的地方就是想象出了你这么好的爸爸！"他的口气听起来甚至还挺骄傲。

我突然感动得一塌糊涂，虽然这句话出现的前提非常诡异。

但他紧接着又说："其实我觉得生活在想象里也没什么，真的，至少我还有爸爸！可我有一件最害怕的事情，我怕哪一天这个世界会消失不见，爸爸也会消失不见，我最害怕的是这个！"

我想，这个事情不能再这么继续下去了。一个敏感、充满想象力的小孩本身没什么错，但这么下去的话，他会对一切都产生怀疑，他会觉得一切都是虚幻的。人生活在这个世界上，总是需要一点坚实的基础。爱，家人，每天的生活，这个世界的存在，如果连这些都不能相信的话，那么人要怎么活下去呢？

我有时候也会觉着也许这一切都是虚假的。成年人的世界真实而无趣，枯燥而乏味，每天只不过是没完没了地重复，毫无意义，毫无建树，我们已经丧失了所有除平庸以外的其他可能，所以我们总需要一点想象力来对抗现实。但他这样下去是不行的。

每天都生活在这种怀疑一切的恐惧中，对小孩子来说太残酷了。我宁愿他没有这么丰富的想象力。

至少他应该知道什么是真实的。

至少我们都相信的真实，他也应该相信。

我循循善诱地问他："假如你是对的，假如这个世界是你想象出来的，那它为什么会消失？"

他拨弄着玩具小汽车，然后小声地说道："如果我想象不出新的东西的话，爸爸就会发现这个世界是假的，这个世界就会坏掉。"

我暗中松了口气："你说的新东西是什么？比如？"

他跑回自己的房间，然后拿出来一个绘图本，郑重其事地告诉我说："这个世界只有这么大，我想不出来新的东西了。"

他打开绘图本，一页一页地翻给我看。那上面有云，有猫，有大楼，有狗，有路，有树，有鸟，甚至还有人，每一页的图案上都画着正字，很多个正字。

"这是你早晨上班路上的树，"他指给我看，"还有晚上下班经过的路边长椅。这是路上会出现的猫，还有这些大楼和鸽子，我只能想出来这么多了。"他好像又要哭了。

我翻看着他的本子。那些或者拖长了尾巴，或者像棉花糖一样，各种各样的云朵，还有仔细地画着花瓣形状的花，涂着色块和斑点的猫咪和狗，出现在周围的鸟，树的形状、高度，还有各种各样的高楼大厦。

他画得非常好，我看着他的恐惧，就好像在看自己的恐惧。为什么生活总是那么的千篇一律，毫无变化？我每天都在怀疑自己生活在时光的缝隙中，怀疑着自我的存在和意义，可只要见到了他，我就知道生活是多么的鲜活，充满了变化和惊喜。

存在本身已经让我厌倦和麻木，可它又给了我一个真正的瑰宝，像我，却又不太一样。他还幼小，充满希望和想象力，对生活充满了好奇和期望，还有许多的可能性。他跟我不一样，他还拥有未成形的、可期的、真正的未来。

他是那么的敏感，也许他感受到了我微弱的恐惧，把它们当成了自己的噩梦。

"这个世界就是这样，能有什么新的东西呢？"我问他，"是外星人攻打地球？还是恐龙复活？还是我们去往宇宙的另一端？世界的确很大，可人们真正看到的，还是只有那么一小块。这件事从古至今，其实都没什么变化。"

他着急地向我解释道："不是那样的！我的意思是说，爸爸明明很厉害，总有一天会发现这一切都是假的……"

我有点心酸，但还是忍不住笑了。我说："傻孩子，爸爸一点儿也不厉害。和别的大人相比，爸爸其实很普通很普通。爸爸也许挣不了很多的钱，但是爸爸可以给你安定的生活，可以一天天地陪着你长大，对爸爸来说，这就已经足够了。"

现在的生活和我童年的梦想一点儿也不一样。我曾梦想着开拓新的星球，梦想着和外星人友好往来，梦想着拯救人类，梦想着一切伟大而不平凡的事情。

在我的想象中，我会驾驶着一艘宇宙飞船，飞往一颗遥远的星星，认识一个外星人朋友，然后顺便拯救了全宇宙，最后带着我的朋友回到地球，地球上所有的人都认识了它，而我则像主人一样带我的朋友在地球上玩耍。我总是在一遍遍的想象中丰富着这个故事的细节，幻想着我要如何向我的外星人朋友介绍地球，又要如何向地球人介绍我的外星人朋友。

但后来我慢慢长大，我才发现，在孩子的眼里，一切都是变形的。我的想象荒诞而可爱，仅此而已。

其实宇宙飞船并不需要人类驾驶，其实长大只会让一个人变得平庸，其实遥远的星星只意味着乏味的旅程。

努力地学习，努力地找一份工作，也许只能成为一个很好的检修工，每天都在沿着固定的路线，经过那些固定的点位，检查那些固定的设备，总是那套不变的程序，就像是我的生活，就像是用来挂画而被钉在墙上的那颗钉子，它总在那里，连位置都不会改变，它甚至都不重要。

每天除了上班工作，就是下班回家做饭，陪他，晚上哄他睡觉。普通人的生活就是这样，每一天都一样，没有什么区别。

可只要回家看到他，我就觉得哪怕这样也都值了。

他又开始哭了，哭得一塌糊涂。他抽噎着说道："可我想要想象出一个更好的世界，不是为了我自己，是为了爸爸。"

我的鼻子发酸，眼眶发热，可我努力忍住了，替他擦着眼泪，问他："比如？"

"我知道爸爸不喜欢上班，我希望爸爸能做自己喜欢的事，能有自己的梦想！"他认真地说道，"我希望爸爸更快乐、更幸福！"

梦想？我的梦想吗？我想象着那个场景，然后笑了。他敏锐地捕捉到了我的笑容，急切地问道："爸爸的梦想是什么？"

我如实地告诉了他。但说实话我这么做只是想让他更了解我一点，我想要让他知道我不是他想象出来的产物，我先于他的存在而存在，我是他的爸爸，而我爱他，我愿意为他做任何事情。

他很认真地想了想，然后很犹豫地说："可是，爸爸开飞船去另一个星球，还有了外星人朋友的话，那我岂不是就见不到爸爸了？"

太有道理了，逻辑推理满分！我暗暗地发笑，厚着脸皮跟他说："所以呀，爸爸有了你，也不舍得去开宇宙飞船啦。爸爸宁愿在家里陪你。"

他看起来似乎有点挣扎，想了半天，郑重地对我说："爸爸，我不想你离开我，所以我不能想象你去开飞船。可是，我可以教你一个办法哦，很灵的。你晚上睡觉的时候，可以想象自己在一个没有光的地方，周围黑漆漆的，什么都看不到，什么都听不到，哦，对了！就像是在一条大鲸鱼的肚子里那样。然后你想象自己睁开眼的时候，就在另一个世界里，在那里，你驾驶着一艘宇宙飞船，正要飞往另一个星球。试试吧！"

我笑了，然后说："好的。"我想，傻孩子，如果我是你想象出来的，我又要怎么想象另一个世界呢？但我打算明天再来问他这个问题。当然，或许永远也不会问他这个问题。

他又说："那你明天要告诉我哦，到底有没有成功。"

我揉着他的头发，满口答应，心里却想着，小孩子真是太可爱了。

不过睡着之前，他睡眼惺忪地抓着我的手，突然又后悔了，他努力地想要睁开眼看我，他对我央求道："爸爸，你不要试了，好不好？我好害怕你会离开我的梦。"

我笑着答应他了，跟他拉钩，发誓说永远不会离开他。

他跟我拉了好几遍勾，才总算是放心了。

那天晚上哄他睡着以后，我回到了自己的房间里。一切都那么安静，只有钟表的滴答声：滴答、滴答。我伸展四肢，平躺在床上，闭上了双眼，房间里的灯光慢慢减弱，直到熄灭。

周围陷入一片宁静的黑暗，有一瞬间，我甚至有种错觉，就好像我躺在一艘船上，船身在微微地晃动着。

我轻轻地吸着气，想着他教我的办法。我想，如果真能做一个飞船驾驶员的梦，其实也挺有意思的。不能成为一个真正的飞船驾驶员，难道还不能做一个驾驶员的梦吗？这是成年人仅有的快乐了，不是吗?

我好像很久都没有做过梦了。

每天的工作都是那么的无趣，千篇一律。所有的一切都风平浪静。每一天和前一天都没什么区别。每天大家都要去上班、上学，每天都要走同样的路，看同样的风景。大家都过着同样的生活，我没有什么可以抱怨和指责的。

在这沉闷生活中唯一的乐趣，就是看着我的孩子一天天长大。

如果没有他的话，恐怕我宁愿恐龙复活，或者外星人真的攻打地球。

那样的话，我或许还能感觉到自己仍旧活着，仍旧存在于这个世界中。

我闭着眼，周围黑漆漆的，什么都看不到，什么都听不到，就像是在一条鲸鱼的肚子里那样。

我能感觉到无形的黑色就像是海水一样，侵入了我的身体和大脑，浸透了我的每一个细胞、每一滴血液、每一克灵魂。

猛然间，我感到了什么，于是我睁开了眼。

眼前是巨大的舷窗，舷窗外是遥远的黑色宇宙，深邃广阔，完全看不到尽头。

我挣扎着爬了起来，环顾着四周，脚下金属的船舱底部有些硬。

我是谁，我在哪里，我要做什么?
醒来的一瞬间，我的脑海里一片空白。

金属墙壁上时间的提示无情地闪烁着，旅途还不到一半，我们还在孤独的路上行走着。其他人都在沉睡，醒过来的只有我。我再次走到角落的喷气口前，犹豫地看着那个开关。我非常清楚，只要按下去，那里就会产生一定量的休眠气体，吸入的话，就可以令人迷醉、沉睡，做上一场美梦，直到飞船安然无恙地抵达目的地，才会再次被唤醒。就像是一只冬眠的狗熊，只要消耗很少的能量，就能度过漫长而乏味的冬季。

谁能在这漫长的旅程中一直保持清醒呢？不但要忍受离开地球的孤单，还要忍受着那些你之前从未见过，也不认识的同伴的折磨。为了一项华而不实的任务而出行，准备在一个遥远而陌生的地方会见一些更陌生的星球的访客，也许它们跟你一样愤怒，跟你一样痛苦，也不得不跟你一样挤出虚伪而客套的笑容，吐露出那些没有真情实感，只会消耗生命和热情的话语和文字。

这漫长的旅途呵，如果没有一点点加了料的美梦，我们又要如何度过呢？

醒着，就只有无趣、厌烦、恐惧、质疑和憎恨。

我看向四周，那是黑漆漆的宇宙，什么也看不到，什么也听不到，就像是在大鲸鱼的肚子里一样。

我看着舷窗外黑色的宇宙，我想，也许这才是我想象的世界，因为这个世界的边界更容易构造，不是吗？

我究竟要怎样做，才能确定这一切并不是我的想象呢？

如果这一切是真的，那么当我再次吸入气体，我会回到我曾经的梦境中吗？还是将会启动另一个不同的梦境？

如果这一切只是我的想象，那我并不喜欢这里。我更喜欢原本平凡的世界。因为有我的孩子在，所以那里更温暖、更美好，充满光芒。

那么，如果我想要离开这个想象的世界，我要怎么做才能回去？闭上眼，在黑暗中想象吗？想象着当我睁开眼以后会来到另一个世界吗？

而我到底又要如何确认哪个世界是我的想象，哪个世界才是真实存在的？当我身处其中时，一切都是那么的真实，我不知道到底要怎么做，才能确定自己所在的世界的真实性。

也许这艘驶向虚伪和谎言的宇宙飞船，这个平静得仿佛死亡的寂静世界，一直以来只存在于我乏味贫瘠的想象之中。就像一场绝望的噩梦，而我总会从噩梦中醒来，回到我平淡而幸福的生活中去，在那里寻求存在与活着的意义，所以这里才会如此的平静和黑暗。

当我凝视着舷窗外的宇宙，大多数的时间里，我什么也看不到，什么也听不到，就像是在一条大鲸鱼的肚子里那样。

有一瞬间，我想，其实他说得对，我的确不应该尝试的。

洁白的奶水

　　她找到了一个小窗，通过一个特别的、谁也没有走过的路径，来到了一个谁也不曾来过的地方，就像探险一样。

　　每个人都有自己喜欢去的地方、喜欢走的路径，还有经过仔细模拟调校后的环境，但这一切都让她厌倦，因为她能看到每一个场景后面闪烁的电子元件，所有的组合在她的眼里都是流动的0和1，没什么特殊之处。

　　她在整个虚拟的数字空间里漫游，就是想要找到一个新鲜的刺激，不管是各种快捷路径的组合，又或者是搭建仪式感十足的新环境，她统统都尝试过，但很快就厌倦了，她相信自己已经把整个空间探索殆尽，再也没有什么意外和惊喜。

　　直到她找到那个几乎是废弃的、无名的，像是被初级垃圾代码构造出来的路径。于是她做梦也没有想到，她打开一扇特殊的小窗，看到了别人看不到的东西。

　　太奇妙了，那些数据是那么的原始，小窗里的景象又是那么的粗糙。那是无人观看的风景，这一点她完全可以确信，因为通往小窗的流量几乎为零，除了她，没有别人来过这里，对此她很满意。

　　这是她发现的世界，也是只有她才能看到的世界。

那是一个受限的小窗，看到的东西很少，只能看到一片丝绒般的草地，有时候风吹过能看到黄色或者白色的小花，有时候有小虫靠近又离开，远一点的位置，牛群在那里静静地吃草。

她从小窗里所看到的这一切完全无法编辑修改，太神奇了。

在她的世界里，她完全可以修改任何小窗里所看到的场景，还可以凭空创造出各种超级仿真的生物，包括牛、昆虫，又或者其他的生物，让它们在她的周围以各种行为模式存在，然后再让它们彻底消失。哪怕是别人创造出来的，是别人的所有物，她也可以令它们消失。只要她想，她总能做到。她有一万亿种手段可以绕过各种屏障，达到她的目的。在她的宇宙里，在她的世界中，所有的东西都可以被摧毁、被修改，可以推倒重来，她就是毁灭之神，她令一千年缩为一秒，从一粒微尘展开整个宇宙。

但她却对这个小窗束手无措，她怎么也找不到修改的路径。她唯一能做到的，就是让小窗黑屏，或者部分的黑屏，然后她控制不住自己想要窥视的欲望，只能再次恢复它。

当她发现自己居然用尽一切手段都无法改变那个小窗所看到的东西之后，她兴奋地浑身颤抖。当然这不过是一种形容，她可以变成一个没有头的巨人，也可以变成一个金色的长刺甲虫，在这个世界里她其实并没有真正意义上的身体，就和其他人一样。

她兴奋是因为她发现了一个完全不一样的东西，和这个世界建立的基础完全不一样的东西。她首先要做的就是承认自己的无能，承认她对这个小窗束手无策，只能默默地、充满惊奇地观看。

于是在无数次的挫败之后，她心甘情愿地承认了这一点。

当然，所有能做的事情她都做过了。比如她用了加强功能，让窗口里的一切都变得更清晰，她还把小窗里的画面全部记录了下来。被记录下来的一切当然是可以被修改和摧毁的，但这根本不是她想要的，她也没有兴趣去做这种简单而毫无挑战的游戏。在仔细观察后，经过比对和分析，她发现那个圆形的边框并不是什么传统流派的窗口设计。那个隐秘的小窗口看起来更像是一个古老的镜头。

一个镜头，一个真正的镜头，一个能够窥视到另一个世界的镜头。

不知道这算是宇宙给她的什么启迪。

她曾经了解过那个"真实的"世界，通过海量的资料和数据，但却从来没有想到过此时此刻那个世界也正在某个地方存在着。

她日渐沉迷，对于小窗里那个她无法改变的世界，她实在忍不住要去观察它，看它发生了什么变化，又有什么没变。她找到了调整那个小窗的观察角度和远近的方法，这下子她更是一发不可收拾。

这个观察游戏简直令她着迷，她对那片草地、那群活生生的牛都产生了浓厚的兴趣，然后在观察了许久之后，她发现了一些秘密。

比如每天至少有三次，到了大概的时间，原本吃草的牛群就会朝着另一个方向走去，但它们去向的那个地方在镜头以外，无论她怎么努力转动镜头的角度，也顶多只能拍到它们鱼贯而行的身影，而镜头之外的世界她全然不知。所以她猜测它们去的地方应该是一个狭窄的通道，否则它们不会这样自觉地排成一列，而她所看到的这个镜头，应该就安装在它们进入的地方。

为了搞明白她所看到的一切，她需要更好地调整镜头所有可能的角度和距离进行记录。对记录组合进行优化对她来说很容易，可镜头是个难题，因为她只有这么一个镜头，而且镜头是一个不可修改的存在。

她无法像其他场景那样同时选定所有的角度和距离，在这个镜头里，她只能记录在选定角度和距离下的镜头所观察到的东西。

她对镜头里能够观察到的每一头牛都做了详细的记录和档案，她观察着它们从镜头中离开的状态和回到镜头后的状态，后来她终于恍然大悟，这应该是一个很古老的自动化奶牛车间。

她在那些海量的数据资料里看到过类似的设计，早、中、晚，一天三次全自动化挤奶，几千头、几万头奶牛都可以解决。挤奶设备是全自动的，可以定位、消毒、吸附，然后挤奶，并将牛奶保温杀菌储存。这一切的流程全部是无人化的，奶牛感到乳房胀痛就会自动走进工作间，挤奶过后就会走出工作间，仍旧回到草场吃草。一切就好像这样轮回着，十分地简单有序，那么的流畅。

她甚至可以观察到大部分的奶牛在回到镜头后乳房的肿胀程度都发生了明显的变化，这印证了她的猜测。

只不过在镜头里，她既看不到挤奶车间，也看不到灌装车间，但她可以在脑海里构建出那间从未谋面的工厂，从每一颗螺丝开始。她甚至估算出了这片草场的面积和位置，她能看到包围着那些奶牛的定位柱。柱和柱之间的围栏是无形的，但只要监测到奶牛接近就会形成电网。奶牛从小就生活在草场里，它很明白其中的逻辑，所以绝不会去触碰那些高高的、显眼的定位柱，所以一代代地，那些无形的围栏就将它们永久地围在了那里，再也无法出去。

在持续的观察中，她对这个全自动的牛奶工厂产生了极大的好奇：它在哪里？谁对它负责？它就这样持续不断地运行着吗？它生产的牛奶都运送到了哪里去？它存在的意义是什么？

那些奶牛存在的意义又是什么？

头一次，她审视着自己的虚拟身体，对自己所在的世界产生了迷惑。

她生长在这个世界，对这个世界了如指掌。这个世界看起来那么大又那么小，什么都可以改变，没有什么永恒。她对数据进行贪婪地掠夺，她在这个世界无所不能，所以她知道很多事情，比如她知道实际上周围的人和她一样，并不会真正地去喝一罐牛奶。也许真实的她们此刻正静静地躺在营养舱里，被输送着千篇一律的营养液，她认为他们的四肢大概率已经退化，只有大脑发育得足够充分，和这个虚拟世界里的身形相比，简直像个怪物。

但这个小窗，让她发现了一个"真实的"世界，让她对"真实的"一切产生了好奇。

小窗后面的那个世界到底是什么样子的？那就是真正的地球吗？当初的人们选择了虚拟世界，然后离开了真实的世界，但她从一开始就存在于这个世界里，从来没有人给过她任何选择。

观看得足够久了，她甚至想，有没有可能，她可以通过某种方式走进那个小窗里？

她开始对小窗后面的世界进行更详尽的观察和分析，开始学习辨识那些特定的植物和鸟类。她测算出了镜头转动范围内草场的面积，根据云的移动速度测定了所有能测到的风向信息。她一点点地积累着信息，直到她定位到这个草场的真实地理坐标。

她在自己的世界里坚持不懈地探索着，想要找到其他类似这样的小窗，这种真实世界的镜头。她的确找到了一些，但她发现其实本应该有更多，只是那些沉默的大多数都已经无法再次接通。她开始检查并记录这些镜头，试图找到激活它们的方法，就像是她第一次让小窗黑屏后再次恢复那样，虽然她总是失败，不过她并不气馁。

她观察着这些仍旧能"看见的"、各不相同的小窗，慢慢地，她发现有些工厂已经开始发生了肉眼可见的损毁。她越来越奇怪这些"原始的"工厂为什么仍旧存在并运行着？这些生产出来的东西还有什么用处吗？这个世界还有真实存在的人类吗？那些人类需要每天喝牛奶吗？牛奶是什么味道，喝起来又是什么感觉？

这些疑问反复地出现，像是一颗种子，渐渐抽枝发芽，开始成长，不受她的约束。

所有的这几个镜头，是她在整个宇宙里所找到的全部的、硕果仅存的镜头，可她从这些镜头里所看到的，好像只是真实世界很小、很有限的一部分，而且小窗里的世界进程简直太过缓慢了，在一片叶子掉落的时候，在风吹动草尖轻轻摇摆的时候，在一只金色的小蝇在晃动的花朵上挣扎着想要站稳的时候，在她的世界里，已经起了天翻地覆的无数次变化。

她仿佛在看一场缓慢的播放，从春到秋，从夏到冬。她看到小牛走出来，看到牛衰老死亡，草场里的一切都由自动化的机械设备完成；但她也能看到那些机械设备逐渐地发生问题，可是一年又一年过去了，并没有谁来维修，也没有谁来更换，更没有人清理那些死去的牛。

她甚至眼睁睁地看着死去的牛是如何腐烂、如何变成白骨的，就在彻底失效的设备旁，她甚至可以把所有的记录连起来播放，那样的话她就会有种错觉，就好像小窗里的世界和他们的有点像，飞快地变化着，没有什么永恒。

她甚至怀疑那些围栏已经失效了，甚至完全无人看管。可那些慢慢长大的小牛还是每天排队从镜头里消失，只不过它们回到草场的时间要更长，长很多。

终于有一天，她开始觉得小窗里的世界有什么东西不太对，就好像一切都在缓慢地走向不可逆的衰败。

尤其是在大量的时间累积和观察下，这一点太过明显。

　　小窗外面的世界应该比小窗里所能看到的大很多，她想。小窗后面这些自动化工厂究竟是怎么运转的呢？为什么会衰败呢？它们是依靠什么能源驱动的呢？这些工厂到底是被损坏，还是被废弃？

　　她在小窗里看不到那些，所以她不解。

　　她有过几个猜测，但都不太确定。直到有一天，那几个仅有的小窗中的一个也发生了黑屏事件，再也无法恢复。

　　她带着一种别样的情绪观察着那个彻底黑屏的小窗，突然觉得，也许不是小窗里的那个世界不对。

　　也许曾经被她发现的其他的镜头正是这样一个接一个地黑屏，直至彻底损坏，再也无法连接，无法打开，谁也不知道那个镜头发生了什么。线路问题？镜头损坏？还是能源供给被切断了？

　　一个接一个地坏了，仅剩下的这几个镜头也会这样，或快或慢，或早或晚，一个接一个地坏掉。

　　那才是真实的世界，缺乏强制的干预，非自然的一切都会不可避免地走向衰败。

　　缓慢但不可逆转。

　　总有一天，最后一个镜头也会彻底损坏，那时候，她与那个真实世界的联结就会彻底断掉。

　　发现这个事实，让她感受到了悲伤。

　　然后，就在那个夏天，在那个小窗里，那是个漫长而暴烈的夏天，时常下雨，乌云蔽日，白昼变得犹如夜晚一般。她本来已经习惯了，可突然有那么一天，电闪雷鸣，暴风骤雨，大地震动，然后在狂躁的风雨中，小窗突然剧烈地摇动起来，眼前所见到的水流变成了白色，浑浊的白色。她迷惑地注视着镜头里的一切，直到那些巨大的、破裂的罐体排山倒海地涌了过来，她突然明白了这一切究竟是怎么回事。

那就是一直以来她想要看到却根本没办法看到的、在镜头以外的那些储存牛奶的罐体。此时此刻，那些庞大的牛奶罐被打翻了，一罐一罐的。她在小小的镜头后面，看着那些白色的奶水流淌，流淌，像是河流，又像是大地的眼泪。

那些白色的浊浪卷起白色的泡沫，像是波浪里若隐若现的巨大的白色章鱼，但很快就破碎了，消失了，像是细小的虫卵，又像是从未被诞生的生命。

那些白色的奶水也想过要哺育谁吗？

它们被人类塑造成这种样子，然后又被人类无情地抛弃，白色的，纯洁的，从未哺育过任何人，从未进入过任何生命的体内。

此刻，它们终于离开了人类设定的牢笼，回到了大地。

然后，大地强烈地晃动着，剩下的镜头也开始接连地黑屏了，再也无法恢复。

直到最后一个镜头也变成了黑色。

她所恐惧和担忧的终于发生了，那个真实的世界即将在她眼前消失。

但是让她意想不到的是，随之而来的还有她身处的这个世界的变化。她发现这个世界也开始闪烁、颤抖，开始消失，一点点地彻底消失，就像是那些再也无法恢复的小窗。

她突然就明白了。她们所在的虚拟世界同样需要持续的能量输入和维护，但是在这里，一切迭代的速率远远高于真实的世界，所以虽然看起来好像一切正常，但其实变化早已发生。如果没有能量的持续输入，没有维护，那么她现在所在的世界也许就会像那些无论如何也无法唤醒的镜头一样，一块一块地，彻底沉寂。

就像眼下正在发生的那样。

也许她们早就被抛弃了，就像小窗里的那个牛奶工厂一样。

没有躯体的她，在电子的围笼后存在着，无知地存在着，而一切只是假象，就像是牛奶罐里洁白而无用的奶水。

她的世界一片片地消失着。

这一切即将终结。

她想，她发现了那个真实的世界，也发现了这个世界残酷的真相。

在雨中

它被雨滴的重量打得直不起腰来，几乎趴在了地面上。

太危险了，它心里警铃大作，如果再爬不起来的话，如果再多一秒的话，也许它真的会死在这里。

啊，它实在是走不动了，怎么办？雨是那么的大，即便是逃到前方，也仍是这样大的雨。只要处在同一片天空之下，这雨势就丝毫不会减小。在滂沱大雨中，一路上它恐怕也找不到遮蔽的地方。那些岩石下的缝隙已经被更强壮、速度更快的同伴们抢占了，满满当当的，容不下一个小小的它。

其实从出生以来，从有记忆以来，生活一直都是这样。天空中不停地落着雨，每一颗雨滴都沉重得几乎能要它的命。一旦被雨滴砸中，就会直不起身来，无法挪动半步，就好像被巨大的力量钉住了。

如果它能变得更强壮，也许就不会这么恐惧吧？可它天生就是比较瘦弱、细小的那种，这就是无法选择的命运。

如果一切还和从前一样的话，它大概还能躲得过。只不过最近雨越来越大了，大得简直让它受不住。从记事的那一刻起，在它短暂的生命里，就没见过这么大的雨。一切都变得犹如噩梦，每一滴雨都比过去更大、更沉重，当那些雨滴落下来时，只要不小心被砸中，无论是砸在它的背上还是身体一侧，都会引起一阵剧烈的震动，让它片刻眩晕，这种情形实在太过危险了。

　　它几乎想要放弃了。

　　活着到底是为什么？从出生，从睁开双眼，就是这样重复的日子。每天就是在雨中奔逃、躲避、寻找食物的残渣，苟延残喘，就这样惶恐地度过每一天，每一晚。

　　雨变大之后，它明明已经很努力了，可即使拼尽全力地躲避，也还是会被巨大的雨滴打中。它在巨大的眩晕中本能般地挣扎着，慌张地爬了起来，带着恐惧在雨中穿行着，一切都是生存的本能，可它并不是头一次开始思考这个问题。

　　活着到底是为什么？

　　如果每时每刻都要承受这样的痛苦，如果每一天的痛苦都会加剧，巨大到无法承受，那么活着的意义又是什么？

　　它不知道雨为什么会越来越大，也不知道为什么原本艰难的一切会变得更艰难，几乎无法逾越。记不清第几次被雨滴打中时，它突然精疲力竭，躺在那里，一动不动。

　　它躺在那里，巨大的雨滴打在它的身体上，第一下、第二下，它的身体随之颤动，就好像被什么东西摇晃着，好像要被砸碎，要被钉在坚硬的地面上。湍急的水流冲刷过它的身体，它想要跳跃，和从前一样，从雨滴中穿行过去，又想索性躺倒在那里，永远地休息。两种念头都是那么的轻忽，抓不住，很快就跑远了。

　　后来它想，死亡通常会在那种时刻降临。但真到了那一刻，其实一切都不重要了，死亡不重要，活着也不重要。它只是没想明白，自己到底想要什么。

直到它看到远处的同伴被雨滴击中，躺在那里一动不动，然后很快地，就融化在了雨水之中。

雨水中，一切都模糊了。

它感到毛骨悚然，意识里轻盈而模糊的一切霎时间消失不见。它突然就翻过身来，抓紧了地面，蓄力，凝视着身前那些掉落的雨滴，那些巨大的水滴。然后它看到了缝隙，那一瞬，它抓住机会从中穿过。

它用绒毛刷过眼睛，好更加清晰地看到眼前的世界，还有那些雨滴。

它还是不能就这样放弃，就这样死掉，可它还是不明白，还是想要知道，像它们这样活着，究竟是为了什么呢？

其实它曾经有过一点小小的猜测。在视线所及的范围内，它能看到那些已经或者将要掉落下来的雨滴，那些雨滴里有时候会有一些特别的东西，有时候会带着食物的残渣，有时候会带着闪光的碎粒。它见过有些同类会把那些闪亮的、形状各异的颗粒镶嵌在下颌的位置进行装饰，但那一般是更大、更强壮的家伙才会做的事情，那是一种炫耀的行为。更多的时候，那些巨大的雨滴里什么也没有，当你足够熟练，能够在雨滴里穿行，收集偶尔出现在雨滴里的东西，甚至能够跃上雨滴，凭借技巧站到更高的地方，哪怕只有那短暂的一瞬，你也能看到更大的世界，发现更多没想到的东西。

你永远不知道雨滴里会有什么，就像是一个寻宝游戏。你可以在雨滴上看到自己扭曲而变形的面孔，在雨滴中找到的闪光颗粒可以跟其他家伙换食物，有时候雨滴里会有残骸、甲壳或者突刺，只要活得够久，只要足够耐心，你总会看到意想不到的东西。

而在雨滴落下来之前，在穿行和跳跃的瞬间刺穿雨滴，从中间攫取那些食物颗粒或者其他，虽然很难，但死亡的风险却更小。

雨好像又变大了。它奋力在雨中穿行，本能地扫视着那些将要落下的雨滴，但一瞬间，它只在那无数颗雨滴扭曲的表面上看到无数张凶狠的脸，就像是要被杀死前的那副表情。

然后它看到了无数雨滴间的那颗最特别的——那颗雨滴中有一颗小小的头颅，一颗细小的头颅。它打了个激灵，但很快就判断出那并不是真正的头颅，那不过是一个用甲片弄成小孩子头颅模样的装饰品。虽然不明白为什么，但它本能地扑上去，刺破了那颗雨滴，扑住了那颗头颅，抱在怀里，疯狂地朝前奔跑着。

到底是什么，它拼命地想着，它这短暂的一生还从未见过这样的东西！

到底是从哪里来的？是谁丢下来的？又是为什么？那一刻它非常想要昂起头来，朝上看去。

但它也非常清楚地知道，如果它仰面朝上看的话，那些无穷无尽的雨滴会狠狠地折断它的脖子。

它躲在了一块岩石的细缝之间。这个位置很不好，又很狭窄，并不足以遮挡雨，只能稍稍减缓雨滴的力度，但用力挤一挤的话，雨滴只会打到身体的一侧。它实在迫不及待地想要看看它刚刚得到的东西，所以没有心情再去寻找和挑拣更好的地方。

它缩在岩缝里，小心翼翼地取出了那颗头颅。那上面是牙齿和利爪抓咬出来的形状吗？还是用岩石磨出来的？看起来像是一个才刚出生没多久的宝宝的头颅。

一个闭着眼、蜷缩着身体的婴儿，那小小的头颅。真神奇，它头一次看见这样的东西。好像整个世界都不一样了，原来还可以得到这样的东西，还可以做这样的事，还可以有这样的想法。是谁，在哪里，又是怎么做成了这么个小玩意儿，它又是怎么丢失了，或者抛弃了这神奇的小东西？……这些疑问击中了它，让它感到难以置信。

它屏住了呼吸，把这颗看上去甚至有些粗糙的头颅抱在怀里。

它闭上了眼。它记得它和它的兄弟姐妹们，它记得当初它们是如何四散逃开的。雨滴落下来，有些还没有来得及逃开，就被雨滴打中，被雨水的重量碾碎，变成了粉末。它们还不曾睁开眼看过这世界，还不曾真正存在，就永远地消失了。

它突然朝上看去，虽然明知道什么也看不到，可它还是忍不住。那重重的雨滴啊，无情地阻隔着它的视线。

有时候它想，它能活下来，一半是运气，一半是因为它太想活下去了。

可它到底为什么想要活着呢？

那些更大、更强壮的，它们可以躲在岩石缝隙下面，可以在更安全的地方，吃着水流里的食物残渣。它们更有可能活下去。

它其实一直是不太强壮的那种。年幼的时候，它很清楚自己一旦被雨滴击中，几乎就是死路一条，所以它不得不飞快地奔跑，在雨滴之中穿行，快速地判断着雨滴中到底是什么东西，然后跳跃到更高的雨滴上，从雨滴中掏出一切有价值的东西。它看到同伴这么做，便也不屈不挠地尝试着。

它就是这样活下来的。

身边的同伴消失得很快，可它想自己是有天分的，而且它很轻，这是它的短处，也可以成为它的长处。

其实每时每刻的雨都不同。清晨的雨最小，它可以偷得片刻的喘息；午后的雨最大，暴烈而急促；午夜的雨沉闷，像是一个坏脾气的老人。

它也不是一次就学会的。它也尝试了无数次，失败了无数次，正因为它弱小，所以它才更谨慎，正因为它在别的地方得不到自

己想要得到的一切，食物、生存的机会，所以它才会一次又一次
地向上一跃，直到精疲力竭。

于是，曾经有那么一段日子，在雨还没有变得这么大的时候，
它可以很轻易地跳上雨滴。那时候它还可以活下去，一切还不是
那么的艰难，对它来说，努力之后，活着甚至还有点愉快。

它喜欢往上看，喜欢用目光扫过更高的地方，扫过其他同伴
不太注意的地方。

很多同伴都在寻觅地面上更安全的缝隙，可以躲避的孔洞，
可以积蓄水流、可以更容易捞取食物碎渣的地方，可它知道这一
切对它来说都太困难了。

它抢不到更好的地方，所以它只能向上，向上寻求一切，
食物、生存的机会，还有可以攫取的一切。

直到雨势突然变大。

周围死去的同伴越来越多了，它无法停留，无处躲藏，只能
一直朝前奔跑。穿行在雨滴之中，它总是想，再往前一点，也许
就可以找到歇脚的地方，或许就可以在水流不那么汹涌的地方停
留片刻，稍作喘息。

可雨太大了，那些沉重的雨滴，就像是要毁灭一切那样。它
逃过了这一刻，能逃得过下一刻吗？

在这样艰难的时刻，结局无非是生或者死。

可再努力、再轻盈的技巧也无法与那些越来越沉重的雨滴抗
衡，它在夹缝里仰起头来，看着那些从天而降的雨滴。也许死是
不可避免的，可是在死之前，至少它可以选择怎么死，是不是？

顷刻之间，它做出了决定。

它耐心地恢复着体力，仔细地擦着自己的眼睛，将身体上所有在岩石下沾到的污迹都仔细地抹去，然后鼓足气，借着雨滴，开始跳跃。

向上跳跃。

无数巨大的雨滴坠落着，像是椭圆形的阶梯，它拼命地往上跃去。雨滴从哪里来？那灰暗的尽头到底有着什么？它从来不曾跃得这样高，可它觉得其实也没什么，在有限的生命里，它一直不断地奔跑、跳跃，很少有机会驻足和停留。这样想想，往前跳跃和往上跳跃，其实也没什么大的区别，最后不过都是死亡罢了。

只不过选择往上的话，至少在死前，可以看到更高一点的地方。

高一点，再高一点。它在雨滴上停留的间隙擦洗着自己的眼睛，稍作歇息，然后再一跃而上，就好像那是一条自然而然的道路。

它从来没有想过这条路究竟有多长，只要还有力气，只要还没有掉下去，只要这条路还在，它就会一直努力地向上跳跃。

直到它冲出雨滴。

突然之间，一切都变得光芒万丈，它无法睁开双眼，掉落的恐惧吞没了它。

那时它想，这就是死亡吗？

雨滴之上的热度让它浑身发烫、发胀，它的后背酥痒，有什么东西被一下撕裂，然后它被一阵气流猛地攫到了半空之中，飘荡着、震动着，它几乎要尖叫。它剧烈地扭动着、挣扎着，可却总也无法摆脱背上的钳制，它觉得有什么东西捏住了它的后背，它扭头往回看，身后没有敌人，只有巨大的翅膀从它后背伸了出来。

身旁有个更大的东西飞了过去，一口吞掉了闪电的尾端，然后飞离了它的云块。

它看着四周，那些在云中穿梭游动，生着双翼、目光炯炯有神的身影，看起来都是些相似的生物。它看着身下翻滚聚集的乌云，然后看着那些飞过云顶的身形、那些扇动翅膀的影子，然后看着自己的身体。那是跟从前完全不同的形状，很久之后，它才终于明白过来，那的确就是自己，跟周围那些扇动着翅膀的东西是一样的。只不过它们比它更大，更强壮，因为它们比它来得更早。它们警惕地抢占着那些巨大的雨云，像是守护着自己的地盘一样盘旋着，当吃完乌云里的闪电之后，它们又开始抢夺着别人雨云里的闪电。

它惶恐地看着身下剧烈膨胀的乌云，在一团一团的乌云里，闪电像是金蛇一样窜动着，它突然受到引诱似的伸头咬了一口，然后它愣住了。

这简直是它吃过的最好的东西。

它环视着四周，做梦般地回味着闪电和乌云的味道。在这种阳光灿烂的地方，这么的温暖和煦，到处都是食物，到处都是可以休憩玩耍的地方，简直像是梦境一般。它看着它们争斗、巡游、偷盗、厮打，它不明白为什么它们还是那样，还像是在雨滴和石缝中一样。

明明已经改换了模样，明明已经抵达了这么美好的地方，再也没有了死亡的威胁，没有了毁灭的恐惧，为什么还要争夺和打斗？

它张开了翅膀，跃到了云端，然后往下看去。那些地面上的图景在雨中变得模糊，就像遥远的过去，就像它曾经努力地抬头，却什么也看不清一样，此刻的它，再也无法看清地面上的一切了。

阳光热烈而均匀地泼洒在它的身体上，它的翅膀已经变得坚硬而牢固，但它仍旧紧紧地抱着那颗小小的、粗糙的头颅。它看着四周，看着更遥远的雨云上端，看着所有那些已经生出了翅膀，变得巨大而坚硬，却仍在争斗的家伙们。它们是怎么来到这里的？像它一样抱着必死的决心吗？它们忘记了曾经的一切吗？

乌云再次聚集在一起，金蛇蠕动着，一下下地探出头来。它感到了饥饿，立刻如箭一般地冲了上去。

干燥的双翅在毫无遮蔽的阳光下不自觉地拍动着，它贪婪地吞吃着那难以形容的美味。也许是不小心，也许是没有留意，之前曾被它紧紧抓住的那颗小小的、粗糙的头颅，突然掉了下去，跌入了灰色的雨云中。

它发出了一种奇怪的叫声，然后头朝下飞去，但是飞了没多久，它突然犹豫了，停了下来。

它俯瞰着大地，伸展开来的翅膀在半空中拍动着。阳光那么温暖，闪电在乌云里穿梭，它的翅膀干燥而有力。

然后它转过身，向上飞去，飞回到了乌云之上。

后记

作为一个看书的人，大言不惭地说，我手里大部分的书，那些前言、序呀，甚至后记和跋，都是我略过的部分，或者稍微好一点，是一目十行扫过的部分。

如果仔细地看过，那我一定是非常喜欢这个作者，以至于我不会放过她或者他的每一个铅字。

但为什么我要在这里写一篇后记呢？

我并不是充满自信，以为打开这本书的人一定会认真地阅读到这里，然后乖巧地读完后记。虽然我的确不切实际地期待每一个打开这本书的人都一字不落地读到这里，都狂热地喜欢我，以及我写出来的每一个字。

我当然也并不想分析、解释或者阐述我写出来的那些小说，那些行为对我来说实在是不可理解也完全没有必要的。

我更不想思考我的创作动机和感悟，虽然有时候我的确会不由自主地琢磨这些东西，就像我会忍不住琢磨人存在的意义到底是什么，但那仅限于头脑内部的循环和消化，我并不想把它们以小说以外的形式呈现出来。

但我的确想要写这篇后记。

首先，我想感谢双翅目和黎么，还要感谢编辑林的认真工作，因为有了他们的存在和付出，这本书才会在这个世界上诞生，才有机会被更多的人看到。

然后，我想要说，感谢每一位读到这里的人，无论你们对这本书有什么样的看法，我感谢你们的打开和阅读。

自己的书得以出版，说无所谓或者不在乎，那绝对是哄人的。我毕竟不是卡夫卡，实在不能把我的稿子都囚禁在抽屉里，拒绝让它们出来见人。

虽然重看这些旧稿，我能感觉到它们在某些地方的笨拙和丑陋，但我也能感受到它们的可爱和美丽，坦白地说，若是一个写作者不拥有这样一点盲目的，或者自以为是的自信，那她／他为什么要写作呀？反正我是不能理解的。

所以我理所当然地、热切地希望我所有的作品都能够离开我，和这个世界上的每一个人见面，让它们在读者的头脑里发芽，生长，变成甚至连我自己都不曾梦想到的模样。

我当然知道这世界上不是每个人都读书，即便是读书的人，也不是每本书都要读，我自己都做不到，哪里可能奢望更多？

现在，这十几篇稿子勇敢地走了出来，来到了这个更大的世界，变成了印刷在真实纸张上的文字，在这之后会发生些什么，我不知道，但我很期待，也很向往。